Gerhard Matzig

Nettelbeck und Familie

GOLDMANN
Lesen erleben

Gerhard Matzig

Nettelbeck und Familie

Vom Abenteuer,
heute Vater zu sein

GOLDMANN

Originalausgabe

Dieses Buch ist auch als E-Book erhältlich.

MIX
Papier aus verantwortungsvollen Quellen
FSC® C014889

Verlagsgruppe Random House FSC® N001967
Das für dieses Buch verwendete FSC®-zertifizierte Papier
EOS liefert Salzer Papier, St. Pölten, Austria.

1. Auflage

Umschlaggestaltung: Uno Werbeagentur, München
Umschlagmotiv: FinePic®, München
Satz: Buch-Werkstatt GmbH, Bad Aibling
Druck und Bindung: Pustet, Regensburg
Printed in Germany
ISBN 978-3-442-31223-8
www.goldmann-verlag.de

Besuchen Sie den Goldmann Verlag im Netz

Dieses Buch ist für Eltern und Kinder, für Schüler und Lehrer – für alle, die an der Schule verzweifeln und an der Erziehung irre werden. Es ist für Menschen, die sich fragen, ob der Wahnsinn des allgemeinen Kindergeburtstags-Wettrüstens nicht endlich von der UNO geächtet werden sollte. Oder die wissen wollen, wie man eheliche Debatten zur Hausaufgabenbetreuung überleben kann, ohne beim Scheidungsanwalt zu landen.

Und überhaupt: Warum ist heute alles so viel schwieriger als früher? Wie habt ihr Großeltern das eigentlich gemacht, so ganz ohne E-Mail-Verteiler, Tiger-Moms, Elternstammtisch, ADHS-Verdacht, Übertrittspanik und regalmeterweise Erziehungsratgeber? Rätselhaft.

Dieses Buch ist für die Familien von heute.
Ihr seid Helden.

Im Buch *Die Feuerzangenbowle* gibt es einen schönen Satz: »Dieser Roman ist ein Loblied auf die Schule, aber es ist möglich, dass die Schule es nicht merkt.«

Meine Geschichte hier ist viel mehr als nur ein Loblied. Eine Liebeserklärung ist sie. Aber nicht an die Schule, sondern an meine Familie. Gut möglich, ja sogar wahrscheinlich, dass auch sie es nicht merkt.

September

Sonntag, 14.09. 11:12
Hallo Pia, checkst du deine Mails? Erreich dich nicht am Telefon. Alles gut am Strand? Neid! Hier regnet es seit Dienstag Hunde und Katzen. Aber jetzt pass auf, Hammer, die 9e hat wieder den Gröbke in Latein erwischt. Shit! Wann kommt ihr zurück?
LG
Kathrin

Sonntag, 14.09. 11:30
Liebe Kathrin, morgen, am Montag, Flieger von Faro nach Muc. Du kennst ja Nettelbeck – immer auf den letzten Drücker. Mein Mann kann sich einfach nicht trennen vom Meer. Ja, der Horror, ausgerechnet Gröbke. Julia heult fast. Wie findet deine Tochter das? Und weißt du schon, wen sie in Physik haben? Hoffentlich nicht die Münthe. Alles, nur das nicht. Sandigsonnige Grüße nach München!
hzl
Pia

Sonntag, 14.09. 19:16
Hab rumtelefoniert. Uli wusste es. Wie immer. Hat die sonst nix zu tun? Sorry, es ist: die Münthe. Zum Glück kein Problem für Alissa. Wir drücken euch die Daumen. Alissa hat viel gelernt in den Ferien. Julia auch? Oder nur Strand? Auch schön. Wird schon. Bussi.

Stimmen, zerpflückt vom Wind, von weit her. Als würden mir die Möwen über dem Meer etwas Rätselhaftes zurufen.

Ich höre: »…eck!«

Dann wieder: »…tel…eck!« Ich schaue mich um. Niemand da. Nur die Düne.

Eck? Was soll das sein? Keck? Speck? Dreck?

Weg? Ganz weit weg?

Nettelbeck?

Nettelbeck, das bin ich. Heinrich Nettelbeck, fünfzig Jahre alt, Stadtrandbewohner. Vater dreier Kinder. Derzeit außer Dienst. Nicht als treusorgender Vater oder zärtlichliebender Ehemann, sondern a.D. als Vater dreier schulpflichtiger Kinder und als Büroinsasse der werktätigen Klasse, der im Prinzip (und wegen eines Immobilienkredits, der, glaube ich, bis 2096 oder so läuft) lebenslänglich hat, aber frühestens mit siebenundsechzig Jahren begnadigt werden kann. Bei guter Führung und wenn ich, was den Kredit angeht, noch als systemrelevant anerkannt werde.

Ich arbeite daran.

Das ist aber in diesem Moment alles weit weg: unser sehr kleines Häuschen in Waldtrudering am östlichen Stadtrand von München, das sehr lange Hausabbezahlen, der sehr große Wahnsinn der Schule …

Stimmt nicht ganz, die Schule nicht. Die ist nah. Heute ist der letzte Ferientag. Schöner Mist. Oder wie meine Kinder sagen würden: Fuck.

Ommmmm.

Ich atme ein, ich atme aus.

Noch stehe ich am Strand. Herrlich. Die Möwen können mich mal. Ich sie auch. Sie grinsen sich eins.

Weil: noch vierundzwanzig Stunden.

Dann ist es wieder so weit, der erste Schultag nach den Sommerferien. Auch der erste Arbeitstag nach den Sommerferien. Dann kommen auf uns zu: erste Latein-Fünf nach den Sommerferien, erster Ehekrach nach den Sommerferien, erste Familienkrise nach den Sommerferien.

Ich fühle mich jedenfalls in diesem Augenblick nicht angesprochen von den Möwen. Noch sind Ferien. Ich bin nicht bereit, auch nur eine Hundertstelsekunde davon freiwillig herzugeben. Ich schiebe alles von mir weg. Das kann ich gut, sagt Pia.

Ommmmm.

Die Zehen im warmen Sand: Da kann einem eigentlich gar nichts Böses in den Sinn kommen.

Kein Stress jetzt. Nicht heute. Wir sind seit zwei Wochen in Portugal am Meer. In einem kleinen Ferienhaus. Es war perfekt hergerichtet, als wir ankamen. Zehn Minuten und drei Nettelbeck-Kinder später war es nicht mehr perfekt.

Es stand aber noch.

Nein, das ist nicht selbstverständlich. Ich vermute, es gibt Versicherungen, die für Umweltkatastrophen, Schiffsunglücke, Flugzeugabstürze, Eisenbahnentgleisungen und die Nettelbeck-Kinder horrende Prämien kassieren würden. Falls die Nettelbeck-Kinder als unberechenbare Naturgewalten überhaupt irgendwo versichert werden. Das gilt vor allem für Max. Für Max, den Hool.

Unser Jüngster ist der familieneigene Hooligan.

Der Atlantik leckt an meinen Füßen. Nicht weit von hier, bei Sagres, gibt es eine Steilküste. Von hier aus sind sie früher in See gestochen, die Piraten wie die christlichen Seefahrer, die Abenteurer wie die Kaufleute, die mit dem Holzbein wie die mit der Augenklappe. Irgendwo da hinten ist Amerika. Dort verschwindet alles am Horizont, denke ich, die Sorgen … die Schule … die Arbeit im Büro … und Dr. Gröbke, der Lateinlehrer.

Alles verschwindet, geht unter und landet bei den Fischen, vor allem Dr. Gröbke.

Ich stelle ihn mir auf einer blauroten Luftmatratze vor, friedlich paddelnd. Und dann: Dada-dada-dada. Dada-dada-dada. Es tritt auf: der weiße Hai. Zwei Sekunden später geht es auch der blauroten Luftmatratze gar nicht gut.

Nur so eine kleine Strandfantasie.

Gestern kam die Mail aus Deutschland. Von einer Freundin, Kathrin, an Pia: Julia, unsere Älteste, hat ihn offenbar schon wieder in Latein, den Gröbke. Auch in der neunten Klasse, in die sie jetzt kommt. Die Klasse ist die 9e. Pia weiß das schon. Natürlich weiß Pia das. Das ist eine existenziell relevante Info. Findet Pia.

Pia ist allwissend. Sie ist meine Frau. Sie hat grüne Augen, eine Uhr und ein Smartphone. Sie guckt oft auf die Uhr, oft auf das Display ihres mobilen Kommandostandes – und manchmal guckt sie auch mich an. Nicht immer böse, gestresst oder genervt. Mitunter zärtlich. Vor allem in den Ferien.

Nicht immer jedoch am letzten Ferientag. Da geht der Blick ins Gestresste und wandelt sich bald ins Genervte.

Heute zum Beispiel.

Gröbke ante portas. Furchtbar. Es sei denn, er ist irgendwie verhindert und kommt nicht aus den Ferien zurück. Dada-dada-dada.

Oder in Julias Sprache: Fuck.

Julia ist vierzehn. Mir blutet das Herz, weil ich sie nicht vor den Katastrophen des Lebens beschützen kann. Die drei schlimmsten Katastrophen für Julia: erstens Dr. Gröbke (Latein), zweitens Anton (elf Jahre alt, kleiner Bruder) und drittens Max (acht Jahre alt, noch kleinerer Bruder, aber noch größere Katastrophe).

Ob die Leute im antiken Rom das gut gefunden hätten, dass zweitausend Jahre später in ihrem Namen kleine Kinder auf qualvolle Weise gefoltert werden? Das hätte nicht mal dem alten O-tempora-o-mores-Piraten mit dem Holzbein aus den *Asterix*-Heften gefallen. Die Hefte haben wir letztes Jahr als Latein-Version gekauft, um Julia mit der Antike zu versöhnen. Hat nichts gebracht, weil Pubertierende nun mal nicht für Asterix, sondern für Vampirromane oder Lady Gaga schwärmen. Aber Lady Gaga gibt's nicht auf Latein, und ich wette, nicht mal Dr. Gröbke möchte diesen Songtext übersetzen: »Now serve Pluto / Saturn / Jupiter / Mercury, Venus – uh ha! / Uranus! / Don't you know my ass is famous?« Ich schätze, vor allem am »uh ha!« würde er sich die Zähne ausbeißen, der Gröbke. Wenn man Julia, die mit ihren weißen Ohrstöpseln förmlich verwachsen ist, mit Gewalt oder mit Hilfe eines geschickten Chirurgen von ihren Ohrstöpseln trennen würde, rein theoretisch, so hätte man eine Chance von 1:5, dass man »uh ha!« in der Lautstärke eines niedrig fliegenden Kampfjets hört. Auch daran kann man als Erziehungsberechtigter verzweifeln.

Insbesondere aber tut man das an allem, was mit Schule zu tun hat, ausdrücklich sind hier zu nennen: Lehrer, Schüler, Eltern. Nicht unbedingt in dieser Reihenfolge. Das variiert.

Julias Laune ist tintenschwarz seit der Mail.

Ach was, das wird schon. Nur jetzt nicht an die Schule denken. Mit dem Zeh male ich N-e-t-t-e-l-b-e-c-k in den Sand. Zwei Wellen später ist nur noch »e-c-k« zu lesen. Und, komisch, zu hören auch: »...eck!« Da ist es wieder. Ich kann nicht gemeint sein. Ich habe Ferien.

Der Himmel ist so blau und duftig, als hätte ihn jemand nach der Wäsche zum Trocknen auf die Leine gehängt. Ich schaue den Wolken zu. Die Wolken wolken, und die Möwen grinsen.

Aaaah ... mir geht's gut. Alles ist gut.

Ommmmm.

Ich atme ein, ich atme aus.

Am Meer ist immer alles gut. Sogar heute, am Montag. Heute fliegen wir zurück.

»Nettelbeck!«

Jetzt sehe ich sie: Julia, Anton und Max, den Hool. Braun gebrannt. Fegen gerade die Düne runter, fuchteln mit den Armen, rufen: »Nettelbeck! Papa! Papa! Hörst du nicht?«

Papa?

Da stimmt was nicht. Ich bin sonst einfach immer nur: Nettelbeck.

Warum also »Papa«? Das ist verdächtig.

Wie sich herausstellt, soll der Papa sofort ins Ferienhaus kommen, zurück zu den gepackten Koffern voller

Schmutzwäsche. Aber sofort. Die Kinder erzählen mir, dass Pia supersauer sei auf mich. Weil zu spät. Weil am Strand. Weil immer unpünktlich. Weil Nettelbeck.

Wenn Pia sauer ist, erinnern mich ihre grünen Augen daran, dass Katzen eher Raub- als Kuscheltiere sind. Die machen Beute und keine Gefangenen.

Ich gehe lieber los mit den Kindern.

Max hat wieder seine Sommersprossen gekriegt, die so gut verbergen, dass er bei Bedarf auch ein Monster sein kann. Tief in ihm drin muss es einen Kippschalter geben. »On« ist: Ich erfreue meine Eltern und bin der netteste Junge der Welt. »Off« ist: Ich erfreue meine Eltern nicht, sondern zeige der Welt, was sonst noch so geht. Es geht viel sonst noch. Max kommt von »maximal«. Wie: maximal viel Ärger, maximal viel Widerstand, maximal laut – aber auch: maximal supertoll. Er hat so viele Sommersprossen wie Zahnlücken, und wenn er durch seine Zahnspange spricht und mit mindestens drei »sch« nuschschschelt, dann vergisst man schon mal, dass er der Hool ist. Man mag ihn auf Anhieb, obwohl er einem gerade auf irgendeine bestechend fantasievolle Weise maximal viel Verdruss bereitet. Das ist paradox? Nein, das ist maximales Kinderhaben-und-Elterndasein.

Julias lange Haare sind fast weiß vor Sonne und Sand. In vierundzwanzig Stunden wird Dr. Gröbke in ihr bisweilen immer noch sonniges Gemüt einschlagen wie ein Meteorit, um alles zu zerstören, was so etwas wie ein Anflug von guter Laune sein könnte. Das ist sein Auftrag. Er kann nichts dafür. Dr. Gröbke ist unterwegs im Namen des bayerischen Bildungssystems.

Anton kann nichts sehen durch seine Harry-Potter-Nickelbrille, die seit zwei Wochen mit Sand verdreckt ist. Er hat nie Sorgen wegen der Schule. Hat oft gute Noten, einfach so. Er hat einen Platz am Fenster, und dort fliegt das Wissen einfach so in seinen Kopf hinein. Schätze ich. Julia und Max finden das nicht gut. Sie haben Türplätze. Durch Türen kommt kein Wissen, durch Türen kommen Lehrer. Sagt Julia. Sie hat Humor. Alle Nettelbeck-Kinder haben Humor. Oft auch jede Menge Anlässe zum Sich-Ausschütten vor lauter Lachen. Ich bin gelegentlich so ein Anlass.

Anton ist viel zu verträumt, um allzu leidenschaftlich interessiert zu sein an Noten. Ich glaube, das ist sein Geheimnis, deshalb hat er keine Probleme damit. Das System, das dahintersteckt, ist teuflisch, mal ganz abgesehen von Tür- oder Fensterschicksalen. Fußball ist das, was ihn wirklich brennend interessiert. Fußball und die Frage, wann endlich die Leute vom FC Barcelona auf seinen Brief antworten, in dem er ihnen, was ich nett finde, angeboten hat, ab der kommenden Saison für Barca zu spielen. Was aber die vom TSV Waldtrudering erst wissen dürfen, wenn der Deal perfekt ist. Dort spielt er in der zweiten Mannschaft der D-Jugend und ist unersetzlich als Lionel Messi von München. Das Messi-Dasein ist seine Antwort auf die gelegentlich zu hörende Vermutung, er sei ein Streber. Seinem Spitznamen in der Schule (»der Professor«) setzt er eine manchmal verrückt wirkende Leidenschaft für Fußball entgegen. Die aber gelegentlich etwas, sagen wir, akademischer Natur ist. Wer schoss im Jahr 1989 das »Tor des Jahres«? Anton weiß es. Klaus Augenthaler. Wer steht in der »Ewigen Tabelle der Bundesliga« auf dem 52. und somit letzten Platz? Anton weiß es. Tasmania Berlin. Miroslav Klose spielt seit wann wo in Italien? Anton weiß es. Seit 2011 bei Lazio Rom.

Anton wundert sich, dass er in der Schule immer noch »Professor« genannt wird, wo er doch alles über Fußball weiß. Ich wundere mich nicht.

Prof. Anton hin, Dr. Gröbke her: Waldtrudering ist jedenfalls unser Idyll. Solange nicht Schule ist.

Solange nicht Schule ist, sind wir alle glücklich (und solange wir noch Hoffnung auf Post aus Barcelona haben). Und solange nicht Pia auf mich sauer ist.

Wenn Pia sauer auf mich ist, hört sich mein Leben so an: Dada-dada-dada. Ich liebe sie und kann es nicht aushalten, wenn sie sauer auf mich ist. Sie liebt mich auch, sagt sie, weshalb sie eben manchmal sauer auf mich ist. Sie ist eine Frau. Das ist ihre Logik.

Die Kinder fangen an zu laufen. »Beeil dich, Nettelbeck«, rufen sie mir zu, »Mama sagt, dass wir den ersten Schultag verpassen, wenn wir das Flugzeug verpassen.«

Na und, denke ich, was verpassen wir denn dann?

Um mir die Antwort gleich selbst zu geben: Dann verpassen wir das Hefte-Kaufen und die Schlange im Schreibwarengeschäft, die von Waldtrudering bis zum zehn Kilometer entfernten Marienplatz reicht (fünfmal Kariertohnerand, fünfmal Liniertmitrand, fünfmal blaue Umschläge, fünfmal rote ...). Wir verpassen Lateinvokabeln-Abfragen, Latein-oder-Französisch-Entscheidungen, Gymnasium-jetzt-noch-nicht-oder-erst-mal-Realschule-Entscheidungen, Musisch-oder-naturwissenschaftlich-Entscheidungen,

Pisa-Schock-Diskussionen, Nachhilfeindustrie, Schulweglotsendienst, G8-Wahnsinn, Chinesisch-als-Wahlfach-Debatten, Lehrersprechstunden, Pausebrotschmieren (in der Morgendämmerung), Pausebrotresteeinsammeln (in der Abenddämmerung), verhauene Physik-Exen am Gymnasium, Übertrittsbammel in der Grundschule, Anton-Trösten (weil er nicht Klassensprecher wird), Pia-Trösten (weil Anton nicht Klassensprecher wird), Elterninitiativen zur Rettung der alten Subtraktionsregeln, Elterninitiativen gegen den Notendurchschnitt in der letzten Mathe-Arbeit und Elterninitiativen zur Regelung der Hausaufgabenbetreuung im Hort.

Davon unberührt sind private telekommunikative Initiativen von Eltern aus der Nachbarschaft, die mitten in der Nacht wissen wollen, ob morgen in der 3b Schwimmen dran ist in der dritten Stunde.

»Nein? Erst nächste Woche? Morgen ist Turnen? Ach so. Na ja, schönen Dank für die Info. Aber da wir schon so nett miteinander plaudern: Könnt ihr eigentlich schon für Deutsch Herrvonribbeckaufribbeckimhavel … Nein? Unglaublich, oder? Was die wieder verlangen … Okay. Ja, auch gute Nacht.«

Man steht barfuß am Telefon, starrt ins Dunkel, murmelt wirr »… bis lobesam/Der von Ribbeck auf Ribbeck zu sterben kam …«, und man denkt ans Sterben und daran: noch ein paar Stunden bis zum Pausebrotschmieren.

Ist das Horror?

Das ist Horror.

Ich finde, den kann man auch mal verpassen.

Pia findet das nicht.

Hier übrigens die Top Ten der wichtigsten Ehescheidungsgründe – unter Hintanstellung der Frage, wann der ideale Zeitpunkt zum Kinderkriegen ist:

1. Die Frage der richtigen Entbindungsklinik
2. Die Frage der angemessenen Frühförderung
3. Die Frage: Bilingualer Kindergarten oder Wald-Kita nach Rudolf Steiner?
4. Die Frage der besten Grundschule
5. Die Frage des richtigen Gymnasiums
6. Die Frage: Latein oder Französisch?
7. Die Frage: Sprachen oder Naturwissenschaften?
8. Die Frage, was man von Noten hält
9. Die Frage, was man von einer Sechs hält, und
10. Die Frage, wer deshalb mit dem Lehrer spricht.

Weit abgeschlagen abseits der Top Ten im Wettbewerb der Scheidungsgründe: Sie hat einen anderen/eine andere; er hat eine andere/einen anderen ... So was sind Petitessen – im Gegensatz zu Schulproblemen. Findet Pia.

Ich wollte noch mal zum Strand, ein letztes Mal, und Pia sagte: »Typisch.« Sie wollte früh packen, um ganz schnell und garantiert pünktlich am Flughafen zu sein, und ich sagte: »Typisch.« Sie hat immer Stress beim Reisen. Und sie findet, ich hätte nie Stress beim Reisen, eben weil ich immer alles ihr überlassen würde, vor allem den Stress beim Reisen. Und beide hatten wir das Gefühl: Die Ferien sind gleich vorbei. Und das ist für den letzten Ferientag sogar ausgesprochen typisch.

Noch 24 Stunden. Und jetzt sind es vielleicht sogar nur noch 23 Stunden.

Da gibt es doch diesen, na ja, zweitklassigen Film. (Das ist dumm jetzt, dass mir nur ein zweitklassiger Film aus den achtziger Jahren einfällt, um meine Situation kurz auf den Punkt zu bringen.) Mit Nick Nolte und Eddie Murphy. Er heißt *Nur 48 Stunden* und ist ein Actionfilm. Ich mag Actionfilme mit Happy End. Pia mag romantische Komödien mit Happy End, Schwarzweißfilme oder Arthouse-Zeugs. Und manchmal sogar finnische Problemfilme mit syrischen Untertiteln. Sie hat's mit der Kultur. Wir haben trotzdem eine gute Ehe. Vor allem in den Ferien.

Also. Nick und Eddie erleben in achtundvierzig Stunden unfassbare Abenteuer, die mit einem Ganoven zu tun haben, der als Strafgefangener am Bau eines Kanals arbeitet, aber von seinem Freund gewaltsam befreit wird. Dabei gehen beide nicht allzu zimperlich vor und ermorden mehrere Justizvollzugsbeamte – bevor sie auch noch ihren ehemaligen Komplizen ermorden, dessen Freundin entführen und ... Und dann gibt es rasante Autofahrten, Action, Stunts, Thrill, Suspense und ... Und das ist lächerlich im Vergleich zu den nächsten vierundzwanzig oder meinetwegen dreiundzwanzig Stunden im Leben der Familie Nettelbeck.

Wer Schulkinder hat, braucht keine Stunts und Thrill und Suspense. Wer Schulkinder hat, hat kein Leben, sondern der lebt in einem Actionfilm. Buch und Regie: Dr. Gröbke. Dada-dada-dada.

Ganz genau: Das mit dem Happy End ist gar nicht mal besonders sicher.

In der Tür zum Ferienhaus steht Pia. Die Koffer sind im Auto. Sie wartet. Sie guckt auf die Uhr. Sie guckt auf ihr Display. Und sie hat sehr grüne Augen.

Sie schaut mich an.

Ommmmm.

Ich atme ein, ich atme aus.

Die Wolken wolken, und die Möwen grinsen. Die wissen Bescheid. Die kennen sich aus im Luftraum über Portugal. Deshalb wissen sie, dass wir heute nirgendwohin kommen. Nach München schon gar nicht. Wir kommen höchstens an den Rand des Wahnsinns und an den Rand einer Ehescheidung. Und zwar noch bevor ich Max auf dem Autobahnparkplatz vergesse.

Der Kofferraumdeckel knallt ins Schloss. Pia steigt in den Peugeot, den wir vor zwei Wochen am Flughafen gemietet hatten.

»Maximal sechzig Minuten bis nach Faro, höchstens neunzig Minuten bis zum Check-in«, will ich sie beruhigen. »Allerhöchstens, mach dich locker.« Wir rasen los.

»Wenn wir nicht in einen Stau geraten«, sagt Pia. »Warum können wir nicht mal pünktlich losfahren? Warum musstest du vorher unbedingt an den Strand? Und den Wagen müssen wir ja auch abgeben. Das kostet Zeit. Kannst du dich an London erinnern? Als wir noch drei Stunden hatten bis zum Rückflug, wir aber das Auto bei diesem seltsamen Autovermieter am Stadtrand in der Pampa abgeben sollten, und als wir dort ankommen, da hat der Mittagspause und ein Schild an der Tür, und du hämmerst wie blöd gegen die Scheibe, und der Polizist, der daraufhin auftaucht, will wissen, was wir hier machen und ob wir uns eigentlich ausweisen können. Gott, war das peinlich ... Und dann haben wir das Gate nicht gefunden und ...«

»Ich weiß, Pia, das war wirklich eine Hetze, hast ja recht. Aber schön war's doch auch. Oder? London? Südengland? Weißt du noch, der Pub mit dem verrückten Dart-Spieler und seiner betrunkenen Freundin ... Die Reise fand ich super. Dass du dich überhaupt an den verdammten Stress erinnerst. Ich erinnere mich nur an das Tolle. Aus Prinzip. Probier das mal. Kann ich empfehlen.«

»Danke für den Tipp. Toll.«

Tempo jetzt, Tempo! Ein Peugeot mit quietschenden Reifen voller Zu-spät-und-wer-ist-dran-schuld-Diskussionen. Man sieht uns den letzten Ferientag bestimmt schon von weitem an.

»Und du«, sage ich zu Pia, »musstest unbedingt noch eine Brotzeit für die Fahrt machen, weil wir ja sonst bis zum Flughafen verhungern.«

Pia jongliert einen kleinen Berg voller bunter Tupperware-Schächtelchen auf den Knien. Ich frage mich, wann ich sie das letzte Mal ohne bunte Tupperware-Schächtelchen gesehen habe, aber ich kann mich nicht erinnern. Muss lange her sein.

»Will jemand was?« Pia dreht sich zu den Kindern im Fond um.

»Nö.«

»Nö.«

»Nö.«

Tupperware-Wahnsinn. Ich habe eine Tupperware-Abhängige geheiratet. Eines Tages kommt jemand von der Fabrik und überreicht Pia das goldene Tupperware-

Schächtelchen, weil sie das millionste Stück gekauft hat. Wir sind dann im Fernsehen. Sie ist eine Tupperware- und Apfelspalten-Fanatikerin. Ich bin ihr Mann, wie konnte das passieren?

»Man kann nie wissen. Die werden schon noch Hunger kriegen. Und du auch. Dass wir überhaupt so knapp in der Zeit liegen … Auf den allerletzten Drücker, wie immer, du und deine seltsamen Billigfliegertermine. Und dann müssen wir auch noch von Memmingen nach München fahren, weil die Billigfluglinie ja nur in der Wüste starten und landen kann. Weit weg von München. Überhaupt: Wer reist denn am Montag zurück, wenn am Dienstag die Schule losgeht? Nur du! Mit Air Pinguin!«

Sie checkt ein paar Mails.

»Dafür waren wir alle noch mal am Strand.«

»Ich nicht. Schon vergessen? Die Koffer. Allein, wenn ich an die Schmutzwäsche denke, und dann morgen drei verschiedene Schulen, alles zwischen acht und neun.«

»Du willst nicht im Ernst bei Julia dabei sein?«

»Du nicht?«

»Pia, ich bestimmt nicht. Gut, Max, dritte Klasse, das sehe ich ja noch ein, aber Anton, der geht jetzt in der sechsten Klasse nur in ein anderes Gymnasium als Julia, und das liegt auch noch so günstig, da ist er in zehn Minuten dort, der braucht uns nicht mehr. Und Julia sowieso nicht. Das ist der bestimmt voll peinlich, wenn wir da aufkreuzen.«

»Also die Eltern von Alice, die gehen hin. Und Kathrin kommt bestimmt auch. Uli sowieso. Uli hat immer ihren Mann dabei. Immer.«

»Kann ich mir denken. Notfalls trägt er Handschellen,

und sie zieht ihn hinter sich her wie einen Fluchtverdächtigen, die sind ja auch …«

Julia mischt sich ein, aus dem Fond: »Wenn ihr kommt, gehe ich nicht.« Sie hat sogar die Ohrstöpsel rausgenommen. Macht sie selten. Es muss ihr ernst sein.

Damit ist das geklärt. Fast tut mir Pia ein bisschen leid. Aber nur fast.

Sie seufzt. Am liebsten würde ich sie jetzt in den Arm nehmen, aber ich habe mit den quietschenden Reifen zu tun, die, wenn ich das richtig sehe, auch nur nach dem Prinzip eines Zufallsgenerators auf meine Eingriffe am Lenkrad ansprechen. Ein Stoßdämpfer ist wohl ebenfalls kaputt.

Die Kinder finden das Hin-und-her Geschaukel klasse. Unter Gebrüll und Gelächter lassen sie sich von der einen auf die andere Seite fallen.

Max sagt, wir sollen mehr Linkskurven fahren, weil es dann Julia erwischt.

Anton sagt: »Rechtskurven!« – weil es dann Max erwischt.

Pia sagt laut: »Könnt ihr nicht mal still sein, bitte?«

Sie ist wirklich sehr nervös. Und mit Blick auf die Uhr muss ich zugeben: nicht ganz zu Unrecht. Ich trete aufs Gas.

Sie checkt ein paar Mails.

»Pia, bitte, schön cool bleiben. Ich verspreche: Heute Abend sind wir pünktlich in München, und morgen sind alle am ersten Schultag dort, wo sie sein sollen. Ich verspreche es dir. Hoch und heil…«

»… heilige Scheiße!«

Ich trete die Bremse durch, der Peugeot bockt und

kommt zitternd und quietschend zum Stehen. Dann röchelt er. Ich auch. Die Kinder sind mucksmäuschenstill.

Wir stehen im Stau auf der Autobahn, dreißig Kilometer entfernt vom Flughafen.

»Nettelbeck! Das ist ein Stau.«

»Ja, Pia, das ist ein Stau, aber der löst sich bestimmt gleich auf.«

»Blöder Stau.« Das ist Anton. »Saustau. Stausau.« Max. Gelächter.

Wir stehen. Pia checkt.

Und stehen. Und Pia checkt.

Und schweigen.

»Will jetzt vielleicht jemand eine kleine Brotzeit?«

Das soll ein Scherz sein. Aber Pia bringt mich mit Hilfe eines besonders giftgrünen Blickes augenblicklich zum Schweigen. Sie legt das Handy weg.

Ich muss etwas unternehmen. Aber was?

Stau – nicht mit mir, denke ich und fahre einfach auf dem Standstreifen weiter. Was aber nur ein paar hundert Meter lang gut geht. Auf dem Standstreifen befinden sich: Röchel-Peugeot an Ächz-SEAT an Quietsch-Volkswagen. Mietautos voller Touristen, die zum Flughafen wollen. Wohl auch auf die Idee mit der Billig-Airline gekommen. Air Pinguin, wie Pia sagt.

Autos voller streitblasser Ehepaare und braun gebrannter Kinder. Ich wette, ich kenne die Elterngespräche. Dann zockeln wir wie alle anderen in Richtung Flughafen. Pia schaut ungefähr alle zehn Sekunden auf die Uhr, um der Welt, aber insbesondere mir zu verkünden, dass es schon wieder zehn Sekunden später sei als vor zehn Sekunden.

Sie hängt am Handy. So wie Drogenabhängige zur Flasche oder zum Heroin greifen.

Hoffnungslos.

Abgrunddunkelpiagrün.

Wir erreichen den Flughafen trotzdem. Fast pünktlich. Pia guckt in den Himmel, wo die Billigfliegermaschine eigentlich schon auf dem Weg nach Memmingen sein müsste. Ist aber nichts zu sehen.

Hurra.

Ich beschleunige den Gepäckwagen, auf dem das Nettelbeck'sche Koffermassiv voller sandiger Schmutzwäsche von den drei Gipfelkreuzen Julia, Anton und Max bekrönt wird. Pia läuft nebenher, und ich rufe ihr zu: »Just in time!« Man muss positiv denken. »Aus irgendeinem Grund wird sich der Abflug verschoben haben.«

Im Laufschritt geht es durch die Hallen. Wir wuchten das Gepäck zum richtigen Counter – und stehen erneut in einer Schlange. Die Schlange windet sich ein paarmal durch die Abflughalle. Männer mit roten Gesichtern brüllen wütend herum. Frauen suchen nach ihren Kindern. Angestellte des Flughafens wünschten, sie wären am Strand.

Ich auch. Mit den Zehen im warmen Sand.

Okay, erst mal Ruhe bewahren. Info einholen.

Ich stelle mich in die murrende Wutschlange vor dem Abfertigungsschalter. Pia ist schon am Handy. Checkt die Lage. Die Kinder setzen sich maulend auf eine Bank, haben Hunger und essen belegte Brote und Apfelspalten aus knallbunten Tupperware-Schächtelchen verschiedener Größen.

»Streik«, sagt Pia nach ihrer Netzrecherche. »Die Lotsen streiken in Frankreich, und deshalb kommt die Maschine aus Paris nicht nach Faro. Und deshalb kommen wir heute nicht nach Memmingen und von dort nicht nach München. Und deshalb kommen die Kinder morgen nicht in die Schule. Am ersten Schultag! Mann, Nettelbeck!«

Kann das sein – oder hat sich »Nettelbeck!« gerade ganz genau wie »Vollpfosten!« angehört?

Streik. Das lasse ich mir nicht bieten. Ich habe doch nicht umsonst ein Vermögen in die Billigfliegertickets investiert. Ich rufe die Hotline der Fluggesellschaft an. Die Hotline ist tot.

Ich wähle neu. Tot.

Ich wähle neu. Ansage vom Band, man möchte bitte später anrufen.

Neu wählen. Tot. Neu wählen. Band. Neu wählen. Tot. Tot. Tot. Mausetot.

Ich frage, nach langem Warten in der Schlange, die sich allmählich zum Flash-Lynch-Mob gegen Air Pinguin verabredet, den Mann am Schalter. Ich spreche ihn in einer Mischung aus gerechter Feriengast-Empörung, mittlerem Englisch und zusammengeklaubtem Hispano-Portugiesisch an, worauf er mir höflich, ruhig, deeskalierend und in perfektem Deutsch antwortet: »Sie können umbuchen auf die Maschine, die morgen früh abgeht. Um sechs Uhr zehn. Einchecken wäre dann möglich bis fünf Uhr zehn. Das Gepäck könnten Sie heute schon hierlassen.«

»Sollen wir am Flughafen übernachten, oder was?«

»Das wäre eine Möglichkeit, mein Herr, doch ich empfehle Ihnen ein Hotel in Faro in Flughafennähe. Sie nehmen dann nur das Nötigste mit ins Hotel und kommen morgen früh wieder.«

»Ich will nicht morgen nach Memmingen fliegen, sondern heute. Ich will kein Hotel. Heute ist der letzte Ferientag. Morgen geht die Schule los. Ich habe drei Kinder. Wir haben sandige Schmutzwäsche, Julia will Latein abwählen. Und Pia ist sauer. Wir müssen noch heute nach Memmingen. Oder gleich nach München. Unbedingt. Verstehen Sie?«

Der Mann schaut mich ernst an. »Wie bedauerlich. Übrigens geht auch morgen keine Maschine nach Memmingen, sondern erst in einer Woche. Morgen früh können wir Sie nur nach Bergamo bringen.«

»Bergamo?«

»Ja, Bergamo, Italien.«

»Und wie soll ich morgen von Bergamo nach München und dann nach Memmingen kommen?«

»Zug? Leihwagen? Flugzeug?«

»Flugzeug? Das machen wir.«

»Allerdings fliegt diese Maschine erst am Mittwoch.«

»Mittwoch.«

»So ist es.«

»Und wer bezahlt überhaupt den Leihwagen, Herrgott noch mal?«

»Die Fluggesellschaft bedauerlicherweise nicht. Wir können ja nichts für den Streik in Frankreich.«

»Ich auch nicht!«

»Ja, Sie haben vollkommen recht, Sie auch nicht.«

Ich überlege kurz, ob ich mir das schriftlich geben lasse. Nur so, für Pia als amtliche Entschuldigung, lasse es aber bleiben. Ein Stückchen Selbstachtung besitze ich noch.

Zurück bei Pia und den nach langem Warten müde aussehenden Kindern im wie von Hunnen geplünderten Tupperware-Paradies verkünde ich: »Dem hab ich's aber gegeben. Die buchen uns jetzt um auf morgen früh. Eine Maschine, die uns, äh, fast bis nach München bringt. Jetzt suchen wir uns erst mal ein nettes Hotel in Flughafennähe. Vielleicht können wir noch am Strand von Faro spazieren gehen, und danach lade ich euch zum Abendessen ein. Na, ist das was?«

Ich verschweige, dass der erste Schultag in diesem neuen Schuljahr wohl ausfällt.

Pia blickt von ihren popbunten Plastik-Brotzeit-Boxen auf: »Das ist toll, Schatz. Erklär mir doch noch eben, was genau du mit ›fast bis München‹ meinst – und ich rufe dann eben mal die Schulen der Kinder an, um zu erklären, dass Julia, Anton und Max vermutlich nicht am ersten Schultag teilnehmen können, weil ihr Vater noch am Strand von Faro herumspazieren will, um erst morgen bis fast nach München zu kommen. Die Kinder werden dann fast pünktlich in der Fast-Schule sein. Was also heißt ›fast‹, Nettelbeck?«

»Pia, heute ist Montag. Da ist niemand in der Schule. Außerdem sind immer noch Ferien. Fast ist: Bergamo.«

»Bergamo.«

»Bergamo, Italien.«

»Ich weiß, wo Bergamo liegt, das ist Mailand, das sind vier Stunden bis nach München, wenn das mal reicht. Und ankommen tun wir nicht vor neun in Bergamo ... also ...«

»Äh, ja. Also.«

»Wir verpassen den ersten Schultag!« Pia setzt sich auf

einen Koffer. »Bergamo. Der Fluggesellschaft hast du es aber so richtig gegeben, Nettelbeck.«

Ich könnte sie manchmal wirklich fast umbringen. Sie hat kein bisschen Abenteuer-Energie. Ich hätte von Sagres lossegeln sollen. Allein. Ohne Tupperware-Schächtelchen. Nur mit Pökelfleisch und Rum und Keira Knightley aus *Fluch der Karibik 4*.

»Erst mal ins Hotel, Pia, ja?«

»Ich könnte dich manchmal wirklich umbringen. Typisch Nettelbeck. Wo du bist, ist Chaos. Na ja, wir sitzen hier eh fest. Und morgen sehen wir, was geht.« Pia schaut mich versöhnlich an. Vielleicht ist sie aber auch nur sehr müde.

Die Kinder sind auch müde. Nur Max turnt herum auf dem Kofferberg. Er hat mehr Energie als alle anderen. Ist ja schließlich der Jüngste. Das ist wie mit Computern oder Handys. Die neueste Generation hat immer den leistungsfähigsten Akku. Aber unheimlich ist er mir manchmal doch.

Anton hat einmal die Theorie entwickelt, Max sei von Außerirdischen zur Erde geschickt worden, dort solle er so viel Unheil und Chaos anrichten, dass die Außerirdischen in aller Ruhe die Invasion vorbereiten können.

Ja, es stimmt, Anton ist ein Kind mit viel Fantasie. Aber andererseits: Da könnte was dran sein. Nach acht Jahren Max müsste die Erde eigentlich reif sein, um ohne nennenswerten Widerstand erobert zu werden. Und wenn ich jetzt überlege: Klimawandel, Finanzkrise, Syrien, FDP, Air Pinguin … Nachdenklich schaue ich mein Kind an. Es turnt. Gerade löst sich ein Koffer von ganz oben und setzt eine kleine Kofferlawine voller sandiger Schmutzwäsche in Gang. Max brüllt vor Lachen.

Das große Gepäck lassen wir hier, beschließe ich.

»Taxi!«

Im Taxi gibt es eine Diskussion über den ersten Schultag, den wir verpassen. Julia findet das ganz okay. Max ist begeistert, nur Anton wirkt etwas blass um die Nase und muss sich von seinen Geschwistern als »Streber«, »Honk« oder »Weltraumschrott« beschimpfen lassen. Max ist ein unermüdlicher Generator exotischer Beschimpfungen. Pia schaut mich grünlich an. Sie telefoniert mit den Müttern anderer Kinder, um unsere Erster-Schultag-Misere zu managen. Denn jetzt ist Krise. Sie ist der CEO und führt ein familiäres Kleinunternehmen, das sich auf die Produktion von Bildung, Wissen und Sozialkompetenz spezialisiert hat. Sie ist CEO, ich bin der Hiwi.

Eine halbe Stunde später fährt eine schweigsame Familie Nettelbeck bei einem Hotel vor, das mit »in Flughafennähe gelegen« ausführlich luxuriös beschrieben ist. Glücklicherweise ist auch der Strand in der Nähe. Die Schuhe lassen wir unter einer hölzernen Treppe, die von der Promenade zum Strand führt, und gehen barfuß los. Mittlerweile ist es Nachmittag, eine frische Brise bringt mich auf andere Gedanken. Riesige Muscheln gibt es hier. Die Kinder sammeln sie haufenweise und freuen sich über den Zusatztag am Strand. An einer Bude gibt es Fisch, Weißwein, Wasser und Brot. Selbst Pia wirkt wieder gnädig. Alles wird gut.

»Komm«, sagt Pia, »wir müssen allmählich zurück ins Hotel. Lass uns ganz früh schlafen gehen, dann sind wir morgen ausgeruht in aller Herrgottsfrühe am Flughafen.« Die Herrgottsfrühe hat es ihr eh angetan. Sie ist Frühaufsteherin.

Überflüssig zu erwähnen, dass ich der geborene Langschläfer bin.

Unsere Ehe ist das Ergebnis vorsätzlichen Betrugs. Als wir uns kennengelernt haben, sagte sie mir, dass sie gerne in aller Frühe aufsteht, weshalb ich, wenn sie mal bei mir in München war, sie wohnte damals in Berlin, den Wecker immer auf halb sechs gestellt habe, um Frühstück zu machen, Blumen und Semmeln zu holen und zu joggen. So hat sie sich in mich verliebt. Aber es war (insbesondere das mit dem Joggen): eine große Lüge. Und ich habe ihr erzählt, dass ich gerne nachts durch die Gegend ziehe, weshalb sie ein paar Wachbleib-Pillen eingeworfen hat, um mit mir vom Kino ins Restaurant, an die Bar und dann noch auf irgendeine Party zu gehen. So habe ich mich in sie verliebt. Aber es war (insbesondere das mit der Bar): eine große Lüge.

Heute ist es so, dass sie zwischen *heute-journal* und *Tagesthemen* zuverlässig auf dem Sofa einschläft. Ich schaue sie dann lange an. Sie sieht sehr zerknittert aus. Und ich schlafe noch (obwohl zwangsumgelernter Frühaufsteher mittlerweile – zur Hölle mit der deutschen Schule schon dafür, dass sie um acht beginnt!), während Pia fröhlich unter der Dusche steht. Wenn sie nach nur fünf Minuten, maximal, denn sie ist eine Energie-Effizienz-Duscherin der Klasse AAAplusmitStern, wenn sie also fit und frisch rauskommt, sieht sie mich quer und unrasiert über dem Bett liegen. Ich sehe dann, möglicherweise, also eventuell, im

Sinne von: Das kann ich nicht vollkommen ausschließen, sehr zerknittert aus.

Das Wunder der Liebe: Dass man sich, obschon definitiv nicht füreinander bestimmt, trotzdem trifft wie zwei kollidierende Planeten im Universum (es endet auch so) – und selbst dann noch liebt, wenn man sich schon längst durchschaut hat. Das Problem der Liebe: die allgemeine Zerknitterung.

Wir, die fünf Zerknitterten, die in Faro Sitzengebliebenen, gehen zurück zur Holztreppe, wo die Schuhe stehen. Max sitzt auf meinen Schultern. Er zupft mir ohne Unterlass die Haare aus. Macht nichts. Auf die paar kommt es nun wirklich nicht an.

Dann sagt er: »Acht.«

»Was acht?«

»Acht Schuhe.« Wir nähern uns der Holztreppe. Ich bin mir sicher, dort stehen unsere zehn Schuhe.

»Nein, Max, wir sind fünf. Fünf mal zwei ist zehn. Kleines Einmaleins. Solltest du eigentlich können.«

»Acht«, beharrt er von seinem Ausguck auf meinen Schultern. So ein Querulant. Und obendrein schlecht im Zählen.

Dann sind wir da. Acht Schuhe sind ebenfalls da. Meine nicht.

»Man hat mir meine Schuhe geklaut.«

Wir suchen sie überall. Anton will, dass wir die Polizei holen. Pia will ins Hotel. Ich will vom Erdboden verschluckt werden.

»Alte gebrauchte Schuhe in Größe 44. Weg. Geklaut.

Wer macht denn so was?« Pia antwortet: »Wahrscheinlich ein riesiger Fan von dir.«

»Sehr lustig.« Ich schaue auf die Uhr. »Wisst ihr was, ihr geht jetzt vor ins Hotel, ich laufe noch mal die Straße runter, vielleicht kann ich mir irgendwo Schuhe kaufen. Das Gepäck ist ja leider schon am Flughafen. Ich hab nur dieses Paar Schuhe. Hatte es.«

Die Läden haben zu. Scheiß Faro. Lauter Diebe und Nichtstuer leben hier. Schuh-Entführer. Stalker. Gesetzlose.

Barfuß gehe ich zum Hotel zurück.

Alles positiv sehen? Fuck.

Es ist ein heruntergekommenes, schäbiges kleines Billighotel. Aber trotzdem hat die Frau an der Rezeption, die keine Rezeption, sondern nur ein Holztresen ist, eine gewisse Würde. Mit dieser gewissen Würde betrachtet sie meine schwarzen Füße, die aussehen, als hätte ich noch nie Schuhe besessen. Sie will wissen, ob es mir etwas ausmacht, im Voraus zu bezahlen.

Der Wecker klingelt uns aus dem Bett. Mitten in der Nacht, es ist vier Uhr. In einer Stunde sollen wir am Flughafen sein. Jetzt geschieht alles wie in Trance beziehungsweise in einem Alptraum. Kinder wecken. Zähne putzen. Taxi bestellen. Die Kinder quengeln. Frühstück gibt es keins. Aber Pia zaubert ein paar Tupperware-Schächtelchen herbei. Die Welt könnte untergehen, die Sonne könnte implodieren: Pia hätte noch irgendwo ein Tupperware-Schächtelchen.

Was ist von den Inka geblieben, was von den Hunnen,

was von den Sumerern? Von den Nettelbecks wird bleiben: kleine bunte Plastikschächtelchen. Was die Historiker wohl daraus schließen werden?

Aus Zeitgründen lasse ich das Duschen sein und versuche nur die schwarze Kruste von gestern von meinen Füßen zu schaben. Mit wenig Erfolg. Vielleicht gibt es ja am Flughafen einen Schuhladen, der schon aufhat.

Gibt es nicht. Viel zu früh. Als Schwarzfußindianer wandle ich durch die Shoppingzone des Flughafens und rüttle an den Eisengittern wie weiland der Kandidat Schröder am Kanzleramt. Ich will hier rein. Ich will Schuhe.

Ich bin fünfzig Jahre alt und schuhmittellos. Nicht am Strand. Sondern dort, wo man schwarze, klebrige Krusten kriegt. Am Flughafen von Faro gibt es viel Kaugummi am Boden. Jemand vom Reinigungspersonal betrachtet meine Füße und hebt, fast unmerklich, eine Augenbraue.

Die Maschine nach Bergamo betrete ich schließlich mit Flip-Flops der Größe 37. Ich habe sie aus einer Mülltonne im Wartebereich. Sie haben Goldglimmer. Vorne ragen die schwarzen Zehen über die Gummisohle. Hinten die schwarzen Fersen.

Beim Einstieg wünscht mir eine sehr gut aussehende Stewardess von Air Pinguin einen wunderschönen guten Morgen. Dann betrachtet sie meine Füße.

Pia guckt angestrengt auf ihr Handy. Die Kinder tun so, als ob sie mit ihrer alleinerziehenden Mutter unterwegs wären.

Trotzdem steigen wir zusammen in Bergamo aus. Es ist kalt und regnerisch. Die Begrüßung der neuen Schüler: Das dürfte gerade gelaufen sein.

»Und so ein verpasster erster Schultag«, sage ich zu Pia, während wir auf unser Gepäck warten, »ist doch immerhin auch mal ein Abenteuer. Es gibt eh viel zu wenig Abenteuer, oder, Pia, Schatz?« Der Schatz schweigt und hält Ausschau nach unseren Koffern.

Zehn Minuten vergehen. Zwanzig Minuten vergehen. Dreißig. Keine Koffer. Die Kinder schlafen auf Wartebänken. Ich gehe zur Gepäckermittlung.

Dort gibt man mir eine Nummer des Ground Service International (GSI) mit Sitz in Berlin, die seien zuständig für unauffindbares Gepäck, ich solle dort anrufen, um zu erfahren, was mit den Koffern aus Faro ist. Ich solle auch meine Handynummer dalassen. Die GSI werde sich gerne bei mir melden. Außerdem will man für den »Property Irregularity Report« wissen, was in den Koffern sei. Ich antworte: »Sandige Schmutzwäsche.« Und dann drehe ich ein kleines bisschen durch.

Ich brülle: »Das geht nicht, ich kann nicht hier herumtelefonieren und auf Koffer warten, die wahrscheinlich nach Izmir unterwegs sind. Was ist das denn hier bloß für eine Mistfluggesellschaft! Verdammt!«

Kann sein, dass ich ein bisschen rot bin im Gesicht. Die Kinder sind in Hörweite, werden wach und setzen wieder ihre vaterlosen Gesichter auf. Pia sieht aus wie eine glücklich geschiedene Frau.

Die Dame von der Gepäckermittlung blickt auf meine noch golden schimmernden, mittlerweile aber eingeschwärzten Flip-Flops der Größe 37 und gibt mir in deeskalierender Absicht zu verstehen, man tue alles, was in der Macht von Air Pinguin stehe, um mir zu helfen.

»Danke.«

Zurück zu Pia und den kofferlosen Kindern. Ich erzähle, dass ich es denen gegeben habe, wir aber trotzdem ohne Koffer erst mal nach München fahren müssen. Wir können es immer noch schaffen, um nachmittags die Sachen für die Schule zu organisieren und herauszufinden, welches Kind in welche Klasse gekommen ist. 9e, Julia: Das wissen wir ja schon. Ist ein Anfang.

Pia checkt ihre Mails.

Dann checkt sie meine Füße. Die Kinder betrachten meine Füße. Andere Fluggäste betrachten meine Füße. Die Frau am Schalter der Autovermietung betrachtet meine Füße. Füße können schon vom langen Betrachtetwerden regelrecht schwarz werden, glaube ich.

Vor der Autoverleihfirma in Bergamo: eine kleine Schlange.

Ein grüner Blick von Pia.

Ich atme ein, ich atme aus.

Nur zwei Stunden später sind wir im Besitz eines Kleinwagens. Max, Anton und Julia beginnen sofort einen Krieg auf den Rücksitzen, in dem es um Landgewinn geht. Bis zum Brenner hört dieser Krieg nicht mehr auf. Es regnet. Tocktocktock. Pia stellt sich schlafend.

Ich atme ein, ich atme aus.

Und rufe ab jetzt alle zehn Minuten die GSI in Berlin an. Dort meldet sich niemand. Wahrscheinlich haben die mir nur irgendeine Nummer gegeben in Faro, in deeskalierender Absicht.

Ich bitte Pia darum, mal zu checken, ob es die GSI in

Berlin gibt. Sie sagt, sie schlafe. Dann macht sie es trotzdem. Auch in deeskalierender Absicht. Im Internet findet Pia die GSI, die Gesellschaft für Schweißtechnik und Innovation. »Dann ruf die Auskunft an. Bitte.«

»Nettelbeck. Was soll das? Die Koffer sind nicht da. Darum können wir uns morgen noch kümmern. Das mit dem ersten Schultag hat sich eh erledigt. Alle sind müde. Wir haben kaum was gefrühstückt. Es regnet. Ich will jetzt bitte einfach nur nach Hause. Gib Gas.«

»Aber ich will wissen, wo die Koffer sind. Ich lasse mir das nicht gefallen. Ich will jetzt mit der GSI sprechen.«

Woraufhin Pia meint: »GSI, GSI, das ist doch nur ein Nebenkriegsschauplatz. Auf den allerletzten Drücker heimfahren, das ist das Problem. Und jetzt sitzen wir da.«

»Fahren wir da«, sagt Julia. Witzig.

»Auch nicht besser.«

Die Kinder sind mit der wechselseitigen Eroberung und dem Verlust von Ellenbogenräumen und Knieanhöhen beschäftigt. Die Schlacht wogt hin und her. Sie lassen uns in Ruhe streiten. Irgendwie hat Pia recht. Aber das kann ich jetzt unmöglich zugeben. Ich muss angreifen.

»Du bist nur so genervt, weil wir den gottverdammten ersten Schultag verpassen.«

Ich gebe Gas.

»Fahr vorsichtiger, Nettelbeck! Willst du uns umbringen? Der Tag ist doch gelaufen.«

»Komm schon, Pia. Schule ist nicht das Wichtigste im Leben. Immer stresst du uns so mit der Schule. Immer dieser Termindruck. Ab morgen büffeln die Kinder sowieso wieder um die Wette. Und dann müssen sie Klavier üben und Gitarre. Und Max muss zum Gesangsunterricht. Und am Wochenende müssen wir alle ins Museum oder ins Konzert. Und dann organisierst du das Schulfest und beschwerst dich über irgendwelche Lehrmethoden. Unser ganzes Leben besteht nur noch aus Schule, Schule, Schule. Alle haben Stress und Druck …«

»Da kann ich doch nichts dafür. Aber die Rückreise musste ja unbedingt am letzten Tag sein, nicht wahr? Volles Risiko. Immer schön am Limit. Termine sind dir einfach egal.« Mittelgrüne Augen, Alarmstufe I. Pia ist laut geworden. »Aber so ist das Leben mit drei schulpflichtigen Kindern: Das besteht nun mal aus Terminen.«

»Und wie ich das hasse, Pia. Morgen wirst du mir sagen, dass am Soundsovielten Elternsprechtag ist. Und am Soundsovielten ist dann die Elternrunde. Und am Soundsovielten schreibt Julia eine Mathearbeit, und am Soundso…«

»Du kannst dich ja auch mal drum kümmern, verdammt.« Pia wird immer lauter.

»Eben nicht«, belle ich zurück, »wir mischen uns viel zu sehr ein in die Schule. Wir lassen denen gar keinen Spielraum. Den Kindern nicht und den Lehrern nicht. Aber die Kinder müssen selbst ihren Weg gehen. Du und die anderen Tiger-Moms, ihr seid hysterisch. Ihr überzieht total. Ist dir eigentlich klar, dass es Eltern gibt, die ihren Kindern eine GPS-Armbanduhr mitgeben, damit sie den Schulweg besser kontrollieren können? Willst du auch so eine Uhr?«

»Was soll das denn jetzt? Kannst du bitte sachlich bleiben? Ich will doch keine GPS-Uhr …«

»Aber sobald Max nicht anruft, wenn er von dem ein paar hundert Meter entfernten Hort nach Hause geht, um zu sagen, dass er jetzt nach Hause geht, wirst du gleich ängstlich und machst ein Riesentamtam.«

Schweigen. Man hört nur das Tocktocktock.

Anton sagt, ihm sei schlecht. Autofahren ist nicht sein Ding. Er heult ein bisschen. Max will aufs Klo. Julia hat den Eisernen Vorhang ihrer Haare vor den Augen und hört angestrengt in ihre weißen Ohrstöpsel hinein. Uh ha!

Pia schaut mich an. Alarmstufe II. Dunkeldunkelgrüne Augen.

»Na ja«, lenke ich ein, »früher, als ich zur Schule ging …«

Alarmstufe III: »Wenn du auch nur einmal noch einen Satz mit ›Früher, als ich zur Schule ging‹ anfängst, dann … dann …«

»Dann? Was ist dann?« Ich bin jetzt richtig laut.

Da klingelt mein Handy. Die Kampfhandlungen werden kurz unterbrochen. Pia checkt ihre Mails. Dran ist die GSI, Berlin, um mir mitzuteilen, dass unsere Koffer versehentlich nach Izmir verladen wurden. Sie kämen aber morgen von dort zurück nach Memmingen, wo ich sie gerne abholen könne.

Tocktocktock. Ich atme ein, ich atme aus.

Es ist sehr still im Kleinauto. Da höre ich ein Würgen hinter mir. Anton natürlich. Ich versuche, die Abzweigung zur Tanke zu erwischen, die gerade vorbeiflitzt. Es gelingt mir. Wenn auch nicht auf allen vier Rädern.

Zu spät.

Anton kriegt die Tür nicht mehr rechtzeitig auf und gibt den Inhalt mehrerer Tupperware-Schächtelchen nach Art einer Barockbrunnen-Fontäne von sich.

Ich kann gar nicht verstehen, warum die Autoindustrie

nicht endlich auf die empfindlichen Mägen kleiner Jungs reagiert und abwaschbare Vollplastik-Fahrzeuge erfindet. Mit innenliegenden Selbstreinigungsdüsen zum Beispiel.

Zum Glück, denke ich, ist das nicht unser Auto. Unseres steht ja in Memmingen am Flughafen.

Hm. Eben.

Weshalb sich das spontane Glücksgefühl gleich wieder verabschiedet, um einer kleinen dunklen Wolke im italienischen Leih-Kleinwagen voller halbverdauter Brotzeitdosenreste Platz zu machen.

Also Pause. Der Nettelbeck-Reinigungstrupp ist gefragt.

Eine halbe Stunde später: »Alle da?« Ich gebe wieder Gas, fahre auf den Beschleunigungsstreifen, fädle ein, die Formel 1 ist nichts gegen die Formel Nettelbeck. Ich umfasse das Lenkrad etwas härter, schau kurz in den Rückspiegel, da ...

Was ist das? Ein Kopf mit Nickelbrille, ein Kopf mit Ohrstöpseln – wo ist der Kopf von Max?

Max ist noch an der Tanke.

Wir wenden verbotenerweise, weichen einem wild hupenden Brummifahrer aus, der sich extra aus dem Führerhaus beugt, um uns auf Italienisch besser anbrüllen zu können, rasen zurück. Und da ist er. Er sitzt auf einer Bank am Rastplatz. Mit geschlossenen Augen. Er ist eingeschlafen. Sieht friedlich aus. Endlich mal.

»Gott sei Dank«, sagt Pia. »Nettelbeck, du bist wahnsinnig. Vergisst dein eigenes Kind.«

»Du doch auch.«

Wir schauen uns an, dann lassen wir es sein: das Streiten.

Dann nimmt sie mich in den Arm, wir nehmen Max in den Arm, Anton und Julia nehmen uns in den Arm. Und für einen Augenblick sehen wir aus wie eine große glückliche Familie am ersten Schultag. Irgendwo im Regen zwischen Brenner und den Klassenzimmern.

Zu Hause. Der Regen hat aufgehört. Ich ziehe die Flip-Flops aus und stopfe sie in den Müll. Pia kommt dazu, lacht und sagt: »Satan, wegen dir verpasse ich noch meine eigene Beerdigung.« Sie lächelt, und ich weiß: Es ist das schönste und grünäugigste Lächeln der Welt. Ich halte das einfach nicht aus, wenn sie sauer ist.

»Der Urlaub war schön«, murmelt sie.

»Finde ich auch.« Und dann füge ich noch hinzu: »Komisch, dass wir immer so viel Streit haben.«

Und sie sagt: »Gar nicht komisch. Schule.«

Schließlich, es ist Nachmittag geworden, fahre ich mit dem Leihwagen nach Memmingen, um unser eigenes Auto zu holen. Pia geht einkaufen, um mit den Kindern die Schulsachen zu holen.

Bis zum Abendessen will ich zurück sein. Es wird drei Uhr früh. Das hier ist die »Nur-vierundzwanzig-Stunden«-Rückreise, Faro-Bergamo-München-Memmingen-München. Das Fiasko. Immer am Limit. Fuck. Und Pia steht, als ich endlich nach Hause komme, in der Tür. Unter der Lampe. Mir fällt das Lied »Unter der Laterne« ein. Ein trauriges Lied.

Die Sache mit Memmingen, theoretisch ist es so: Ich will das Leihauto von Go! abgeben und ein Taxi zum Flughafen nehmen, um mein eigenes Auto zu holen, um damit endlich nach München und ins Bett zu gelangen.

Praktisch ist es aber so: Das Navi findet die von Go! angegebene Adresse nicht, wo ich das Auto abstellen und den Schlüssel wie vertraglich vorgesehen in einen »roten Briefkasten mit Go!-Aufkleber« werfen soll. Deshalb fahre ich in Memmingen herum und frage irgendwelche Leute nach der Go!-Filiale. Niemand kennt sie. Memmingen scheint auch nicht gerade der Hot Spot unter den Autoverleihern zu sein. Schließlich, ich habe schon viel Zeit vertan, bitte ich einen Taxifahrer, mich zu Go! zu bringen. Der Taxifahrer sagt: »Yo.« Dann fährt er los, ich fahre ihm hinterher. Wie mir bald dämmert, fahren wir einige Male im Kreis herum, nach zwanzig Minuten sind wir wieder am Taxistand, wo der Taxifahrer einen anderen Taxifahrer fragt, ob der weiß, wo die Go!-Filiale ist. Der weiß es nicht. Bald stehen einige Memminger um mich herum und diskutieren die mir in Bergamo ausgehändigte Adresse. Man kommt zu dem Ergebnis, dass die Italiener möglicherweise gar nicht wissen, wer, was oder wo Memmingen ist.

Am Ende ist es dem Genie eines Passanten zu verdanken, dass ich das Leihauto doch noch loswerde: Der Passant rät dazu, bei der Autovermietung Leihmich nachzufragen. Wie sich herausstellt, kennt der Leihmich-Mensch einen anderen Menschen, der mal für Go! gearbeitet haben soll. Und der Ex-Go!-Mensch (er wird mit dem Taxi angesteuert) kennt wiederum eine Frau. Das soll die Frau von dem aktuellen Go!-Menschen sein. Ich rufe sie an. Sie geht nicht ans Telefon. Wir finden die Adresse raus (mit »wir« meine ich meine neuen Freunde aus der Memminger Taxi-Branche), fahren hin. Wie sich zeigt, sie ist bereit, für ihren Mann Auto und Schlüssel entgegenzunehmen.

Dass die Memminger Go!-Adresse nicht stimmt, bestätigt sie gerne, das habe sie schon öfter dem Verleiher in Bergamo gesagt. Aber der Italiener verstehe ihr Allgäuerisch so schlecht. Ich übrigens auch.

Die Rechnung von Go!, die eine Woche später kommt, kann man auch so verstehen: Ein Linienflug hätte sich wohl gerechnet. Nervlich allemal.

Das mir mittlerweile gut vertraute Taxi bringt mich zum Flughafen. Es ist spät geworden. Und die Schranke am Parkplatz lässt sich nicht öffnen. Dort steht unser Auto und macht einen einsamen und verwahrlosten Eindruck. Es wird noch später, ich muss erst jemand von diesem Pappflughafen inmitten menschenleerer Wüste herausklingeln, der mir die Schranke öffnet. Dann fahre ich heim, verfahre mich ein bisschen und sehe schließlich Pia an der Tür unseres kleinen Hauses.

Eigentlich müsste ich aussehen wie Bruce Willis am Ende eines sehr langen Kampfes: das Böse (das bayerische Schulsystem) gegen Willis. Willis gewinnt. Ich bin aber nicht Willis, sondern der Nettelbeck.

Pia schaut mich an.

Ich atme ein, ich atme aus.

Oktober

Samstag, 04.10. 20:13

Hey Nettelbeck!

Wie schön, von dir zu hören. Bitte entschuldige die späte Antwort, wir haben in der Kanzlei gerade sehr viel zu tun. Alles gut bei euch Münchnern? Grüße Pia und die Kleinen! Jetzt zu deiner Frage, die ich leider nicht eindeutig beantworten kann – ja, ja, typisch Rechtsanwalt … weiß schon.

Also: Generell darfst du in einer geeigneten Feuerschale in deinem Garten ein Feuer machen. Aber nicht z. B. mit biogenen Stoffen oder falls das Material zu starker Rauchentwicklung führt. In diesem Fall wäre auch wichtig, ob deine Nachbarn vielleicht an Asthma leiden (und nicht nur, wie ich nach deiner Mail annehmen muss: an Hysterie). Ebenfalls kann eine Einschränkung bestehen durch die Nähe des Grundstücks zum Wald (wie bei euch), ob es besonders windig war an dem Tag, wie spät genau, ob du betrunken warst (na?????) etc. Kurz: Das ist in allen Bundesländern unterschiedlich geregelt, und ich kann dir nur raten, beim Ordnungsamt oder bei der örtlichen Feuerwehr nachzufragen. Wenn deine Nachbarn tatsächlich die Feuerwehr gerufen haben, zahlt das übrigens der Steuerzahler. Es sei denn, du zeigst sie bei der Polizei an, falls der Anruf bei der Feuerwehr wider besseren Wissens erfolgt ist – was schwer nachzuweisen sein dürfte. Nachbarschaftsklagen nehmen übrigens zu. Was für Zeiten! (Aber: gut für Anwälte!!)

Sag mal, Nettelbeck, wo lebst du eigentlich? Was sind das denn

nur für Nachbarn? Oder bist du unter die Feuerteufel gegangen?
Es grüßt dich aus Berlin-Mitte, der Hauptstadt der Toleranz und guten Nachbarschaft,
dein alter Kumpel Marcus

Tatütata. Tatütata. Tataaa. Tataaaaaaaaaaaaa.

Erst ganz leise. Dann immer lauter. Mit infernalischem Radau halten zwei Feuerlöschzüge am Blumenauer Weg in Waldtrudering. Es ist kurz nach neun. Die Sirene zerschneidet die Stille wie eine Kreissäge.

Am Blumenauer Weg, es ist ein schmaler Weg, dem die Anerkennung als Straße verwehrt bleiben musste (weshalb er etwas melancholisch aussieht, vergleichbar mit Nettelbeck, der auch nicht mehr befördert wird), dort jedenfalls leben wir in einem schmalen Haus. In einem sehr schmalen Haus. Grundsätzlich glücklich.

Falls aber jemand den Gedanken hegt, das Budget der Nettelbecks sei von relativ schmaler Beschaffenheit: Es wäre ziemlich verwegen, das abzustreiten.

Das Haus hat übrigens auch einen Garten, einen sehr schmalen Garten.

Es ist Freitag. Drei Wochen Schule sind rum. Allmählich haben wir uns erholt vom Billigflieger-Debakel. Die schwarze Kruste ist auch beinahe ab. Die Koffer, die in Izmir waren, haben wir wieder, die Schmutzwäsche ist sauber, der Schnorchel ist so gut aufgeräumt (Pia), dass ich (Nettelbeck) ihn (Schnorchel) in den nächsten Ferien abermals nicht finden werde (Streit).

Meine Schuhe lasse ich, nebenher bemerkt, nie mehr unbeaufsichtigt.

Pia und ich haben ein No-Stress-Programm laufen, das zum Friedensplan von München gehört. Das Ergebnis komplizierter Abrüstungsverhandlungen zwingt mich dazu, auf alle Sätze zu verzichten, die mit »Hast du ...?« beginnen, während Pia Unterhaltungen verschrottet, die mit »Du hast wieder nicht ...!« enden.

Fragile Sache. Aber im Augenblick herrscht Waffenstillstand. Der Ernstfall, Schulaufgaben, Exen, Referate, das alles steht noch bevor. Frieden ist möglich. Im Augenblick.

Ab und zu rieselt noch aus irgendeiner Tasche etwas Sand.

Schön ist das.

Waldtrudering liegt am östlichen Ende von München, das zugleich das östliche Ende des Universums markiert. Wäre das Universum eine Scheibe, so würde man hier runterfallen. Seeleute in früheren Zeiten haben sich das so vorgestellt: Man segelt bis ans Weltende – und dort fällt man dann runter, in eine Hölle voller Ungeheuer und kleiner Teufel.

Waldtrudering erinnert mich an Dagobah. Das ist ein Sumpfgebiet am Ende der Galaxis. *Star-Wars*-Kenner wissen das.

Dort hat mich die Feuerwehr gefunden. Unglaublich. Und ich dachte noch, der Typ da hinterm Zaun links, der macht bestimmt nicht Ernst. Nö, nö, der ruft nicht die Feuerwehr. Der nicht.

Der schon.

Gerade der. Ein kleiner Teufel.

Jetzt ist die Dagobaher Feuerwehr da.

Sie sind tatsächlich angerückt. Drehleiter. Sirene. Wasserschlauch. Atemschutzgerät. Sauerstoffflasche. Axt. Alles.

Der mit der Axt läuft geradewegs auf mich zu. Ich nehme an, die giftigen Sümpfe von Dagobah sind ein vergleichsweise familienfreundlicher und ruhiger Ort in diesem Augenblick. Ohne freiwillige Feuerwehr, die es offensichtlich auf mich abgesehen hat.

Vor der Feuerschale bleiben die Männer abrupt stehen. Der Kies knirscht unter schweren Stiefelprofilen.

Ich sitze vor dem Gartenhaus am Ende des Kiesweges. Vor der Feuerschale, die uns Amelie und Klaus vor vier Jahren zum Einzug geschenkt haben. Es ist schon dunkel und etwas kühl, obwohl es noch ein richtig sonniger Oktobertag war. Wie geschaffen für die Feuerschale und ein Bier, wenn man Hausarrest beziehungsweise Aufsicht über die schlafenden Kinder hat, während Pia beim Elternstammtisch ist, während Julia noch nicht vom Sport zurück ist, während Freunde und Nachbarn oder glückliche Singles durch die Gegend ziehen.

Im Feuer knistern drei Scheite. Ich habe ein einsames Bier in der Hand.

Sonst ist es nicht so einsam hier.

.Um mich herum stehen jetzt Männer mit Stiefeln und Helmen.

In der Nachbarschaft gehen die Lichter an. Max und Anton stehen an der Terrassentür und machen große Augen. Die Sirene hat sie aus dem Bett gescheucht. Anton sieht müde und etwas verängstigt aus. Max wirkt wie aufgedreht. Katastrophen, Feuersbrünste, Weltuntergangsszenen: Da ist er ganz in seinem Element.

Der Oberfeuerwehrchef tritt hervor, schaut auf mich runter und greift zum Funkgerät: »Hier Löschzug zwo, Zugführer Brandinspektor Mittermüller, das Feuer ist eine, na, so eine ...« Brandinspektor Mittermüller schenkt mir einen leicht verächtlichen Blick von oben herab, seine Männer stehen im Kreis um mich herum wie Leute, die skeptisch in einen Suppentopf gucken. »Na ... eine Grillschale. Kein Brand. Wir rücken ab.«

Nur Minuten vorher hatte ich es mir am Feuer gemütlich gemacht. Wenn ich schon das Haus hüten muss – wozu habe ich einen Garten? Und wenn wir auch keinen Kamin haben – wozu haben wir eine Feuerschale? Und wenn ich schon nicht an den Tresen irgendeiner Kneipe darf – wozu habe ich einen Kühlschrank?

Als wir nach Waldtrudering gezogen sind (und ich wusste, obwohl ich damals bereits seit einem Vierteljahrhundert in München lebte, bis dahin nichts von der Existenz eines solch denkwürdigen Ortes; das Wort »Waldtrudering«, wenn ich das überhaupt je zuvor gehört haben sollte, dann muss es mir wohl vorgekommen sein wie, keine Ahnung, eben wie Dagobah, wie etwas ziemlich Fernes), sagte mir ein Kollege – es ist H., der in seinem eigenen Interesse nur der H. ist – nach unserem Umzug von Schwabing (München) nach Waldtrudering (Dagobah): »Nach Waldtrudering? Dein Ernst? Dort wohnen doch nur Arschlöcher.«

Was natürlich nicht stimmt. Hier ist für die aktuellen

Bewohner von Walddagobah etwas Wichtiges festzuhalten: Der Kollege H. irrt.

In Waldtrudering und insbesondere am Blumenauer Weg leben lauter nette Menschen. Freundlich. Sympathisch. Hilfsbereit. Klug. Gebildet. Weltoffen. Super Typen also.

Wir wohnen ja auch hier. Dann kann es so schlimm nicht sein, oder?

Oder?

Kurz gesagt, es ist ein Glück, alles in allem. Vielleicht bis auf den Bereich hinterm Zaun links. Und bis auf die Dame in der Parallelstraße, die immer die Dezibel der im Einsatz befindlichen Rasenmäher misst.

Ich mache also das Feuer an.

»Hallo«, sagt eine Stimme hinterm Zaun links. Es ist dunkel. Dort steht ein Mehrfamilienhaus. Ich kann nicht sehen, wer da hinter Bäumen und Büschen spricht.

Ich: »Hallo. Wer ist denn da?«

Stimme hinterm Zaun links: »Ich. Feuer ausmachen!«

Ich: »Wie bitte? Wieso das denn?«

Stimme hinterm Zaun links: »Funkenflug. Rauch. Brandgefahr. Ausmachen.«

Ich: »Keine Bange. Ist doch nur ein kleines Feuer in der Feuerschale. Und ich bin ja dabei. Windstill ist es obendrein.«

Stimme hinterm Zaun links: »Aus. Jetzt.«

Ich: »Ich lass das jetzt eh runterbrennen. Ist doch okay.«

Stimme hinterm Zaun links: »Sie machen jetzt das Feuer aus, oder ich rufe die Feuerwehr.«

Ich: »Die Feuerwehr? Machen Sie sich ruhig lächerlich.

Bitte, dann rufen Sie jetzt die Feuerwehr. Das will ich sehen.«

Stimme hinterm Zaun links: ist nicht mehr zu hören.

Ha!, denke ich, das habe ich mir doch gedacht. Feuerwehr. So ein Wichtigtuer. Feuerwehr, ja von wegen. Ich setze mich wieder ans Feuer und frage mich, wo Pia eigentlich bleibt. Julia müsste allmählich auch heimkommen.

Da höre ich es. Aus weiter Ferne. Erst ganz leise.

Dann immer lauter.

Tatütata. Tatütata. Tataaa. Tataaaaaaaaaaaa.

Was für ein Arschloch. Dagobah. Sumpfgebiet.

Als Pia vom Elternstammtisch nach Hause kommt, sieht sie ihren Mann, wie er im Garten an der Feuerschale sitzt, in der Hand ein Bier. Um ihn herum stehen Feuerwehrmänner und diskutieren mit ihm. Vor dem schmalen Haus stehen knallrote Feuerwehrautos. Muss seltsam aussehen.

Pia ist eigentlich Hiob. Sie betrachtet mich nicht nur als ihren Ehemann, sondern auch als etwas, was Gott geschickt hat, um sie zu prüfen.

»Ach, Nettelbeck«, sagt sie, während die Feuerwehr abzieht und sich Julia endlich blicken lässt, »was stellst du denn schon wieder an?«

Ich sage nichts. Mir scheint aber, da ist ein Schatten, da hinterm Zaun links.

Hätte mir in meiner Jugend jemand gesagt: »Und dann lebst du später mit Frau und Kindern in einem schmalen Haus am Ende der Galaxis, wo du am Samstag den Rasen mähst und in den Baumarkt zum Shoppen gehst«, der hätte was in die Fresse bekommen.

Doch dann kam die Frau. Dann kamen die Kinder.

Dann kam der Rasenmäher. Und dann endlich die Feuerwehr.

Klingt wie eine deutsche Karriere. Ist es auch.

Damit wir uns nicht missverstehen: Es ist auch ein Glück. Meistens. Oft. Ganz schön oft. Sagen wir: etwas zwischen ganz schön oft und meistens bis selten. Schwierige Sache.

Ich würde sagen: Man hat das Dagobah-Gen. Oder nicht.

Ich hab's. Da kann man nichts dafür.

Dabei hat Pia es nicht leicht gehabt. Ich war erst nach der Gehirnwäsche so weit, nach Walddagobah zu ziehen. Nach fünfzehn Jahren Gehirnwäsche, um genau zu sein. Pia ist zäh, wenn sie mal was will.

»Ich will einen Garten.« Eines Tages stand da dieser Satz im Raum. Ich fiel aus allen Wolken. Die Kinder waren noch viel kleiner als heute. Max war noch kein großer Hool, sondern nur ein großes Hool-Talent, das sich dann aber sehr schnell entfalten konnte. Zu ganzer Größe.

Wir wohnten in der Stadt. Mitten in der Stadt.

Ich mochte das: Kinos, Kneipen, das volle Programm. Pia mochte das auch: Theater, Museen, das volle Programm.

»Warum willst du denn einen Garten, Pia? Was ist denn jetzt los?«

»Warum. Warum. Willst du eine Liste?«

»Wie Liste?«

»Also, erstens, wir haben drei kleine Kinder und keinen Aufzug, sondern wir wohnen im vierten Stock. Zweitens wohnen wir an der Straßenbahn, und immer wenn die Straßenbahn der Linie 18 vorbeidonnert, schüttelt sich das Kopfkissen ganz von selbst, und man versteht nicht mehr, was im Fernsehen gesagt wird. Drittens brüllst du dann immer ›Was hast du gesagt?‹. Viertens haben wir keinen Parkplatz, und die Zeit, die ich beim Rumkurven verliere, sind meine besten Jahre, abgesehen von denen, die ich schon vorher an dich vergeudet habe.«

»Jetzt übertreib mal nicht.«

»Fünftens wollen die Kinder Tiere. Sechstens brauchen sie mehr Natur und Matsch …«

»Augenblick, Pia, wie, die brauchen mehr Matsch?«

»Ja, kennst du das Buch nicht?« Pia greift routiniert ins Bücherregal, dorthin, wo ein ganzes Billy-Regal nur der Erziehungsratgeber-Literatur gewidmet ist. Die Alles-für-Ihr-Kind-Buch-Abteilung.

Pia liest: »Wir nehmen den kognitiven Hunger der Kinder nach Natur kaum mehr wahr und akzeptieren beinahe selbstverständlich das Verschwinden von Natur aus unserem Leben.«

»Ach je«, sage ich, »das mit dem kognitiven Hunger, also bitte …«

»Hör doch mal zu. Bitte!«, sagt Pia. Mit diesem besonders unmissverständlichen Unterton, dass jetzt entweder Zuhören und Ich-gehe-auf-meine-Frau-ein angesagt ist. Oder typisch männliche Ignoranz mit anschließender Krise.

Dann lieber der kleine kognitive Hunger zwischendurch.

Pia liest weiter: »Unsere Sprösslinge kommen mit Tieren und Pflanzen, mit Wildnis …«

Ich wieder: »München. Schwabing. Das ist auch eine Form von Wildnis. Asphaltdschungel. Großstadtwüste …«

Pia: »Pst!« Also weiter im Text: »… kommen mit Wildnis, ja selbst mit der Restnatur verwahrlosten Brachlandes immer seltener in Kontakt. Die meisten Grundschüler haben weder eine Fledermaus noch ein lebendiges Huhn je gesehen, geschweige denn …«

»Pia, jetzt bist du bestimmt gleich an der Stelle mit der lila Kuh, dass alle Stadtkinder wegen der Schokolade glauben, dass Kühe lila …«

»Nettelbeck! Schweig!«

»Ist ja gut, Pia. Aber das ist doof, das Buch, Brachland, Hühner … Der Autor, das ist einfach nur so ein Vorortheini. Ein Pendler. Ein Doppelhaus-Insasse. Reihenhaustyp. Ein Peripherer. Ein Gartenabfallhäcksler. So einer, der am Samstag ins Gartenparadies rennt. Oder so ein Baumhaus-Fetischist. Vielleicht ein Alm-Öhi. Oder so ein Spüre-die-Erde-in-deinen-Händen-Ideologe, da ist dann Blut und Boden auch nicht mehr weit weg, und außerdem …«

»Net-tel-beck!«

»Ja doch, lies weiter, Schatz. Natur. Immer toll. Ameisen. Stechmücken. Denk an den verregneten Campingurlaub, den wir mal gemacht haben, weißt du noch, die Schlange, die … Anton hat seither Angst vor Gras über fünf Zentimeter Höhe … aber gut. Ich höre. Ich höre dir zu.«

Sie verdreht die Augen und liest weiter: »Die meisten haben noch nie ein lebendiges Huhn je gesehen, geschweige denn berührt. Und dort, wo sie leben, haben sie oft auch keine Möglichkeit mehr dazu. Die Natur ist immer weniger Bestandteil ihrer Lebenswirklichkeit. Mit diesem Verlust aber schließen sich Räume seelischer Wildnis und Gesundheit, Räume, in denen ein Kind nur vom Dach des Himmels begrenzt die Erfahrung von Freiheit und Wachstum machen konnte. Mit dem Exil der anderen Wesen schwindet eine Quelle kognitiver Erfahrungen, die für unsere Kinder so wichtig sein könnte wie die Luft zum Atmen.«

Pia lässt das Buch sinken und schaut mich an. Aus grünen Augen.

Ich sage: »So. Und ich soll jetzt ein Reihenendhaus am Rand von München suchen, dafür etwa das bezahlen, was man zur Euro-Rettung oder zum Ausgleich des griechischen Staatshaushalts auch brauchen würde, damit unsere Kinder nur vom Dach des Himmels begrenzt Hühner anstarren können. Ist es das, was du willst.«

Pia hört mir gar nicht richtig zu, sie murmelt: »So ungefähr.«

Ich kenne sie. Sie macht jetzt einen Plan. Aber ich werde nie, niemals am Stadtrand wohnen. Ich nicht.

Ich bin ja dafür, dass im Leben das eingeführt wird, was es zum Beispiel im Film gibt, eine Art »Zwei-Jahre-später«-Einblendung.

Zwei Jahre später.

Ich mähe den Rasen. Ich.

Wie gesagt: eins in die Fresse.

Wir haben ein Haus gebaut. Unfassbar.

In München, muss man wissen, kann man sich kein Grundstück leisten. Ich schon gar nicht. Nicht mal in Dagobah, das man nur über die Milchstraße erreicht. Genauer gesagt ist das die Wasserburger Landstraße. Den

Ureinwohnern besser bekannt als »Wabula«. Klingt nach einem seltsamen Spiralnebel? Ist es auch. Ein Spiralnebel voller Autohäuser, Baumärkte und Getränkeabholcenter.

Wie kommen wir hierher, vom Kern der Galaxis nach Dagobah?

Pia suchte lange nach einem »Problemgrundstück«, das billig ist. Wegen der Probleme. »Je größer die Probleme, desto kleiner die Kosten.« Sagte Pia. Raffinierter Plan. Lass sie nur machen, dachte ich, das wird eh nichts. Nie. Bauen in München. Absurd!

Falsch gedacht.

Eines Abends rief mich Pia an und beorderte mich vom Büro aus schnurstracks in den Blumenauer Weg. Dort gäbe es ein Problemgrundstück. Unglaublich günstig.

»Weil es sich in Sichtweite eines Atomkraftwerks befindet?«, wollte ich am Telefon wissen.

»Sehr witzig. Nein.«

»Dann vielleicht etwas Hübsches in der Einflugschneise des Flughafens?«

»Nein.«

»Ein Kleinod auf kontaminiertem Boden?«

»Nettelbeck! Nein. Blumenauer Weg. In einer halben Stunde, okay?«

Okay. So nahm das Schicksal seinen Lauf. Das Navi suchte lange nach dem Blumenauer Weg.

Meine Frau will einen Garten. Meine Kinder wollen einen Garten. Ich will keinen Garten. Aber ich bin die Minderheit bei den Nettelbecks. Minderheiten haben es bei uns in der Familie schwer.

Am Blumenauer Weg fuhr ich ein paarmal an Pia vorbei. Immer wieder musste ich wenden. Das Grundstück war einfach so schmal. Erst im Schritttempo sah ich sie. Sie stand zwischen zwei Häusern, und ich vermutete sofort, dass zwischen diesen beiden Häusern genau noch ein kleiner Schuppen Platz haben würde.

Wie sich zeigte, stimmt das. Im Schuppen wohnen wir heute. Er ist genauso breit, wie ein Porsche Cayenne lang ist: vier Meter achtundsiebzig. Und nur um das klarzustellen: Sechzehn Meter lang ist der Cayenne nicht. Ha.

Ich: »Das ist nicht dein Ernst, Pia.«

Pia: »Natürlich ist das mein Ernst. Das ist ein superbilliges Grundstück in einer Supergegend.«

»Natürlich ist es billig, denn man kann ja auch kein Haus drauf bauen.«

»Blödsinn. In Tokio gibt es viel schmälere Häuser. Lass die Chips weg, dann geht das schon.«

»Pia, in Tokio leben fünfunddreißig Millionen Kleinwüchsige auf einer kleinen, schmalen Insel.«

»Na bitte, du redest doch immer von ›Urbanität‹ und ›Metropole‹ und so. Kannst du jetzt haben. Hier in Waldtrudering, ist das nicht toll? Das wird unser Haus. Unser Heim. Unser Zuhause. Und gleich da hinten ist der Wald. Denk mal an die Kinder. Und ich werde den Rasen mähen.«

Pia sah glücklich aus in diesem Augenblick. Ich liebe sie, wenn sie glücklich aussieht. Das macht mich schwach.

Merke: Hinter jedem Mann, der hinter dem Rasenmäher hertrottet und sehr unglücklich aussieht, steht eine Frau, die mal gesagt hat: »Und ich werde den Rasen mähen.«

Der Bau ging rasend schnell. Denn nicht nur das Grundstück durfte nichts kosten, das Haus musste sogar noch billiger werden. Daher bestellten wir uns ein Fertighaus aus Holz. »Holz ist gut«, sagte Pia.

Mir persönlich hätte Granit auch gefallen. Aber dann wäre das Haus nicht wie ein Amazon-Paket mit dem Lastwagen gekommen. Ein Kran stellte es auf das sehr schmale Grundstück.

Als es stand, fragte ich mich sofort, warum ich mich bei der Farbwahl wohl für Schwarz entschieden hatte. Denn Pia wollte mir auch etwas zur Entscheidung überlassen.

Da stand es nun: das schmale Haus, das ein schwarzes Haus ist. Ein Nachbar radelte vorbei, bremste und bellte mich an: »Sagns amoi – bleibt des so?«

Es blieb. Wir auch.

Und siehe da: Wir sind hier glücklich. Und abgesehen davon bin ich der einzige der Nettelbecks, der gern in den Wald geht. Meine Kinder vermissen dort die Steckdosen. Ich dagegen mag sie sehr, die Sümpfe von Dagobah. Ich bin angekommen hier. Man sucht sich das nicht aus.

Die Chips muss ich allerdings weglassen. Es ist wirklich sehr schmal, das Haus. Und sollten meine Kinder irgendwann einmal sozial auffällig werden, ein Amok oder so was in der Art, dann hoffe ich, dass niemand den Grundriss unseres Hauses in die Finger kriegt. Sonst müsste der mit Blick auf die Kinderzimmer sagen: »Hätte man sich ja denken können.«

Überhaupt wäre es gut, rein innenarchitektonisch, wenn meine Kinder nicht allzu groß werden. So, in Zentimetern. Andererseits haben sie nun wirklich allen Grund, sehr bald erwachsen zu werden. Schon, um ausziehen zu können. Und für zwei Menschen wäre das Haus ja perfekt. Falls Pia dann nicht von einer Dachterrassenwohnung in Schwabing träumt und mir sagt: »Ich will in die Stadt.«

Was ich ihr absolut zutraue.

November

Montag, 11.11. 16:29
Dear,
du denkst bitte an den Elternsprechtag heute bei Julia, ja?
Kisses! P.

Montag, 11.11. 17:01
Liebling,
bin noch im Meeting. Hier läuft alles schief. War ja klar, wenn die Sache bei Bauernfeind landet. Was für ein Idiot. Wird aber trotzdem befördert. Oder eben drum? Volles Chaos jedenfalls. Elterndings, muss das sein? Kann unmöglich früher weg. Außerdem kommt da eh nichts bei rum. Weißt du: Ich habe einen Job.
Ild!
N.

Montag, 11.11. 17:02
Hallo? Ich habe auch einen Job. Meinst du, da gäbe es keine Ignoranten? Und ich habe heute keine Zeit. Du bist dran. War vereinbart. Meinst du, das alles läuft von allein? Ruf mal an, bitte!

Montag, 11.11. 17:23
Kann nicht telefonieren. Bauernfeind hat grad einen Tobsuchtsanfall. Hier rollen die Köpfe, kapierst du das nicht? Hier geht's nicht um Latein oder Mathe, sondern um Leben und Tod. Soll ich meinen Job riskieren? Willst du das???

Montag, 11.11. 18:04
Sehe gerade … der Termin ist erst morgen. Du bist trotzdem dran. Leben oder Tod: Das ist eine Frage, die ich dir morgen beantworte, falls du nicht zum Elternabend gehst. Nicht vergessen: in guten wie in schlechten Tagen … Ild! P

Die ersten Wochen sind rum, dem ersten Schultag bin ich glücklich entronnen – mit Hilfe französischer Fluglotsen, portugiesischen Flip-Flops, einem italienischen Autoverleiher sowie dem Memminger Personal von Air Pinguin. Pia ist halbwegs versöhnt mit mir. Die Kinder gehen brav zur Schule. Die ersten Proben sind geschrieben, die ersten Referate gehalten. Nettelbecks halten sich über Wasser.

Ich übe mich – ungefähr zu jener Tageszeit, in der normalerweise wegen des Überraschungseffekts militärische Operationen von Flugzeugträgern aus gestartet werden – im Pausebrotschmieren. Pia hat mich gut gedrillt, ich stelle keine Fragen und gehorche. Alles läuft bestens.

Das heißt, solange ich meine bescheidene Rolle als Brote-Rohling-Zulieferbetrieb akzeptiere.

Das kam nämlich so: Ich bin kurz nach sechs aufgestanden, habe mich in die Küche geschleppt, habe Kaffee für Pia und mich gemacht – und die Müslischüsseln für die Kinder auf den Tisch gestellt. Müsli ist das Zeitsparfrühstück schlechthin. Macht ein relativ gutes Elterngewissen und relativ wenig Arbeit. Perfekt. Aber dann muss ich die Brote zum Mitnehmen für die Kinder herrichten, und dabei habe ich nicht berücksichtigt, dass Anton am liebsten Vollkorntoast isst, dass Julias Toast nicht gebuttert sein darf – und dass Max nur Sonnenblumenkernbrot isst. Mit Gelbwurst. Gelbwurst kommt aber nicht für Anton in Frage, der Käse bevorzugt, allerdings nur Gouda-mittelalt, sonst nimmt er lieber Schinkenwurst, aber nicht am Dienstag, da hat er Schwimmen und will lieber einen Müsliriegel und Obst. Obst geht aber gar nicht bei Julia, es sei denn, es ist eine Mandarine, die aber nur in Kombination mit Salami okay ist, doch nicht am Donnerstag, weil da …

Kurz: Das habe ich nicht eingesehen. Also kriegen alle das Gleiche. Und zwar fünfmal die Woche. Probleme?

O ja.

Ich meine, es gibt Kinder, da schlafen die betrunkenen Eltern bis elf, und die armen Dinger stehen dann allein auf und machen sich selbst Frühstück oder gehen hungrig in die Schule … Ich meine, kann man da nicht die Brotzeit, die ich mache, einfach akzeptieren? Herrgott noch mal.

Kann man nicht.

Im Restaurant mit Nettelbecks. Abends.

Da ist es so: Die Kinder bestellen als Getränk warme Schokolade, was mir wurscht ist, Pia aber nicht. Schokolade zum Abendessen und dann auch noch im Restaurant: Das findet sie irgendwie zu verwöhnt. Aber da sie keine Diskussion will, gibt es dreimal Schokolade, zweimal mit, einmal ohne Sahne, plus (das ist der Kompromiss) eine Flasche Wasser. Mit oder ohne Kohlensäure? Dazu wird dann doch eine Debatte fällig. Pia bestellt unterdessen das Spargel-Gericht, aber nicht mit kleinen Schnitzeln, sondern, falls das nichts ausmacht, mit kleinen Steaks; und falls es nichts ausmacht: Dazu hätte sie gern einen kleinen Salat, aber, falls das nichts ausmacht, nur mit grünen Blättern und ohne Tomaten, dafür, falls das geht, mit einer anderen Salatsoße … Aber natürlich. Gerne.

Und Julia bestellt den Knödel vom Schweinebraten, allerdings ohne Braten und ohne Salat. Geht das?

Äh, ja.

Max will das »Pumuckl«-Essen von der Kinderkarte. Aber auch einen Salat. Ob er den von Julia haben kann? Natürlich. Und dazu ein zweites Ketchup?

Na klar.

Anton will kein »Pumuckl«-Schnitzel, weil ihm das zu kindisch ist. Das von der Karte für die Großen ist ihm aber zu groß, weshalb er fragt, ob er eine Größe in der Mitte haben könne.

Ja?

Prima. Und bitte, falls das geht, ohne Pommes, da hätte er lieber auch einen Knödel …

Ein völlig entnervtes Bedienungsfräulein wendet sich sichtbar ermattet mir zu: »Und für Sie?«

Ich sage: »Einmal die Nummer vier, bitte.« Einfach so. Ich sehe Dankbarkeit in ihren Augen. Große Dankbarkeit.

Essen mit Nettelbecks. Das ist kein Vergnügen.

Pia hat kürzlich beschlossen, dass alle zur Schulbrotzeit das gleiche Brot erhalten, aber ich soll es nur noch buttern. Beidseitig. Denn nach den ersten Wochen gab es Abmahnungen – wegen: einseitig. Sie kommt dann nach ihrem morgendlichen, feldwebelhaften Kontrollgang durch die Kinderzimmer die Treppe runter in die Küche und vollendet die Brotzeit nach individuellen Kinderbedürfnissen im Einklang mit dem Ernährungsratgeber und saisonalen Moden. Die unterschiedlichen Obst- und/oder Rohkostbeigaben korrespondieren wiederum mit dem Stundenplan einerseits und mit individuellen Geschmacksvorlieben andererseits.

Es ist Magie. Ein Wunder der Logistik. Es ist absurd. Es ist Pia.

Ich bin ein kleiner Zulieferbetrieb aus dem Billiglohnland. Die eigentliche Brotzeit-Kulinarik liegt in Pias Händen. Chefsache. Ich leiste meinen Beitrag, bin aber nicht richtig qualifiziert. Wer weiß, welcher Roboter mich bald ersetzt.

Ob es irgendwo eine Frau gibt, die ihre Kinder startklar macht und ihrem Mann die Zeitung und einen Kaffee ans Bett bringt. Nein? War nur so eine Idee. Schwachsinn.

Richtig.

Was ich mir wünsche? Eine richtig schöne Hungersnot: Die Kinder gäben was um meine falschen Brote. Ist das ein Irrsinn hier. Die Kinderbrotzeit kann eigentlich nur in den Ländern eine offene Frage sein, die sonst keine Probleme haben. Wahrscheinlich gibt es unter Kindern nur die beiden Extreme »Mangelernährung« oder »Pias Individual-Cooking«.

Dann ist Elternabend.

Da erwischt es mich.

Pia ein paar Wochen nach dem Faro-Fiasko durch offensive Elternabendrevolte herauszufordern: Das fiele nicht mal einem dieser seltsam suizidal veranlagten Basejumper ein, die ständig (oft so illegal wie tot bei Ankunft) von irgendwelchen Brücken oder Türmen hüpfen. Deren YouTube-Videos werden im Netz millionenfach geliked. Der Kick besteht im Risiko einerseits und im Verbotensein andererseits. Ich könnte ein Video dazustellen, Titel: »Ich auf dem Sofa beim Fußballgucken, während eigentlich Elternabend ist«. Unter manchen Vätern könnte ich damit zum Hero werden und mich von Red Bull sponsern lassen. Aber so verrückt bin ja nicht mal ich, dass ich das wagen würde: dem Elternabend fernzubleiben.

Ich gehe also hin.

Was mich erwartet, das sind vor allem: Stühlchen. Diese Stühlchen!

Meist sind sie aus Buchenholz, und es gibt sie mit U-Gestell oder mit T-Gestell, es gibt sie als Einsitzer oder für den Doppeltisch, und die Tischchen zu den Stühlchen in den Zimmerchen, die gibt es mit Ranzenhaken oder ohne, mit Buchablage oder ohne.

Ich weiß das genau.

Gefühlt habe ich Abertausende von Stunden auf solchen Stühlchen verbracht. Ich habe so viele lustige Blumenbilder studiert (sie sind unvermeidlich an den Wänden in der Grundschule und im Kindergarten), dass ich immer noch, Jahre später, aus dem Effeff sagen könnte, welches vom kleinen Felix und welches von der kleinen Emilia verbrochen wurde.

Elternabende boomen. Denn es wird viel zu wenig miteinander geredet. Ganz allgemein und ganz besonders in der Schulfamilie. Eltern sind ein wichtiger Teil der Schulfamilie, auch wenn es mir persönlich absolut reichen würde, ein Teil meiner eigenen Familie zu sein.

Dass man als Erwachsener die Schule den Schülern und Lehrern überlässt, das ist eine irgendwie altmodisch gewordene Haltung. Es ist so, als würde man sich nicht für die Menschenrechte oder für den Weltfrieden interessieren.

Kommunikation ist das Gebot der Stunde.

Kommunikation nach Anleitung allerdings.

Als Frau Wüllferth, das war Julias Klassenlehrerin in der dritten Klasse, die wir alle nie mehr vergessen werden, es sei denn, eine Familien-Trauma-Therapie bringt uns darüber hinweg, als sie mich seinerzeit beim Schwätzen mit meiner Stühlchennachbarin erwischt hat, sagte sie »Pssssst!« zu mir, dem Schwätzer, wobei sie theatralisch den Zeigefinger auf die Lippen legte (was ikonografisch die wichtigste Basis-Info für angehende Schulkarrieren darstellt). Schließlich, da ich mich nicht angepssssst fühlte, sagte sie zu mir: »Wenn Sie nicht still sein können, muss ich Sie bitten, draußen auf dem Gang zu warten.«

Hätte ich sie weiter herausgefordert, hätte sie mich zum Direktor geschickt und mir einen blauen Brief für Pia mit nach Hause gegeben.

Warum man in so einer Situation nicht Tacheles redet mit so einer Lehrkraft? Weil die Lehrkraft das eigene Kind für den Rest des Schuljahrs in der Gewalt hat. Man spricht ja auch nicht Tacheles mit dem Gewalttäter, der einem Kind gerade den Revolver an die Schläfe hält. Übertrieben? Minimal.

Das Kind soll ja nicht büßen für einen Vater, der sich als Schwätzer danebenbenimmt. Einerseits.

Andererseits gibt es genug renitente Tacheles-Eltern,

und die sind vielleicht noch schlimmer als die unterwürfigen Schwanzeinklemmer wie ich.

Gebaut wird das Schulmobiliar übrigens nach einer Norm, und das wundert mich gar nicht. Norm ist überhaupt ein wichtiges Wort, wenn man das System Schule begreifen möchte.

Augenblicklich verzwergt man als Erwachsener, wenn man sich auf die Stühlchen setzt. Da vorn ist das Lehrer-Katheder, daneben der unvermeidliche Overheadprojektor. Das ist die Schaltzentrale der Macht. Und da sind die paramilitärisch aufgereihten Stühlchen. Darauf sitzen die Subjekte, ob Schüler oder Elternteile. Das sind die, die noch viel lernen müssen.

Ein Kinderschulstuhl katapultiert mich sofort in die Rolle eines stotternden Schulkindes, das seine Hausaufgaben nicht gemacht und Angst vor der Lehrerin hat. Eltern in Angstschweiß sind sehr willkommen an deutschen Schulen. Eigentlich wäre es sinnvoll, in den Klassenschränken nicht nur Kreide und Atlanten, sondern auch Hemden und Blusen in verschiedenen Größen bereitzuhalten. Extra für die Elternabende.

Der Elternteil sitzt da und kämpft. Ich kämpfe auch. Einmal mit den Knien, die man irgendwie (vielleicht gibt es aber auch eine Norm dafür) unter das Tischchen falten muss. Und dann mit dem Smartphone, auf dessen Display gerade der Bayern-Konter läuft, was aber niemand mitkriegen darf, denn wir haben hier Wichtigeres zu bereden: die Frage der Hausschuhe zum Beispiel. Welche gut geeignet sind. Welche weniger gut geeignet sind. So Sachen.

Es gibt Eltern, gerne Väter, die können diesen Fragen

auch dann ein paar substanzielle Aspekte abgewinnen, wenn sie nicht zufällig Kinderhausschuhfabrikanten sind. Vielleicht, um nicht zu früh vom Elternabend heimzukommen. Dort könnte man sich noch den Rest vom Fußballspiel reinziehen oder einfach so etwas wie Feierabend haben. Das müssen Fußballhasser oder Feierabend-nein-danke-Radikale sein. Oder sie werden von ihren Frauen geschlagen und trauen sich nicht heim. Jedenfalls kann man mit solchen Menschen ganze Nächte über Hausschuhe debattieren, wenn man will. Es gibt, das ist ein Grundgesetz des Elternabends, immer einen, der will.

Also: der Elternabend in Julias Klasse.

Es ist beruhigend, dass in der neunten Klasse am Gymnasium nicht mehr, wie noch in der dritten Klasse, über die Qualität von Hausschuhen gefachsimpelt wird. Dafür werden jetzt die Minimallängen sehr kurzer Röcke sowie die Piercing-Möglichkeiten besprochen. Gründlich besprochen. Es wird immer zu wenig geredet in der Schulfamilie. Ich sagte das schon.

Die Stühlchen sind nicht mehr ganz so stühlchenhaft in der 9e. Das gebe ich zu. Sonst: Es ist immer gleich. Immer.

Fast alle Lehrer stellen sich kurz vor. Nur die neue, junge Mathematiklehrerin lässt auf sich warten. Weshalb die Väter und Mütter der Töchter und Söhne sich zunächst damit beschäftigen, jeweils auf dem Platz des eigenen Kindes die Sichtbedingungen und akustischen Qualitäten zu checken. Gegebenenfalls wird man den Antrag stellen, dass das Kind versetzt werden muss. Gegebenenfalls wird man auch den Antrag stellen, das Klassenzimmer nach Feng-

Shui-Kriterien umzubauen. Es geht schließlich um die Pole-Position für das weitere Berufsleben.

Wer weiß, vielleicht scheitert die spätere Astrophysikkarriere der kleinen Lena schon heute an dem hochaufragenden Ingo und seinen dumbohaften Segelohren. Ingo nimmt Lena eindeutig die Sicht auf mögliche Astrophysikformeln.

Würde das übrigens stimmen, das mit den Astrophysikformeln, die natürlich absurd wären für eine neunte Klasse, dann hätte man auch gleich eine Diskussion darüber, ob es nicht absurd ist, das mit den Astrophysikformeln für die neunte Klasse. Elternabende sind eine ironiefreie Zone. Eltern von Schülern sind humorresistent. Sicher aus Gründen des Überlebens.

Der Vater der kleinen Lena imitiert Lenas Sitzposition. Er schüttelt den Kopf. Gar nicht gut. Arme Lena. Nächste Woche wird Lena daher vor Ingo sitzen, diesen aber durch ihr ständiges Gekicher so irritieren, dass er die spätere Paläoarchäologie-Karriere vermutlich schon zu Beginn der neunten Klasse in den Wind schreiben kann, weshalb Ingos Mutter den Antrag stellen wird, man wolle bitte Ingo wieder vor Lena setzen. Oder vor Julia.

Das geht ja nun gar nicht.

Lehrer sind nicht nur die natürlichen Feinde von uns Eltern. Sie sind auch unsere natürlichen Opfer.

Nehmen wir zum Beispiel die junge Mathematiklehrerin, Frau Fumian, die nun endlich ins Klassenzimmer gekommen ist, sich aber gleich wieder verabschieden möchte. Sie bittet um Entschuldigung, sie sei neu an der Schule, müsse sich in allen Klassen blicken lassen und habe außerdem ein

Gespräch mit Kollegen zu führen, weshalb sie nur kurz ihre Mailadresse an die Tafel schreiben wolle und die Schulaufgabentermine bekannt gebe. »Zum Stoff und anderen Dingen, das können wir dann ganz unkompliziert per Mail erledigen. Sie können mich immer erreichen, aber jetzt muss ich Sie verlassen, was Sie mir hoffentlich nachsehen …«

Ich bin begeistert von ihrer Vorstellung. Kurz, knackig, effektiv – und wer von den Lehrern rückt schon seine Mailadresse raus. Außerdem ist sie hübsch. Von einer hübschen Mathematiklehrerin lässt man sich die binomischen Formeln gerne noch einmal erklären. Und es gibt ja wirklich noch nicht viel zu klären. Gut also, wenn das hier schnell über die Bühne geht. Überall freudiges Nicken.

So wird's gemacht. Ich suche bereits meine Sachen zusammen und habe das Gefühl, gleich den Gong zu hören.

»Moment!« Das ist der Typ hinten rechts, der ein minzgrünes Sakko trägt, eines, das der Verkäufer mit dem Vorschlag, man solle sich doch ruhig was trauen, aus irgendwelchen abgelegenen Lagern holt. »Moment mal, so geht's ja nicht. Erstens, wenn Sie noch mit Ihren Kollegen sprechen müssen, dann sollten Sie dazu einen geeigneten Termin ausmachen. Es geht nicht an, dass der Elternabend dazu verwendet wird, denn dieser ist, wie der Name schon sagt, den Eltern vorbehalten, sonst hieße er ja Kollegenabend.«

Wer sich bei »Moment mal« nicht in Richtung Mode-Minze umdreht, der tut das spätestens bei »wie der Name schon sagt«. Minze trägt zum Sakko ein kleines Menjou-Bärtchen. Nicht auszuschließen, dass er sich für Errol Flynn hält.

Pseudo-Errol jedenfalls sagt, er habe da eine wichtige Frage, und deshalb bitte er Frau Fumian »noch auf ein Wort«. Wer »Moment mal« dösend überhören und »wie der Name schon sagt« ganz gut ignorieren konnte, der musste sich allerspätestens bei »auf ein Wort« darauf gefasst machen, dass dieser Elternabend zum Erlebnis werden würde.

Frau Fumian, vielleicht Ende zwanzig, die Hand am Türgriff, bleibt mitten im Schwung stehen und versichert, mit einem vorsichtigen Blick auf die Armbanduhr, dass sie natürlich ... »Unter diesen Umständen ... Also bitte, worum geht es denn?« Sie schenkt Minze ein freundliches Lächeln, das nicht erwidert wird.

An ihrem Hals macht sich das erste zarte Rosa von etwas erkennbar, was sich eine halbe Stunde später als hektische Flecken erweist. Das ist ungefähr auch der Zeitpunkt, da ich beschließe, die schöne junge Frau mit den hektischen Flecken vor ihrem Peiniger zu retten. Zusammen übrigens mit einigen anderen Vätern. Wir werden zum Mob, nur dass uns noch der Galgen fehlt.

Ich schwöre: Jeder Richter, hätte er Minze am Elternabend erlebt, würde den Mob freisprechen.

Auf-ein-Wort-Minze also will wissen: »Sagen Sie, Frau Fumium ...«

»Fumian, bitte.«

»Ja, dann Frau Fumian, sagen Sie, da die Kardinalzahlen, also die Anzahl der Elemente einer Menge, mit speziellen Ordinalzahlen identifiziert werden und die Null gerade die kleinste Kardinalszahl ist, so wird doch die Null im Gegensatz zum gängigen Sprachgebrauch, nicht wahr, auch als erste Ordinalzahl gewählt. Somit wäre sie eine natürliche Zahl, richtig?«

Jetzt ist jeder wach.

Der Mann vor Minze, der eine Lederjacke trägt und eine kleine Bierfahne hat, kratzt sich am Dreitagebart.

Minze strahlt, Frau Fumian blickt ihn entgeistert an und sagt: »Ähhh, hm, richtig.«

»Aber« – und das klingt jetzt aus Minzes Mund wie eine Trompetenfanfare – »andererseits sagt Leopold Kronecker, dass die Null keine natürliche Zahl sein könne.«

»Kron…« Frau Fumians Halsflecken haben jetzt die Größe von Zwei-Euro-Stücken.

»…ecker«, vervollständigt Minze genüsslich, »Leopold Kronecker. Wir kennen doch alle das berühmte Zitat: ›Die natürlichen Zahlen hat Gott erschaffen, alles andere ist Menschenwerk.‹« Minze blickt sich beifallheischend im Klassenzimmer um.

Leute, die Sätze mit »Wir kennen doch alle …« beginnen, gehören für mich in eine Reihe mit Pol Pot, Ceauşescu oder Stalin.

Die Frau, die neben mir sitzt – der Klassenspiegel verrät, dass ihre Tochter Lea-Sophie heißt –, schreibt eifrig mit. »Gott« schreibt sie, dann nimmt sie einen Leuchtstift und unterstreicht »Gott« mit dem Lineal. Grob kann man Eltern, die zum Elternsprechtag kommen, so unterscheiden: Es gibt die mit und die ohne Leuchtstift.

Gemurmel. Manche rücken unruhig auf ihren Stühlchen herum.

Minze ist noch nicht am Ende. »Die Null wurde ja erst ab dem 13. Jahrhundert gebräuchlich. Wie Sie wissen.«

Leute, die gern »Wie wir alle wissen« sagen, sagen auch gern »Wie Sie wissen«.

Ob sie es weiß oder nicht, Frau Fumian weist jetzt Flecken von Apfelsinengröße auf, guckt noch mal auf die Uhr und gibt sich einen Ruck. Sie sagt: »Gut, Sie sind also Mathematiker, aber was soll das Ganze eigentlich?«

Die Frau ist klasse. Was das hier soll – das frage ich mich doch auch schon die ganze Zeit. Und Lederjacke rülpst sogar ein bisschen und sagt: »Genau, ham unsere Zeit ja auch nicht gestohlen, wa.«

Es ist mir natürlich peinlich, aber der Rülpser und ich, wir gehören offenbar einer Fraktion an. Trotzdem hoffe ich inständig, dass sich Julia nicht mit des Rülpsers Nachwuchs anfreundet. Ich würde das allerdings niemals zugeben. Nicht in der Öffentlichkeit.

Minze sieht die Lederjacke etwas furchtsam an. Gut so. Aber nicht resignierend. Schlecht, ganz schlecht.

»Nun, es ist doch wichtig, nach welcher Lehrmeinung hier unterrichtet ...«

Frau Fumian kürzt energisch ab, ja, auch sie habe Mathematik studiert, sonst wäre sie jetzt nicht Mathematiklehrerin der neunten Klasse, und ja, auch den Streit um die Null kenne sie, aber nein, man wolle hier die Kinder mit dem Theorienstreit nicht belästigen, Mathe sei ja schon so schwer genug ...

Woraufhin die eine Hälfte der Elternschaft zustimmend murmelt. Doch da erhebt Lea-Sophies Mutter, die Frau mit dem Leuchtstift, die sich »Gott« gemerkt hat, die Hand. Anscheinend, um drangenommen zu werden. Da niemand darauf reagiert, räuspert sie sich. Da auch daraufhin niemand reagiert, plappert sie drauflos. »Aber könnte das eine Rolle spielen im Abitur?«

»Eben«, sagt Minze.

»Klappe«, sagt Lederjacke, der jetzt einen roten Kopf hat und nicht ungefährlich aussieht.

Und eine Frau mit dunklen Haaren, die ein T-Shirt mit der Aufschrift »South Beach« trägt, will wissen: »Wann genau ist denn die Abiturprüfung?«

Sie zückt einen Stift, um sich das gegebenenfalls zu notieren. Ich könnte schwören, dass sie dann auch »Achtung: Natürliche Zahlen abklären, wegen der Null!« dazuschreiben wird, wobei sie das Pünktchen unter dem Ausrufezeichen möglicherweise als kleinen Kringel gestaltet. Es ist sogar wahrscheinlich, dass der kleine Kringel farbenfroh ausgemalt wird. Mit dem Leuchtstift.

Frau Fumians Flecken bedecken jetzt vollständig Frau Fumians Gesicht. Sie sieht aus, als ob sie an diesem Abend ihren einstigen Berufswunsch einer dringenden Überprüfung unterziehen wird. Sie verlässt das Klassenzimmer und bittet Minze, sich per Mail zu melden. Ich wette, sie wechselt ihren Account noch in dieser Nacht.

Ich drehe mich zu Minze um, mit dem Tatvorsatz, ihn mit Blicken zu töten. Minze wendet den Blick ab. Lederjacke lächelt mir zu. Ich lächle etwas gequält zurück.

Der Elternabend dehnt sich zur Nacht. Zur Nacht, die man mit Minze verbringt, mit dem Leuchtstift-Gott obendrein, der rülpsenden Lederjacke und mit hektischen Gesichtsflecken – sowie mit vielen Nullen.

Julia hat jemanden in der Klasse, dessen Papa eindeutig

ein mathematisch interessierter Psychopath mit viel zu viel Zeit ist. Eltern und Lehrer sollten sich vielleicht einfach aus dem Weg gehen. Eltern und Eltern sollten sich auch aus dem Weg gehen. Leuchtstiftler und Nichtleuchtstiftler sollten sich auch aus dem Weg gehen. Ach, man sollte dem Schulsystem generell aus dem Weg gehen.

Stell dir vor, es ist Elternabend, und keiner geht hin. Nur so eine Utopie.

Später als gedacht komme ich nach Hause, und Pia will wissen, wie es gelaufen sei und ob ich alles aufgeschrieben hätte. Vor allem die Schulaufgabentermine, die Hinweise zu Übungsbüchern und die Förderkurse.

Habe ich nicht. Weil: Leuchtstift vergessen.

Falsch. Ganz falsch.

Setzen, Nettelbeck, sechs.

Dezember

Donnerstag, 05.12. 19:56
Hallo Ihr Lieben,
Moritz hat ein lockeres Bracket, und ich muss morgen mit ihm zur Kieferorthopädin. (Ausgerechnet! Nikolaustag!) Damit falle ich leider für die Fahrt nach Sendling zur Chorprobe aus – kann eine von euch einspringen und die Jungs zum Star-Wars-Töpfern bringen? Wäre klasse, danke! Bitte sagt mir schnellstmöglich Bescheid, damit ich im Hort eine Abholberechtigung ausfülle. Und denkt dran: Das Abholfenster im Hort liegt nur zwischen 14.00 und 14.30, die Hornung ist da echt unbestechlich! Bleibt es dabei, dass Du abholst, Petra? Ich kann Euch dafür anbieten, nächste Woche sowohl hin- als auch zurückzufahren, Louisas Reitlehrerin ist auf Fortbildung, Voltigieren fällt also aus. Ich häng eine Excel-Liste an für die Fahrten nächsten Monat, tragt euch bitte ein und dann zurück an mich, ich versuche, die Lücken zu füllen. Übrigens ist am Wochenende Lego-Outlet-Verkauf, ich hab das letzte Mal fast eine Stunde warten müssen, bis ich drin war, hat sich aber echt gelohnt, der AT-TE war fast 15 Euro billiger!
GLG – schaffen wir es auch mal wieder abends auf einen Sprizz? Macht doch bitte Vorschläge,
Eleonore

»Du übertreibst.«

»Also, ich sag's ja wirklich nur sehr ungern, Pia, aber es stimmt: Er hat definitiv in den Konzertflügel gekübelt. Auf ihn drauf meinetwegen. Über die weißen und die schwarzen Tasten. Erwischt hat es mehr die schwarzen als die weißen Tasten.«

»Die kannst du auseinanderhalten?«

»Pia, du bist ganz schön aggro.«

»Nein, du. Und zwar immer dann, wenn wir zum Tegernsee und zum Vorspiel-Nachmittag von Anton fahren. Da kommst du immer mit dieser elenden Kotz-Geschichte, die total übertrieben ist. Was willst du damit sagen? Dass du keine Lust hast? Dann sag's doch. Sag: ›Mein Sohn, der seit Wochen den Radetzky-Marsch übt, und zwar so sehr, dass uns schon die Ohren klingeln, hat heute Weihnachts-Klaviervorspiel am Tegernsee, zusammen mit allen anderen Schülern seines Klavierlehrers, der übrigens ein Heidengeld kostet, das Pia bezahlt, aber ich, sein Vater, Heinrich Nettelbeck, ich habe keinen Bock auf Kultur und keine Lust darauf, ihm dabei zuzusehen, wie er stolz sein Können vorführt. Weil ich aber weiß, dass ich von allen Vätern der einzige Vater bin, der bereit ist, seinen Sohn im Stich zu lassen, habe ich ein schlechtes Gewissen, weshalb ich nun unwirsch bin und alle nerve, die es nicht wissen wollen, und zwar mit der alten Leier vom Kotzklavier.‹ Los, Nettelbeck, sag es. Sag es!«

»Kannst du das im Mittelteil bitte noch mal wiederholen, so ungefähr zwischen ›keinen Bock‹ und ›unwirsch‹? Und es war übrigens ein Kotzflügel. Kein Kotzklavier.«

»Das kannst du auch auseinanderhalten?«

»Pia, bitte. Ich fahr ja mit. Sei doch nicht so aggro.«

»Ich bin nicht aggro. Ich bin nervös. Anton hat Vorspiel. Er gibt ein Konzert.«

»Na ja, Konzert, also wirklich ... Das ist übertrieben, findest du nicht?«

»Nein, die Übel-Story ist es. Was Anton jetzt braucht, das ist unsere Unterstützung. Unseren Glauben an ihn, an sein Talent.«

»Sein Ta... Also, was wir damals brauchten, das war der Wischmopp. Das weiß ich genau. Seit damals steht auch immer ein Wischmopp hinter dem Flügel. Ist dir das schon aufgefallen? Das ist der Jingle-Bells-Nettelbeck-Gedächtnis-Wischmopp.«

»Schon gut.«

Ohne Globuli, denke ich, brauchen wir jedenfalls gar nicht erst loszufahren. Sonst wird Anton gleich wieder schlecht unterwegs. Er war gestern schon so nervös, dass er kaum schlafen konnte.

»Ach was«, murmelt Pia, dann lauter: »Das ist alles lange her, und jetzt beeil dich bitte, wir müssen ihn abholen. Er ist bei Martin und wartet. Wir sind spät dran. Denk lieber an den Stau vorm Tegernsee. Hast du den Schlüssel?«

»Und die Globuli?«

»Sind im Handschuhfach. Komm jetzt, der Stau wartet.«

In unserem Auto ist das Handschuhfach eine handschuhfreie Zone. Es ist eher ein Mir-wird-schlecht-First-Aid-Fach. Anton ist eben ein ganz Sensibler.

Künstlertyp. Musiker. Radetzky-Marsch-Interpret von Rang. Die Feuilletons morgen werden jubeln. Wenn wir rechtzeitig da sind und den Wischmopp nicht brauchen.

Wir gehen über den Kiesweg zum Auto, das vor dem schmalen Haus direkt an der Straße parkt. Max läuft hinterher. Julia ist befreit: Taekwondo.

Wie immer sieht das Auto vor dem Haus etwas merkwürdig aus, weil unser Van ein bisschen länger ist als das Haus breit. Wenn das Haus Räder hätte, würde man vielleicht das Haus für das Auto halten und das Auto mit dem Haustürschlüssel aufsperren wollen.

»Stau, Stau ... Denk lieber an die Globuli und an damals, Pia.«

»Das ist doch vier Jahre her. Er war ja noch so klein, gerade mal sieben.«

»Exakt. Ein kleiner, blasser Siebenjähriger mit Nickelbrille, der sich nach den ersten beiden Takten von ›Jingle Bells‹ in den Konzertflügel übergibt, schlotternd vor Angst und Aufregung – und das Ganze unter den unbarmherzigen Augen seiner Konzertagentin: Tiger-Mom Pia. Der Frau, die ihn zum Klavierunterricht zwingt. Weil er musisch gebildet sein soll. Und weil Julia Klavier lernt und weil du auch Klavier gelernt hast in deiner Kindheit und weil Max im Chor singt ... Und weil alle Musiklehrer Versager sind und weil Kunst und Kultur viel zu kurz kommen in unserem Schulsystem und weil Fußball doof ist und weil du eigentlich möchtest, dass wir nicht die Nettelbecks sind, sondern die Trapp-Familie aus *The Sound of Music* ...«

Max fängt sofort an zu singen. Aus vollem Hals.

»Nettelbeck, das ist Blödsinn. Und du weißt es. Reg dich ab. Und schlecht war ihm, weil du so gerast bist damals. Weil wir spät dran waren. Wie üblich. Sind wir heute auch.« Pia schaut mich vom Beifahrersitz aus tadelnd an.

Zweimal im Jahr fahren wir an einem Sonntag zum Tegernsee, einmal im Sommer und einmal kurz vor Weihnachten, weil dort Antons Lehrer Klavierkonzerte für alle seine Schüler im Pfarrheim von Sankt Agnes veranstaltet, wo man infolgedessen im Juli zehnmal »Sur le pont d'Avignon« und im Dezember zehn- bis fünfzehnmal »Jingle Bells« zu hören kriegt. Das sind die Anfänger. Dann kommen die Fortgeschrittenen. Zwanzigmal »Für Elise«. Und danach fühlt man sich wie Beethoven. Oder man wäre zumindest gern wie er, taub nämlich.

Ich kann mich freuen auf »Jingle Bells«. Es ist ja bald Weihnachten. Und wir haben noch viele, viele Weihnachtsoratorien vor uns. Pia hat wirklich seltsame Hobbys.

Die Kinderkonzerte am Tegernsee dauern im Schnitt drei Stunden. Zugaben nicht eingerechnet. Urkundenübergabe ebenfalls nicht eingerechnet. Gespräche mit anderen Eltern zur musikalischen Früherziehung: dito nicht eingerechnet. Meine Erzählung, dass Julia gleich nach der Geburt mit Mozart beschallt wurde, weil das die Gehirntätigkeit fördert, auch nicht eingerechnet. Pias halbherziges Dementi: nicht inklusive. So mit vier, fünf Stunden kommt man also hin. Plus Fahrt. Macht ungefähr – einen halben Sonntag. Warum? Weil Anton mit dem Radetzky-Marsch brillieren wird. Das dauert bei ihm ungefähr zwei Minuten dreißig.

Ein halben Sonntag für zwei Minuten dreißig. Was für ein Aufwand!

Beim letzten Mal wurde sein Name aufgerufen, er spurtete zum Flügel, setzte sich, überlegte kurz, ob ihm schlecht sei, verneinte dies zum begreiflichen Glück des Wischmopps, ratterte sein Stück runter, sprang auf, kam zurückgeschossen an unseren Tisch und sagte: »Fertig. Können wir jetzt heimfahren?«

Pia arbeitet noch an der Dramaturgie seiner öffentlichen Konzerte.

Folglich wird Anton zweimal im Jahr schlecht, ich werde zweimal im Jahr taub, Max wird zweimal im Jahr nach draußen geschickt, weil er einfach nicht still sitzen kann, wo er dann herumtrillert, und Julia ist entschuldigt, weil sie Taekwondo-Training hat. Sagt sie. Im Übrigen hat sie eine andere Klavierlehrerin, und somit haben wir weitere Gelegenheiten für wunderbare Klavierkonzerte an anderen Orten. Die heißen dann nicht Sankt Agnes. Sondern Sankt Ottilien oder so.

Max spielt Gitarre und singt. Pia singt und spielt Klavier.

Heiligabend gibt es Stubenmusik bei Nettelbecks. Es wird gesungen und gespielt. Vorher gibt's keine Geschenke. Pia ist da streng.

Und Nettelbeck fühlt sich wie ein Aussätziger. Wie damals, in der Disco, als alle tanzten, nur einer nicht: der junge Nettelbeck.

Zur Strafe habe ich dann die Platten aufgelegt.

Ich singe nicht, ich spiele (fast) nicht. Ich schreibe keine Gedichte, und, nein, ich bin weder am Töpferkurs in der Toskana noch an »Ikebana für Fortgeschrittene« interessiert. Ich bin ein Banause.

Pia hat mich leider noch immer nicht aufgegeben. Sie missioniert. Ihr Glaube an die Kultur ist groß.

Ab und zu zeige ich den Kindern, aus schierer Boshaftigkeit, auf YouTube Loriots Satire auf die Dichterlesung: »Krawehl, krawehl! Taubtrüber Ginst am Musenhain …« Hehe.

»Ach was.« Pia ist so leicht nicht zu erschüttern. Wir nähern uns dem Ziel. Draußen sind schon die Berge rund um den Tegernsee zu sehen. Die sind auch nicht leicht zu erschüttern.

Einmal habe ich Pia eine Studie aus der Zeitung gezeigt. Demnach ist das Unsinn, dass Musikunterricht die kognitive Intelligenz fördere.

»Ach was«, sagte Pia, »dann wird halt die soziale Kompetenz gefördert. Im Chor zum Beispiel. Teamarbeit. Musiker sind bessere Menschen.«

Ende der Debatte.

Außerdem malt Julia lieber. Klavier spielt sie sowieso. Aber ihre Mangas: sehr, sehr fein. Wir haben alles in unserer Familie: Maler, Musiker, Literaten, Ausdruckstänzer, Sandburgskulpteure … alles. Und Pia sieht überall Talent. Wenn mal ein Kind gar nichts macht, dann ist das mindestens eine konsumkritische Performance. Wenn ich nichts mache, ist das nur barbarisch.

Mein Leben besteht jedoch nicht aus Nichtstun, sondern aus einer beachtlichen Menge an Klavierkonzerten, wobei diese Konzertreihen voller Kinder sind, die sich eifrig verhauen, und voll stolzer Erwachsener mit hochroten Köpfen und hochgereckten Handykameras, die allesamt vor Freude platzen und glauben, ihre Kinder seien Rubinstein, Horowitz, Rachmaninov. Sind sie auch. Irgendwie.

Und irgendwie ist das ja sehr schön, diese Bereitschaft von Eltern, ihr Kind zum einmaligen Genie zu erklären. Zum Jahrhunderttalent. Zum Messias. Liebe ist das. Stolz. Und etwas Hysterie.

Immerhin, Anton spielt nicht mehr »Jingle Bells«, sondern eben den Radetzky-Marsch. Bald sind wir bei »Elise«.

Seit Wochen ist aus unserem Haus der Radetzky-Marsch zu hören. Und es gibt eigentlich keinen benachbarten Waldtruderinger mehr, der nicht dauernd »Wenn der Mops mit der Wurst übern Eckstein springt« im Kopf hat und daher kurz vor dem Verrücktwerden steht.

»Wie auch immer«, sagt Pia, »außerdem spielt er gern Klavier. Er ist stolz, dass er heute vorspielen darf, er ist bei den Größeren, die schon besser sind – und er freut sich, dass er uns zeigen kann, was er gelernt hat. Und auch wenn er kein kleiner Mozart ist, so ist es doch gut, dass er ein Instrument beherrscht. Das kann ja auch nicht jeder von sich behaupten.«

Kurzer Seitenblick zu mir. Kurzer Blick in den Rückspiegel. Kurzer Blick auf die Uhr im Auto. Kurzer Blick auf ihr Handy. Kurzer Blick zu Anton und Max auf der Rückbank.

Sie ist ein Kontrollfreak.

»Solange du ihn nicht dauernd mahnst, mehr zu üben, Pia, ist das ja okay, aber wenn aus Spaß Stress wird …«

»Ohne Fleiß kein …«

»Pia! Das sagst du jetzt nicht!«

»… Preis.«

»…«

»Nur weil du kein Instrument spielen kannst, musst du

nicht jede Form von musikalischer Erziehung torpedieren. Es gibt schließlich noch was anderes als den FC Bayern.«

»Das stimmt, Pia. Dortmund zum Beispiel. Und es stimmt nicht, Pia. Ich kann Gitarre.«

»Du kannst drei Griffe auf der Gitarre, die im Keller steht und vor sich hin schimmelt.«

»Fürs Lagerfeuer reicht's. Das fandest du mal ganz romantisch …«

»Du meinst deine Interpretation von ›Blowin' In The Wind‹? Ach, Liebling, das war nicht romantisch. Das war: komisch. Saukomisch war das. Und ich mag es, wenn du mich zum Lachen bringst.« Sie grinst mich an. Halb versöhnlich.

»Sehr witzig.« Ich schaue auf die Straße. Über Dylan und mich macht man keine Witze.

»Ach, Nettelbeck, du müsstest dich nur mal pfeifen hören unter der Dusche. Ich denke jedes Mal, der Katastrophenschutz zieht eine Sirenenübung durch.«

»Pffft.«

Pia ist in der Familie Nettelbeck die Bildungsministerin und Sonderbeauftragte für Kunst und Kultur in Personalunion. Ich habe wahlweise die Rolle des grausamen Barbaren oder die des edlen Wilden inne. Je nachdem, ob ich die Klappe halte (Wilder) oder rumnöle über das Kulturförderprogramm der Nettelbecks (Barbar).

Pia ist eine Beinahe-Künstlerin, eine Fast-Designerin und eine Quasi-Feuilletonisten. Sie hat es mit der Kultur, sie liebt Bücher, Oper, Theater, gute Gespräche und ganz besonders den Kulturempfang der Stadt München kurz vor Weihnachten. Für mich ist das so etwas ist wie ein Besuch beim Zahnarzt. Sagen wir: Wurzelbehandlung. Wenn auch nicht ohne Narkose. Zur Narkose dienen beim Kulturempfang vor Weihnachten lauwarmer Weißwein oder siedend heiße Süßplörre mit Gewürznelkenaroma. Ich nehme sicherheitshalber beides.

Ein typisches Gespräch zwischen Pia, mir und einem beliebigen anderen Kulturfanatiker läuft auf diesen Empfängen wie folgt ab:

Pia: »Ach, wie schön, Sie sind auch hier.«

Beliebiger anderer Kulturfanatiker (BAK): »Na, das lasse ich mir doch nicht entgehen. Haben Sie den neuen Tarantino denn schon gesehen?«

Nettelbeck: »Nö. Aber hat der ordentlich Actionszenen und 3-D?«

Pia, sich räuspernd: »Tarantino haben wir uns fest für nächste Woche vorgenommen. Aber vorgestern war ich in den Kammerspielen. Shakespeare.«

BAK: »Ach ja, der Lear, eine Sternstunde des deutschen Theaters …«

Nettelbeck: »Der wer?«

Pia (tritt mich): »Und das Bühnenbild erst …«

BAK: »Das wiederum fand ich etwas überambitioniert, meinen Sie nicht? Die *FAZ* schrieb dazu …«

Nettelbeck: »Die hat gar keinen guten Sportteil. *SZ* ist besser. Wissen Sie, was die über das Spiel gegen Dortmund geschrieben haben …«

Pia (tritt mich erneut, zieht mich weg): »Jedenfalls war es sehr schön, Sie zu sehen … Auf Wiedersehen.« (Nettelbecks gehen nach rechts von der Bühne ab.)

Hinter den Kulissen: »Du bist unmöglich, Nettelbeck.«

»Komm schon, das ist so ein Idiot. Ich sage nur: Sternstunde.«

»Manchen ist es eben gegeben, die Kultur zu genießen.«

»Und manchen ist es nicht gegeben, die Abseitsregel je zu begreifen.«

Antons Klavierkonzert ist, abgesehen von seinen nervösen Schusseligkeiten und einer neuen persönlichen Bestleistung, was das Tempo angeht, ein voller Erfolg. Findet Pia. Findet auch der Wischmopp, der frei hatte. Ein Glück. Nur mir geht der Radetzky-Marsch nicht mehr aus den Ohren.

Jetzt, eine Woche später, klingt es allmählich ab.

Dafür ist heute Maxens Chortag. Es ist immer irgendwas. Nettelbecks sind ein Familie gewordenes Kulturförderprogramm.

Draußen fällt Schnee, die Ferien sind nah.

Max singt beim Tölzer Knabenchor mit. Und die geben bald ein Weihnachtskonzert in einer, ja: Kirche. Ich bin zwar Atheist (manchmal auch Buddhist, aber nur ganz selten), trotzdem verbringe ich dank meiner musisch geförderten Kinder (immer öfter: geforderten, wenn nicht überforderten Kinder) die Hälfte meines Lebens in Kirchen.

Mir ist das immer noch ein Rätsel, das mit Max und dem Chor. Bei ihm, dem Hool, kann man sich vorstellen: Heavy Metal, Psychedelic Rock oder Punk. Sehr gut kann ich mir vorstellen, wie er eine Gitarre auf dem Verstärker zertrümmert und dabei ins Mikro brüllt. Was ich mir nicht vorstellen kann: dass er »Buama auf, die Zeit is da, schauts nur grad die Liachtn an, schauts nur grad die große Pracht, wia's vom Himme a-ba-lacht!« singt. Beziehungsweise: »Es wird scho glei dum-pa, es wird ja scho Nacht.«

Aber er tut es. »Es wird scho glei dum-pa.« Ich stelle mir diesen Satz auf meinem Grabstein vor. Hübsch eigentlich.

Eines Tages, Max war noch in der zweiten Klasse, kam er nach Hause und erzählte, heute sei ein Musiklehrer oder so etwas in der Art da gewesen und jeder habe was vorgesungen – und dann habe man ihn gefragt, ob er im Chor mitsingen wolle.

»Du? Wie heißt denn der Chor?« Das will ich wissen.

Pia dagegen: »Das ist ja großartig, ich wusste immer, dass du hochmusikalisch bist.«

Max: »Weiß nicht. Ist halt ein Chor.«

Drei Tage später erhalten wir Post vom Tölzer Knabenchor, und seither sind die Tölzis in meinem Leben. Max muss dort zur Chorprobe, und am Wochenende kriegt er Einzelunterricht. Er ist bei den Nachwuchssängern. Pia musste ihn am Anfang seiner Chorknaben-Karriere dreimal in der Woche in ein anderes Stadtviertel fahren. Das hat sie mittlerweile organisiert, zusammen mit anderen musikbegeisterten Müttern. Jetzt muss sie nicht mehr so oft fahren. Aber dafür vier andere Kinder durch die Gegend karren. Ich vermute, das kommt aufs Gleiche raus. Aber wenn die anderen Kinder aus dem Chor dabei sind, kann sie besser checken, wie weit die sind und wer von ihnen Max seinen verdienten Platz in Chor 1 streitig machen könnte, wenn es so weit ist.

Es gibt ja Berufspendler, die behaupten, dass sie zig Zehntausende von Kilometern pro Jahr im Auto zurücklegen. Ich glaube, Pias Shuttle-Service für angehende Klaviervirtuosen und Tenöre toppt das.

Es gibt aber nicht nur die Konzerte und die Übungsstunden, es gibt auch Ferien.

Denke ich.

Dachte ich.

»Wie wär's, Pia, wenn wir mal wieder zum Skifahren gehen? Am Freitag vielleicht. Das Wetter ist so schön. Diese Weihnachtszeit ist klasse. Es soll die ganze Woche schön bleiben. Wir könnten auch Schlitten fahren, am Spitzingsee vielleicht. Oder einfach mal gar nichts machen und zu Hause versumpfen ...«

»Aber am Freitag doch nicht. Da ist das Betonformengießen für Kinder in der Akademie. Da kommt extra ein ganz bekannter Architekt dazu. Am Vormittag. Und ich dachte, wenn wir eh in der Stadt sind, dann können wir am Nachmittag den Kindern das neue Lenbachhaus zeigen, das kennen die noch nicht.«

»Betongießen? Was ist das denn? Und ins Museum? In der Ferienzeit? Und überhaupt kennen sie das Lenbachhaus. Da waren wir schon ein paarmal. Wir waren schon in jedem Museum im Umkreis von hundert Kilometern.«

»Aber nein, Nettelbeck, das Lenbachhaus ist komplett umgebaut worden. Das ist wie neu. Und mit ganz anderer Hängung. Weißt du das nicht?«

Ich setze mein Bier ab. Wir sitzen am großen Esstisch. Pia, ich und mein Gutenachtbier. Die Kinder sind im Bett. Pia liest und raschelt sich durch das Feuilleton der Zeitung.

Mein Gutenachtbier ist ihr Gutenachtfeuilleton. Sie steht drauf. Ein Glas Rotwein steht neben ihr.

Ich sehe ein, dass man ohne die Analyse der Bayern-München-Aufstellung genauso wenig leben kann wie ohne die Analyse des Nahost-Problems. Aber wozu braucht man einen Tagungsbericht über »Die Rolle der Kunst im Selbstverständnis der frühen Reformbewegungen«?

Pia findet wieder einmal, ich sei ein Barbar, es gäbe wichtigere Debatten als die, ob die Bayern nun wie die Mannschaft von Barca spielen – oder doch Barca eher wie die Bayern.

»Das stimmt, Pia, die Frage ist eher, ob die Niederlage gegen Manchester City vermeidbar gewesen wäre, wenn man im Mittelfeld ein früheres Umschaltspiel organisiert hätte. Aber da sind die Meinungen geteilt. In der Fachwelt ist das umstritten.«

»Sehr witzig.«

Ich sitze vor meinem Bier und sie vor ihrem Feuilleton und ihrem Rotwein.

Gegensätze ziehen sich an. Sagt man.

Ich persönlich könnte auch damit leben, wenn sich die Gegensätze öfter mal ausziehen wollten, aber das ist wieder ein anderes Thema.

»Was sollen die Kinder eigentlich mit einem Betonkurs? Bauarbeiter werden? Betonfacharbeiter?«

»Du Ignorant, das ist eine Art Architektur-Workshop, da lernen sie spielerisch ein wichtiges Material kennen, ohne das es unsere Zivilisation gar nicht gäbe. Schon die alten Römer haben …«

»… ganz sicher keine Häuser gebaut, die wie Würfelhusten aus Waschbeton aussehen.«

»Nettelbeck, bei dir ist Hopfen und Malz verloren. Aber du musst ja nicht mitkommen. Im Deutschen Museum warst du keine besonders große Hilfe vor zwei Wochen.«

»Das ist unfair.«

»Wieso?«

»Weil ich nichts dafür kann, dass die ihre Technik-Ausstellungen so schlecht erklären. Da muss man sich ja blamieren vor seinen Söhnen.«

»Stimmt, das hast du wirklich geschafft.«

»Du wusstest ja auch nicht, wie das nun geht mit dem Öl.«

»Das ist Technik. Dein Job. Ich erkläre die Kunstsachen. Und bin für Musik und Literatur zuständig. Ein Technik-Museum, ich dachte, das kriegst du hin.«

»Du weißt genau, dass ich kein Schrauber-Typ bin.«

»Ja, ich weiß.«

Wir sind im Deutschen Museum auf der Museumsinsel. Pia, ich und die Jungs. Mit Julia war ich, als sie klein war, so oft im Deutschen Museum, dass sie sich einen lebenslänglichen Freibrief erworben hat. Sie muss da nie wieder hin. Mich fasziniert das Museum voller U-Boote, Raketen, Flugzeuge, Motoren, auch wenn ich keine Ahnung davon habe. Vielleicht gerade deshalb. Nicht-Schrauber mögen Schrauben, solange die Schrauben im Museum in der Vitrine sind.

Ich hatte lange keine Ahnung davon, dass ich keine Ahnung habe. Bis ich das Museum mit Kindern betreten habe. Kinder sind von Natur aus neugierig. Kinder wollen alles wissen. Kinder glauben, Väter wissen alles.

Man soll das Deutsche Museum nicht mit Kindern betreten, davor kann ich nur warnen.

Anton will wissen: »Was ist das denn?«

Er betrachtet eine hausgroße Schautafel voller bunter Linien. Sie befindet sich in der Nähe der Klos, in der Abteilung »Erdöl und Erdgas«. Nicht dass er sich für Erdöl und Erdgas interessiert, er musste nur aufs Klo.

Ich schaue mir die Tafel an und bin unsicher, worum es da geht. Erst mal Zeit gewinnen: »Es geht um Erdöl und Erdgas, Anton.«

»Aha.« Skeptischer Blick. Ich vermute, das war jetzt zu billig.

»Also, Anton, gut, dass du fragst. Du weißt ja: immer fragen. Fragen lohnt sich, wer, wie, was, warum – wer nicht fragt …«

»Klar.« Pia schaut sich die Tafel an. »Hier steht's doch, es geht um Öl-Verarbeitung. Vom Rohöl zum Supersprit und so was. Raffination.« Max langweilt sich und will zum U-Boot und den Raketen. Ich eigentlich auch.

Anton will wissen: »Und wie geht das mit der Rafna…, der Raffi…, der Verarbeitung?«

Blick zur Tafel. Der allwissende Vater muss jetzt sein Bestes geben, um in den Augen eines Elfjährigen allwissender Vater zu bleiben. Der Rest der Welt weiß ja längst Bescheid. Aber Anton will ich nicht auch noch verlieren als Nettelbeck-Fan.

»Ja, also … Also, das hier ist das Rohöl, so kommt das aus der Erde, und dann … Dann …« Ich lese die Begriffe »Bezintrennkolonne«, »HC-Kerosin (entschwefelt)«. »Schwerbitumen«, »Kalzinat-Koks«, »Xylole« und »Toluol«. Die Begriffe verschwimmen vor meinen Augen, ich trete näher an die Tafel heran. »Also … und dann …«, ich lese ein Hinweisschild ab, »… dann, äh, bei einem kontinuierlich arbeitenden Platformer rieselt der Katalysator aufgrund der Schwerkraft vom 1. Reaktor durch den 2. und wird schließlich am Boden des 3. Reaktors …« Ich halte inne. »Wisst ihr was, zum U-Boot geht's da lang.«

Gut, dass der Welt wenigstens das Öl ausgeht. Kommende Generationen von modernen Vätern müssen dann nicht mehr am Kalzinat-Koks scheitern, das ist immerhin auch etwas. Ich bin unbedingt für die Energiewende.

Und jetzt soll ich zum Beton-Workshop. Wieder eine große Chance zur Entzauberung, fürchte ich.

Pia: »Kommst du oder nicht?«

Ich überlege, ob ich mitkommen will. Schwierige Frage. Einerseits will ich kein Barbar und Ignorant sein, andererseits: spielerisch Beton kennenlernen … und wenn mich Anton fragt, was Beton ist und wie das geht und wozu und wer, wie, was, warum …

Ich betrachte angestrengt die Bilderwand, vor der unser großer Esstisch steht. Als ich zum ersten Mal mit Pia Weihnachten gefeiert habe, vor mehr als 15 Jahren, da habe ich ihr ein kleines Bild geschenkt. Einen Druck. In München gibt es einen Kunstverein, der jedes Jahr vor Weihnachten Kunstwerke von nicht ganz so bekannten Münchner Künstlern für wenig Geld anbietet. Es ist eine Aktion. Und da ich schon wusste, dass Pia die Kunst liebt, habe ich ihr einen kleinen Druck geschenkt. Das war überhaupt das Beste, was ich machen konnte. Sie dachte damals, ich würde die Kunst auch lieben. Dass ich in Wahrheit jemand bin, der in Ausstellungen gern Dummes sagt, konnte ich lange

Zeit geheim halten. (Pia kann man übrigens sehr gut ärgern mit der Frage, ob denn Kunst nicht von Können komme, denn käme sie vom Wollen, so hieße sie ja Wunst. Auf jener Vernissage, da ich mit diesem Satz auch allgemein unter Kunstfreunden und BAKs in schöner Erinnerung bleiben konnte, wollte sie am liebsten sterben, aber dann ließ sie mich doch einfach nur stehen und fuhr nach Hause.)

Jedenfalls haben wir uns dann auch später immer mal wieder ein Bild von einem nicht ganz so bekannten Münchner Künstler geholt (wobei: Ich kann nicht ausschließen, dass der eine oder andere Wünstler darunter ist), immer an Weihnachten – als gemeinsames Geschenk, nachdem wir zusammengezogen waren. Pia aus Liebe zur Kunst und zu dieser Nettelbeck-Kunst-Tradition. Ich in der festen Überzeugung, dass irgendeiner dieser nicht gar so bekannten Münchner Künstler demnächst entdeckt wird und dann preislich durch die Decke eines heiß laufenden Kunstmarkts gehen wird. Meine halbe Altersvorsorge hängt von dieser Annahme ab.

Die Sammlung Nettelbeck hängt jetzt im Hause Nettelbeck. Ohne dass bisher irgendwas durch die Decke gegangen wäre.

Und dann kamen die Bilder der Kinder dazu. Eine Wahnsinnsproduktion. Die Sammlung Nettelbeck wurde um die Sammlung Nettelbeck junior ergänzt. Es handelt sich hierbei um ein Konvolut von mehreren tausend Arbeiten, vornehmlich auf Papier. Und vornehmlich hingekrakelt.

Aber egal, was die Kinder krakelten, Pia fand es großartig. Sie war stets bereit, in unseren Kindern einen neuen Picasso oder wenigstens einen mittelneuen Chagall zu entdecken. »Schau mal hier, wie interessant diese Farbkombination.« – »Schau mal, Wahnsinn, oder? Die hat doch total Talent.« – »Schau mal, was er da aus Ton gemacht hat, das ist ja irre, in dem Alter.« – »Schau mal, das erinnert mich an dieses eine Bild im Haus der Kunst, wo …«

Ich denke, dass man mit der globalen Kinder-Kunstproduktion eines Jahres den halben Planeten tapezieren könnte.

Bei uns zu Hause stehen die seltsamsten Kreationen aus Ton überall dort, wo irgendetwas stehen kann. Wäre es nicht Kunst, so müsste man sagen: Wir haben ein Müllproblem.

Auch die Weihnachtskrippe haben Anton und Max im Töpferkurs fabriziert. Jesus ruht jetzt zwischen einem mit Laserschwert bewaffneten Yoda, Prinzessin Leia und R2-D2 auf seinem Strohbett.

Ein nicht gerade unwesentlicher Teil der globalen Kleinkind-Kunstproduktion befindet sich in unserem Haus und wird Freunden, Bekannten oder Verwandten nur deshalb nicht mehr in allen Einzelheiten und mit Hilfe kleinerer ästhetiktheoretischer Exkurse von Pia vorgeführt, weil Freunde, Bekannte und Verwandte sich allmählich fernhalten von Pias Waldtruderinger Kultursalon.

Sind Eltern nicht wunderbar? Dieser Glaube!

Und Pia ist sehr, sehr gläubig.

Zum Beispiel auch gläubig im Sinne des Beton-Workshops.

»Hast du überhaupt die Kinder gefragt?«, will ich wissen.

»Na klar.«

»Und die wollten echt zum Würfelhusten-Workshop?«

»Im Prinzip schon.«

»Was heißt ›im Prinzip‹?«

»Das heißt, sie haben sich mehrheitlich für den Architektur-Workshop entschieden.«

»Okay, und was wären die Alternativen gewesen?«

»Ein Besuch des Steinbruchlehrpfads im Altmühltal mit anschließendem Fossilienklopfen unter Anleitung; der Tag der offenen Tür in der Kindermusical-Schule; oder wir hätten uns mit Amelie und Klaus zusammengetan, die mit ihren Töchtern einen Zen-Kräutergarten in Benediktbeuern besuchen wollen. Wieso?«

»Nur so.«

Ich hole mir ein zweites Bier. Allein das Wort »Zen-Kräutergarten« muss ich mir erst mal schöntrinken.

»Pia, findest du nicht, dass du es ein klein wenig übertreibst mit der Kultur?«

»Na ja, dann schlag du was vor.«

»Habe ich doch vorhin schon. Skifahren, Schlittenfahren, Rumhängen, Abhängen … lauter tolle Sachen.«

»Toll. Aber das können wir immer noch nach dem Workshop machen. Gehen wir halt nicht ins Lenbachhaus am Freitag, sondern nach Hause.«

»Das würdest du für mich tun?«

»Ich tue alles für dich.«

Also sitzen wir ein paar Tage später nach dem Beton-Happening im Wohnzimmer am großen Tisch. Die unförmig klobigen Betonteile, die wir fabriziert haben, um das

Material in seiner ganzen sinnlichen Anmutung zu begreifen, sind schon im Keller.

Pia macht uns eine Brotzeit. Zu Brot, Käse und Salami gibt es das Buch *Aquarellieren leicht gemacht*. Sie packt die Aquarellsachen aus und verteilt sie an uns, an ihre Malklasse.

Ich hole mir ein Bier. Ein großes Bier. Ein sehr großes Bier. Und dann trinke ich auf die Kunst und auf Pia. Und dann male ich ein Aquarell, das jeder Sachverständige als den unmittelbaren Hilferuf einer gepeinigten Seele begreifen würde. Stünde Pia in einer Vernissage davor und spräche sie mit BAK darüber, so würde sie vielleicht sagen: »Diese Unmittelbarkeit berührt mich. Da ist eine Intensität in diesem Werk, eine …«

BAK: »… ja, eine Ins-Sein-Geworfenheit von geradezu stupender Radikalität, indessen der Künstler gleichzeitig unsere Wahrnehmungsgewohnheiten unterläuft, um auf existenzielle Weise …«

Es ist richtig schade, dass insbesondere tote Künstler nie in den Museen auftauchen. Picasso könnte dann so einem BAK das Maul stopfen. Ich glaube, der hätte das gemacht. Deshalb war er ja so ein Genie.

Pia findet, ich solle mich nicht so anstellen.

Funny van Dannen ist doch bekannt in der Kulturszene, oder? Da gibt es diesen Song mit den Zeilen »Gib es zu, du warst im Nana-Mouskouri-Konzert/Ich hab dich gesehen, mein Freund/Gib es zu, du warst im Nana-Mouskouri-Konzert/Ich war auch da, und du hast geweint …«

Es ist so weit, ein weiteres Weihnachtskonzert. Die Tölzis singen wieder in der Kirche. Mein Sohn steht ganz vorne, in seinem hellen Strickjanker, wie ein Spatz sieht er aus, der den Schnabel aufreißt. In meinem Gesicht ist zu lesen: Mein-Sohn-!-Seht-ihr-!-Mein-Sohn-!-Meiner!

Pia, Julia und Anton sitzen neben mir. Es ist kalt in der Kirche, wir rücken zusammen, und dann singen die kleinen Buben mit ihren Spatzenschnäbeln, und die Omis und Papis recken die stolzen Gesichter. Die Handykameras surren – und ich höre: »Es wird scho glei dum-pa, es wird ja scho Nacht.«

Und ... aber es ist nur eine ganz kleine Träne, ganz klein, wirklich. Rechte Wange.

Dann wische ich mir verstohlen über die Wange und denke, wie oft doch Pia die Unerbittliche geben musste, wie oft sie Max zum Chor und Anton und Julia zum Klavierunterricht bringen musste, nötigen, antreiben, motivieren, aufrichten musste, wie sie die Termine hüten musste, und wie sie macht und tut – und wie sie jetzt strahlt. Und wie stolz ich bin. Ich, der Ignorant, ich habe einen Sohn, und der singt wie ein Engel, obwohl er ein Hool ist. Mein Sohn! Und von wem hat er's? Von wem, na?

Genau.

Dazu dieses Licht in der Kirche ... und dann wird's scho glei dum-pa, und ich habe nicht die geringste Ahnung, was das dum-pa sein soll. Aber es hört und fühlt sich gut an. Ich könnte heulen. Und das tue ich dann auch. Ungeniert. Wie das nur die Barbaren draufhaben in ihrer unverstellten Ins-Sein-Geworfenheit.

Verdammt gut fühlt sich das an.

Kinder: Sie krakeln etwas auf Papier, sie hämmern den

Radetzky-Marsch und verkünden uns, dass es scho glei dum-pa wird – und machen uns in einer Zehntelsekunde glücklich, um damit tausend Arbeitstage der Sonderbeauftragten für Kunst und Kultur aufzuwiegen, und keiner weiß, wie das genau funktioniert.

Aber es funktioniert.

Heute Nacht nehme ich Pia dankbar in den Arm und singe ihr leise »Blowin' In The Wind« vor. Selbst wenn sie vor Lachen aus dem Bett fällt.

Das muss so sein, das gehört so.

Kunst ist das. Das soll erschüttern und verstören und die Wahrnehmungsgewohnheiten unterlaufen.

Unterlaufen und verstören, das habe ich locker drauf.

Januar

Samstag, 25.01. 09:12
Hi Pia,
alles OK bei euch? Bin beim Joggen eben an einem Umzugswagen vor eurem Haus vorbeigekommen – sorry, hab nicht gewusst, dass es so schlimm um euch steht … Ich nehme an, du hast ihn endlich rausgeschmissen? Jedenfalls: Wenn du reden willst, bin ich immer da für Dich (heute Nachmittag muss ich zum Friseur, und abends habe ich eine Geburtstagseinladung – willst du vielleicht mit? Ganz netter Typ aus der Agentur, 50ster, Getränke ohne Ende und viele coole Leute, auch Männer! Wär vielleicht genau das Richtige für dich!). Ruf an, und: Kopf hoch!
Immer deine Manu

Samstag, 25.01. 09:42
Liebe Manu,
das mit der Party überlege ich mir – und nein, Nettelbeck ist nicht ausgezogen! Nur die Bücher ziehen aus. Wir werden digitalisiert. Lange Geschichte. Vielleicht heute Abend. Nette Typen, sagst du? :)
P.

Samstag, 25.01. 19:37
Ach sooooooo. Ups. Schön zu hören … herzliche Grüße an Nettelbeck. Die Party ist eh nichts für dich, glaube ich, na ja, auf bald …
Besos, Manu

»… also in einer Woche, okay?«

Irgendetwas dringt bis in die tiefsten Schichten meines Unterbewusstseins vor. Aber was? Ich stutze und sehe aus wie ein Mann, der am Radargerät unzulässigerweise eingeschlafen ist und jetzt durch ein schwaches, grünliches »Blingblingbling« alarmiert wird.

Wie in Zeitlupe reichen träge – sehr träge und, nebenher bemerkt, wie durch schwere, sandige Sümpfe watende – Neuronen in meinem Gehirn die Informationen weiter. Bezüglich ehelicher Kommunikation befindet sich mein Hirn eindeutig im Off-Zustand, weshalb es gerade aus schallschluckender Watte besteht. Die Infos tröpfeln nur, jeder Buchstabe einzeln:

B---l---i---n---g.

B---l---i---n---g.

B---l---i---n---g.

Feindalarm!

Ich ächze etwas und raschle mit der Zeitung, die ich gerade lese. Vielleicht gerät das ein bisschen ächzender als notwendig. Ich bin im Bett, was das frühmorgendlich vorsichtige Ächzen angeht, eine Art Arjen Robben des Strafraums, also der ungekrönte Schwalbenkönig. Ich rücke die Lesebrille zurecht. Jetzt bloß nichts falsch machen. Konzentration. Ich bin nun hellwach. Das Gehirn schaltet um in den Status: »Obacht!«

Ein Mann im Krieg.

Das Wichtigste: rausfinden, was los ist. Was ich brauche, ist ein Lagebericht. Hat da also irgendjemand irgendwann irgendetwas zu mir gesagt? Und ist es von Bedeutung?

Ich habe einen Verdacht. Einen absolut begründeten Verdacht.

Pia vielleicht?

Ich drehe – ganz sacht, nur millimeterweise – den Blick von der Zeitung in Richtung des vermuteten Feindstandortes. Dorthin, wo ich Pia vermute, die sich seit fünfzehn Ehejahren morgens normalerweise rechts von mir befindet. Warum sie immer rechts von mir schläft, wissen wir beide nicht. Aber sie tut das mit einer Naturgesetzmäßigkeit, dass gar nicht abzusehen wäre, was passieren würde, würde sie einmal links von mir schlafen. Wer weiß, vielleicht verschiebt sich dann die Erdachse, oder die Erde hört auf zu rotieren. Vielleicht haben die Maya das vorhergesagt, und dann geht die Erde unter … oder so was. Lieber nicht ausprobieren.

Folglich, denke ich, befindet sie sich rechts. Das muss so sein. Mein Kopf bewegt sich noch ein paar Millimillimeterchen. Sachte. Sonst merkt sie es.

Natürlich ist Pia nicht mein Feind. Normalerweise nicht. Gelegentlich ist sie das aber doch. Jetzt zum Beispiel. Wenn auch unter fraglos liebenden Vorzeichen. Selbst wenn sie mich quält, tut sie das eigentlich nur mir zuliebe. Weil es im Zweifel gut für mich ist.

Es ist nicht so, dass ich es nicht schätzen würde, wenn meine Ehefrau ab und an das Wort an mich richtet, um etwas menschliche Interaktion zu betreiben. Aber doch nicht jetzt. Bitte.

Auf der Liste »Zehn Dinge, die mich glücklich machen« gibt es Punkt fünf: samstags im Bett in aller Ruhe die Zeitung lesen. (Zu meiner Verteidigung und in der Reihenfolge historischer Datierung sei gesagt: Ding 1 heißt Pia, Ding 2 heißt Julia, Ding 3 heißt Anton, und Ding 4 heißt Max – abgesehen von seinen Hool-Bestandteilen natürlich.)

Fünftens aber: in Ruhe. Die Zeitung. Und ich. Ich und die Zeitung. In Ruhe.

Das geht eh nur in der verschwindend kurzen bis nicht vorhandenen Spanne zwischen Wachwerden meinerseits und jenem infernalischen Laubbläser- oder Gartenabfallhäcksler- oder Motorrad-mal-gründlich-checken-Lärm, der in aller Regel in der sonst so lieben Nachbarschaft allsamstäglich am frühen Vormittag einsetzt. Dort, wo wir leben. Am Rande des Universums. Am Rand der Stadt, wohin wir der Stille und Ruhe wegen gezogen sind. Wir konnten ja nicht ahnen, dass wir uns in eine Region begeben würden, die weltweit führende Gartenabfallhäcksler in Karohemden hervorgebracht hat, die – wie andere Tiere auch – vom Morgengrauen bis zum Sonnenuntergang ihren Instinkten und Balzritualen folgen. Wir leben in einem Naturschutzreservat für große Karos und mittelgroße Vorgartenpflegekräfte.

Zum Glück ist es Januar. Einerseits. Denn andererseits: Im Januar werden aus den Häckslern Schaber und Schieber. Frühmorgens schieben sie den Schnee vom Bürgersteig, schschbschb, dann kratzen sie ihre vereisten Autofenster frei: krchkrchkrch. Krchkrchkrch.

Es gibt ja Menschen, die können das spüren, wenn jemand an sie denkt, der ungefähr zwanzigtausend Kilometer entfernt lebt. Pia sitzt neben mir im Bett. Ich schätze: zwanzig Zentimeter entfernt. (Es ist kein großes Bett, ein großes hätte nicht in unser schmales Haus gepasst.)

Wenn sie aber denkt, ich antworte ihr, dann täuscht sie sich. Sie müsste mir schon ein Megafon direkt ins Ohr schieben, um mich zu dem Eingeständnis zu bringen, ich hätte etwas gehört. Ich raschle zur Sicherheit etwas mit der Zeitung. Sie muss doch sehen und hören (Geraschel), dass ich gerade die Zeitung lese.

Frauen haben irgendwie eine andere Optik. Stubenfliegen zum Beispiel sehen auch ganz andere Dinge als normale Menschen. Meine Zeitung ist offenbar ein blinder Fleck in Pias grünen Augen.

»Okay?«, will Pia wissen. (Sie gibt nicht auf, sie gibt nie auf. O nein, nicht sie, sie nicht. Nie.) »Okay? Hörst du?«

So schnell gebe ich auch nicht auf. Also sage ich: »Hm.«

Dieses »Hm« von mir ist die ultimative Verteidigungslinie. Sie soll mich schützen vor bestimmten Fragen, die mit »... also in einer Woche, okay?« enden und wie aus unendlicher Ferne zu mir herüberwehen.

Es ist doch: Samstag! Mein Samstag ist mein Sonntag. Eine heilige Angelegenheit. Da bin ich wehrhaft als Glaubenskrieger.

Als Gott, ja, einverstanden, sagen wir: mein Personal-Coach-Gott, als der die Gesetze machte, sagte er: »Und am Samstag sollst du ausschlafen und ruhend verharren, im Rücken ein bequemes Kissen, die Kinder sollen mal still sein und sich selbst beschäftigen oder notfalls KiKa bis zum Abwinken glotzen, selbst SpongeBob ist drin. Die Gartenabfallhäcksler und Schneeschiebkratzer aber, diese satanischen Querulanten, sie werden gerichtet und fahren zur Hölle der Verdammten auf ewiglich, und dein Weib soll dir ein Warmgetränk aus Milch und Espresso bringen, welches ihr meinethalben Latte Macchiato nennen mögt, falls euch das nicht zu blöd ist, plus die ungelesenen Leitartikel von Heribert Prantl und Josef Joffe, und zwar ans Bett, wo du lesen sollst in stiller Einkehr, denn Prantl & Joffe verkünden in meinem Namen die Wahrheit. Und am Samstag sollst du der Wahrheit teilhaftig werden, denn von Montag bis Freitag herrscht der Fürst der Finsternis über das Pausebrotschmieren und deinen Büroalltag, selbst am Sonntag musst du zu unheiliger Zeit beim Vater-Sohn-Kick auf dem Graf-Spee-Platz antreten – doch am Samstag kriegst du frei: zwei Stunden lang, vor dem Einkauf im Supermarkt und bei Obi oder im Gartenparadies, viel ist das nicht, aber wisse, Nettelbeck, es ist eine heilige Zeit, die du sollst achten und ehren und verteidigen gegen alles, was da kreucht und fleucht und Terminfragen an dich richtet, und sei dies das sündige Weib an deiner Seite.«

Deshalb also mein »Hm«.

Das soll nicht heißen, ich sei maulfaul oder desinteressiert am Familienleben. An der Sünde schon gleich gar nicht. Das soll nur heißen, dass ich die Evangelisten Prantl und Joffe studiere, weshalb ich mich jetzt gerade unheimlich scharf auf die Zeitungen konzentrieren muss. Alles andere ist: off.

Die Zeitungen und dazu ein paar Zeitschriften liegen am Samstag immer um das Bett herum. Pia ist manchmal etwas genervt deshalb.

Pia ist Katholikin und als Fundamentalistin natürlich total ignorant gegenüber allen anderen Religionen, insbesondere aber gegen meinen Glauben daran, dass der Samstagvormittag mir und den Zeitungen gehört. Der Samstagvormittag im Bett, findet sie, ist der ideale Zeitpunkt, um die Termine der kommenden Woche zu checken. Schultermine. Arzttermine. Elternabendtermine. Altpapier-Wegbring-Termine. Kinder-zum-Sport-bring-Termine. Auto-zum-Reifenwechsel-bring-Termine. Und-wer-ruft-eigentlich-endlich-den-Klempner-an?-Termine. Ferienfrühbuchertermine. Kühlschrankabtautermine. Werkzeugaufräumtermine. Bügelwäschetermine. Steuererklärungstermine. Kindergeburtstagstermine. Kindergeburtstagstermine. Kindergeburtstagstermine. Kindergeburtstagstermine. Kinder... Und dann: Zum-Bürgerentscheid-gehen-Termine. Zu einem Bürgerentscheid, bei dem man sich gegen Termine aller Art entscheiden könnte, würde ich ja richtig gern gehen. Aber so etwas gibt es nicht. Dazu müsste man das Grundgesetz ändern. Und das Leben der Nettelbecks.

Pia ist der Terminator der Nettelbecks.

Ich kann mich jetzt aber unmöglich auf Termine einlassen. Manchmal denke ich, noch ein einziger weiterer Termin, ein einziger noch, und mir geht es wie dem sehr dicken Mann im Monty-Python-Film *Der Sinn des Lebens*. Der ist fett und angefüllt und supersatt. Er kann nicht mehr. Er mag nicht mehr. Im Restaurant wird er trotzdem vom Kellner noch zu einem »allerletzten hauchdünnen Pfefferminzblättchen« genötigt. Er isst es. Was passiert? Er explodiert. Gar nicht schön das.

Ich habe das dunkle Gefühl, dass mir Pia – hat sie nicht

gerade irgendetwas mit »in einer Woche« gesagt? –, dass sie mir gerade ein allerletztes hauchdünnes Pfefferminzblättchen anbietet.

Obacht!

Außerdem muss ich doch noch die vielen, vielen wichtigen Artikel in der Zeitung lesen, die ich von Montag bis Freitag nicht geschafft habe, weshalb ich von Montag bis Freitag normalerweise das Gefühl habe, kein vollwertiger, umfassend informierter, am Zeitgeschehen teilnehmender, intellektuell ernstzunehmender Mensch zu sein. Ich gebe zu: Ich bin auch kein vollwertiger, umfassend informierter, am Zeitgeschehen teilnehmender, intellektuell ernstzunehmender Mensch. Ich bin ein Zeitungsleser. Und zwar: Print.

So, jetzt ist es raus. Ich bin fünfzig Jahre alt und analog.

Ja, ich weiß, das klingt wie: Ich bin fünfzig und kann nicht schwimmen. (Dabei kann ich schwimmen, nicht gut, aber ich kann's.) Oder es klingt wie: Ich bin fünfzig und finde, dass nach den Beatles und den Stones nichts Nennenswertes mehr passiert ist. (Dabei ist das einfach die Wahrheit, wenn man »Hey Nineteen« von Steely Dan mal ausnimmt.) Oder es klingt wie: Ich bin fünfzig und glaube, dass die Erde eine Scheibe ist. (Was ich nicht tue, ich glaube vielmehr, dass die Erde einem Fußball nachempfunden wurde.)

Kurz: Ja, ich stamme aus dem Pleistozän des Netzzeitalters und kann mich noch daran erinnern, wie früher die hektografierten, leicht lilafarbenen Blätter rochen, die unsere Lehrer im Unterricht verteilt haben (nach einer Mischung aus Essig und irgendetwas Süchtigmachendem).

Damals war ein Rechner, der für die Frage »Wie viel ist 2 x 2?« ungefähr eine Woche brauchte, so groß wie ein Haus. Und ich erinnere mich daran, wie Boris Becker in der Werbung sagte: »Ich bin drin.« Boris Becker war eigentlich schon damals der seltsamste Mensch des Universums. Weshalb ich sehr wahrscheinlich noch seltsamer gewesen bin, einer, der erst n. B., nach Becker, von einer Erfindung namens Internet hörte. Ich bin ein Zeitzeuge. Ich bin wie die Menschen, die manchmal im Fernsehen zu sehen sind, weil sie sich noch an die D-Mark erinnern können. An die DDR. An die alte Brennerstraße. An Adenauer. An die *Mayflower*. An das Paradies.

Dann kam die Vertreibung daraus. Schon klar, oder? Da war Eva. Da war Adam. Da war die Schlange. Und da war was? Exakt. Ein Apfel.

Ein angebissener Apple. Kommt mir bekannt vor.

Ewige Verdammnis war die Folge.

Okay. Ich bin, sagen wir, nie so ganz angekommen in Digitalien. Sehr richtig. Ich wohne in Analogien.

Analogien klingt nach Anatolien, während Digitalien … ach, egal.

Ich bin analog, und das ist auch gut so.

Ich finde das normal: Ich bin ab und zu im Netz, komme dort über Google oder wetter.online aber kaum hinaus, amazone jedoch (immer dann, wenn mir das richtige Passwort unter meinen eintausend Passwörtern für dies und das und jenes einfällt) wie alle anderen, um die Umwelt zu ruinieren, die in Milliarden herumflitzender Paketboten zerfällt, während mein Facebook-Account voller Spinnweben ist. So was ist gar nicht so selten.

Pia findet, ich solle das nicht überall herumerzählen. Ich sei so analog, dass es schon peinlich sei. Meine Kinder finden das auch. Was man nicht wischen oder wuschen kann, ist eigentlich nicht existent für sie.

Ich bin kein Wischer oder Wuscher. Ich raschle lieber mit der Zeitung, deren Tage meines Erachtens noch längst nicht gezählt sind – und bin einfach insgesamt jemand, den man sich als Marmorplatten-Inschriften-Steinmetz im antiken Rom vorstellen kann. Mit Denkblase. In der Denkblase über dem Marmorplatten-Inschriften-Steinmetz ist zu lesen: »Ich glaube ja nicht, dass die Tage der Marmorplatte schon gezählt sind.«

Und ich glaube eben nicht, dass die Tage meines Analog-Daseins schon gezählt sind. Oder die der Zeitung.

Ich ignoriere Pia und sage: »Hm.«

Pia wäre nun mal nicht Pia, würde sie nicht ignorieren, dass ich sie ignoriere.

»Und ›hm‹ heißt was noch mal genau?«

»Hmhm.«

»Aha. Du hörst mir nicht zu, lieber Nettelbeck. Leg doch mal die Zeitung hin.«

»Doch, doch, ich höre, ich höre genau, du sagtest: ›Zeitung.‹ Und du sagtest ›in einer Woche‹.«

»Leg ihn doch mal kurz ab, deinen Waldfriedhof voller toter Bäume aus der Jungsteinzeit des Digitalzeitalters – und schau dir das hier an.«

»Hm.«

»Nettelbeck!«

»Ja, Pia, was ist denn? Kann man denn nicht in Ruhe die Zeitung … sag, was ist das denn?«

»Das ist das iPad. Schau mal, ich lese deine Zeitung digital. Deine *Süddeutsche Zeitung* und fünf andere. Und zwei Zeitschriften. Und meine Bücher. Und in einer Woche kommen dann eure iPads. Du musst dann die Nachrichten auch nicht mehr mit Hilfe toter Bäume lesen. Da könntest du auch gleich antike Marmortafeln lesen. Oder auf Rauchzeichen aus dem Verlag warten. Heute macht man das digital, Schatz. Papier bedrucken, Papier in Lkw verladen und Papier in unseren Briefkasten werfen – das ist vorbei. Das ist das letzte Jahrtausend. Vergangenheit. Das hier ist die Gegenwart und die Zukunft.«

Pia hält ihr iPad hoch. Alles, was ich im Ohr habe, ist: »In einer Woche ... eure iPads.«

»Wie meinst du das mit ›eure iPads‹? Habe ich das richtig verstanden?

»Ja, eure.«

»Unsere.«

»Eure iPads.«

»IPads.«

»Nettelbeck! Bist du begriffsstutzig? Ja. Wir alle haben dann für vier Wochen iPads. Du, ich, die Kinder, wir alle. Leih-iPads. Meines haben sie mir gestern ins Büro gebracht. Eure kommen, wenn auch der Umzugswagen kommt. Also in einer Woche. Ich sagte es bereits. Und die Kinder kriegen Mini-iPads. In drei verschiedenen Farben.«

»Du sagtest es bereits ... äh, was noch mal?«

Anton, Julia und Max haben irgend so ein eingebautes superfeines Radar, dessen Funktionsweise der Wissenschaft bisher verschlossen blieb. Sie stehen plötzlich, geräuschlos und gleichzeitig, in der Schlafzimmertür.

Anton war im Garten, wo er gekickt hat.

Max war in seinem Zimmer, wo er Gitarre geübt hat. Auch wenn es sich angehört hat, als habe er seine Gitarre nicht geübt, sondern gewürgt.

Und Julia war im Bad. Seit ein paar Stunden erst.

Keines der drei Kinder war auch nur in Hörweite von Pia. Und jetzt stehen sie in der Tür und kreischen.

»Ein iPad!« Das ist Anton.

»Gib her!« Das ist Max.

»Vergiss es. Das ist meins.« Das ist Julia.

Ich lege die Zeitung weg, nehme die Lesebrille ab und blicke verwirrt um mich. »Aha. IPad. Ahaaha. Und was ist in einer Woche? Wieso Umzugswagen?«

Pia schaut mich an: »Wie ich schon mehrmals in den vergangenen Tagen sagte: Nächsten Samstag geht's endlich los. Dann kommt der Umzugswagen, die Leute von der Redaktion bringen vier weitere iPads, und dann leben wir einen ganzen Monat in Digitalien.«

»Ja, endlich! Mom, du bist eine Megaobersupermom. IPads! Für alle! Yes!« Die Kinder sind ganz aus dem Häuschen. Sie jubeln.

Kurz überlege ich, ob ich in den letzten Jahren dement wurde und diese Nachricht erst jetzt allmählich zu mir durchsickert. Mit Hilfe der durch sandige Sümpfe watenden Neuronen in meinem Analog-Gehirn. Habe ich da irgendwas Entscheidendes nicht mitbekommen? Ich versuche es mit bedingungsloser Offenheit.

»Pia, sorry, ich meine, gut, du hast da ein iPad, hast du dir ja immer schon gewünscht, alles klar, sehr schön. Aber wieso fünf davon – und wieso kommt ein Umzugswagen am Samstag zu uns? Und welche Redaktion? Echt. Ich kapiere es irgendwie nicht.«

Pia schaut mich aus schmalen grünen Augen an. Die Kinder schweigen. Showdown.

»Nettelbeck. Immer das Gleiche. Du hörst nie zu. Ich hatte es dir mehrmals erzählt! Mehrmals.«

»Okay. Und was noch mal?«

»Dass ich uns für einen Test angemeldet habe.«

»Was für ein Test?«

»Nettelbeck, komm schon, wir haben darüber geredet.«

»Und was habe ich gesagt?«

Pia: »Du hast ja dazu gesagt.«

»Ich habe ja zu etwas gesagt, wovon ich beim besten Willen nichts weiß? Ich habe ja gesagt?«

»Na ja, du hast ›hm‹ gesagt. Klang aber genau wie ja. Also, im Kontext der Frage, ich würde sagen, das war ein klares Okay. Ich habe dann extra nachgefragt, und du hast daraufhin sogar ›hmhm‹ gesagt.«

»Bitte Pia, noch mal zum Mitschreiben: Ich habe ›hm‹, meinethalben sogar ›hmhm‹ gesagt, was wie ja oder sogar wie total okay klang – und wozu genau jetzt?«

Pia rollt mit den Augen. »Also gut, noch einmal für dich und alle anderen aus der letzten Reihe, die dem Unterricht nicht ganz folgen können: Du kennst ja die Familienzeitschrift *Nest*. Die lese ich immer im Wartezimmer. Beim Zahnarzt. Die haben nach einer Probe-Familie gesucht, die bereit ist, für vier Wochen an einem Experiment teilzunehmen und sich dabei interviewen und fotografieren zu lassen. Und in dem Experiment geht es um die Frage, was passiert, wenn man alle analogen Sachen in digitale verwandelt. Deshalb kommt am Samstag der Umzugswagen. Den schicken die, keine Bange, ist alles bezahlt, von der Redaktion. Und noch mal keine Bange. Du musst gar nichts machen. Ich rede mit den Leuten aus der Redaktion. Wir werden gar nicht merken, dass die da sind. Das geht alles ruckzuck. Nächsten Samstag. Um sieben.«

»Um sieben, Pia, am Samstag? Bist du wahnsinnig geworden, davon höre ich zum ersten Mal und …«

»Dann hör halt besser zu.«

»Und der Redakteur von Dings, *Nest*: Der zieht dann bei uns ein oder was?«

»I wo. Der ist nur am Anfang dabei, ruft gelegentlich an, schickt ein paar Fotografen …«

»Ein paar?«

»… vorbei und führt die Schlussinterviews.«

»Wo wir dann was erzählen?«

»Wie die iPads unser Leben verändert haben.«

»Warum sollen die mein Leben verändern?«

»Herrgott, Nettelbeck, jetzt sei doch nicht so zukunftsfeindlich. Das ist ja furchtbar mit dir. Ist doch mal was anderes zur Abwechslung. Und die Kinder haben ihren Spaß.«

»Die Kinder sind schon viel zu digital, wenn du mich fragst.«

»Ach komm, Julia …«

Julia hebt den Kopf.

»… hat ein Uralt-iPhone von mir …«

Julia nickt.

»… das erst drei Jahre alt ist …«

Julia sagt: »Erst?!«

»... und Anton und Max haben eh nur ihre Handys, auch ganz alte. Richtige Knochen.«

Anton und Max, wie aus einem Mund: »Stimmt genau.«

»Weißt du«, spricht Pia weiter, »was wir neulich beim Elternstammtisch herausgefunden haben? Dass in Antons Klasse nur er und zwei andere kein Smartphone besitzen, darüber müssten wir eh mal reden bei Gelegenheit. Hast du deinen Terminkalender hier?«

»Wie bitte, du meinst, siebenundzwanzig Elfjährige unter dreißig Elfjährigen der Klasse 6d haben ein Smartphone? Sind das alles Investmentbanker, die checken müssen, wie die Börse in Tokio eröffnet hat, oder was?«

Anton spitzt die Ohren. Man kann fast sehen, wie er sich in Mr Spock, den Halb-Vulkanier, verwandelt. (Vergessen Sie's gleich wieder. Das ist eine Analog-Figur aus einer Zeit, da man sich Raumschiffe wie die »Enterprise« noch in Form fliegender Bügelbretter vorstellte.)

»Anton«, will ich wissen, »nur du und zwei andere in eurer Klasse habt kein Smartphone, stimmt das?«

»Keine Ahnung«, sagt Anton, »wird schon so sein. Wusste ich bisher auch nicht so genau.«

»Du wusstest es nicht ...«

Ich herrsche Pia an: »Pia! Das ist alles so dermaßen verrückt. Er wusste es nicht. Aber die Mütter beim Elternstammtisch, die wissen es. Die erzählen sich, was ihre Kinder haben, welches Equipment, was für Kommunikationsmittel, ob iPhone oder Samsung ...«

»Jetzt übertreib mal nicht, Nettelbeck.«

»Und jetzt müssen wir digital nachrüsten, weil sonst das Gleichgewicht des Schreckens nicht mehr besteht. Was du hier treibst, das ist schlimmer als der Nato-Doppelbeschluss und …«

»Nettelbeck!«

Ich schweige kurz. Aber nur kurz. Dann fallen mir die zwei furchtbarsten Drohungen seit der Apokalypse des Johannes wieder ein: samstags sieben Uhr und Umzugswagen.

»Und was genau holt der Umzugswagen ab?«

Pia sagt: »Alles Analoge, was man auch digital machen kann.« Die Kinder blicken von Pia zu mir und von mir zu Pia. Es sieht aus, als verfolgten sie das Finale in Wimbledon. Die Köpfe gehen von links nach rechts und von rechts nach links.

»Aha. Alles Analoge. Was ist denn analog bei uns?«

»Bücher!« Das rufen die Kinder. Und Pia nickt. »Genau. Bücher und Zeitungen. Das Abo habe ich abbestellt, die Bücher kommen in ein Lager.«

»Meine Bücher? In ein Lager?«

»Genau, Nettelbeck. Bücher, Zeitungen, Zeitschriften, Kochrezepte, Bilder, Brettspiele, das Klavier …«

»Pia, um Himmels willen, wie kann man denn ein Klavier durch Scheißnullen und -einsen ersetzen …?«

»50 Cent in die Fluchkasse. Und: Man kann.«

»Und die Bilder? Unsere Bilder? Und was schauen wir dann an?«

»Die werden digital gespeichert und über einen Beamer an die Wand … Übrigens muss der Fernseher auch weg.«

»Der Fernseher?«

»Da kriegen wir dann Apple-TV und Sky Go.« Das ist Julia, der Nettelbeck-Nerd schlechthin. Sie ist ein Kind des digitalen Zeitalters.

»Endlich Champions League für alle!« Das ist Anton, Nerd Nummer 2.

»Und endlich alle Apps mit Plants vs. Zombies, Limbo, Air Tycoon und Final Fantasy IV.« Das ist Max, der Hool-Nerd Nummer 3.

Er ist acht Jahre alt, und ich frage mich, ob die Nettelbecks nicht langsam ein Fall für das Jugendamt sind. Woher kennt er solche Spiele? Und was ist das überhaupt alles?

Ich gebe zu: Ich war der Erste, der dafür war, dass die Kinder mit Handys ausgestattet werden. Nur für den Notfall. Und ich gebe zu: Julia und Anton, die gehen ziemlich verantwortungsvoll mit dem Internet um und mit den Apps und dem Spielekram. Und ich gebe zu: Pia achtet auch darauf. Aber trotzdem. Und Max? Wenn man den ließe, dann wäre er in einer Woche daddelsüchtig. Max hat einfach keinen Aus-Knopf. Der ist in seiner DNA schlicht nicht vorgesehen.

Zusammenfassung: Offenbar habe ich »hm«, wenn nicht sogar »hmhm« zu vier Wochen im Gulag gesagt. Pia ist digital eingebürgert. Und die Kinder sind sowieso Eingeborene einer Ära, die mir immer fremd bleiben wird.

Ich fürchte, ich bin ein bisschen wie mein Vater. Der hat zeit seines Lebens die Existenz von Geldautomaten ignoriert, weil er sich am Schalter bei der Sparkasse mit dem Sparkassenangestellten unterhalten und nicht irgendwelche PINs und Super-PINs und TANs und Super-TANs auswendig lernen wollte.

Ich vermisse ihn. Er und ich: Wir sind genau wie der Typ in der Werbung, der in der Küche steht und auf irgendeinem komisch aussehenden Brett eine Gurke klein schneidet. Und danach Tomaten. Währenddessen wird er von seiner Tochter gefragt, ob er mit dem neuen iPad, das er von ihr geschenkt bekommen habe, zufrieden sei. Und er hält sein Tomaten-Gurken-Schneidbrett kurz unter die Spüle, stopft es in den Geschirrspüler, schaltet ihn an und sagt: »Doch, super. Und passt auch gut in die Spülmaschine.«

Pia ist dagegen wie der Mann in dieser anderen Werbung. Titel: »Paper is not dead«. Meine Analog-Rachegelüste für ihre gelegentliche Digital-Überlegenheit werden von dieser Werbung angeheizt. Nur mit vertauschten Rollen. Im Clip ist ein Mann zu sehen, der seiner Liebsten, die Emma heißt, immer alles digitalisiert. Sie klebt zum Beispiel einen Merkzettel an den Kühlschrank, und er sagt vorwurfsvoll: »Emma!« Weil, das geht ja viel besser digital mit dem iPad. Oder sie liest ein Buch abends vor dem Schlafen im Bett. Und er wieder: »Emma!« – und zeigt ihr seinen Reader. Oder sie macht ein Sudoku in der Zeitung. Er: »Emma!«

Aber dann sitzt er auf dem Klo, das Papier ist alle, und er ruft: »Emma!« Da wird etwas unter der Tür durchgeschoben: das iPad, darauf zu sehen: eine Klopapierrolle – zweidimensional und virtuell. Tja, denkt man, Paper is not dead. Einer meiner Lieblingsclips derzeit. Wenn auch digital.

»Paper ist not dead«, das murmle ich auch am D-Day. Eine Woche später.

Bisher war mir nie ganz klar, warum der D-Day eigentlich D-Day heißt. Klar, der 6. Juni 1944 wird als D-Day bezeichnet. Das ist der Tag, an dem die Alliierten in der Normandie landeten. Außerdem ist damit manchmal der »Doomsday« gemeint, also der Tag des Jüngsten Gerichts.

Alles Unsinn.

D-Day heißt »Digital-Day«. Wobei mein persönlicher D-Day vom Dramaturgischen her durchaus in einer Liga mit Jüngstem Gericht und Alliierten-Landung spielt. Wenn ich auch zugeben muss, dass die drei Möbelpacker der Firma Brandlhuber, die zu einer Uhrzeit zu uns kommen, die man nur mit Morgengrauen umreißen kann, nichts Paramilitärisches an sich haben.

Es ist kurz nach sieben an diesem Samstag, und Max hämmert gegen die Schlafzimmertür.

»Sie sind da!«, ruft er. »Macht auf, die Bücher werden abgeholt, die iPads kommen!«

Ich sage: »D-Day.« Dann öffne ich der Digitalisierung die Tür.

Wenig später halten die Kinder die neuen iPads in Händen. Mit den neuen iPads werden wir ab sofort ein möglichst digitales Leben führen. Hilfe, denke ich. Endlich, denken die Kinder.

»Hallo!« Das ist Pia. Sie steht am Eingang und dirigiert die Schergen, die meine Bücher in ein Lager stecken wollen.

»Ja, hallo«, sagt ein junger Mann, den ich auf Ende siebzehn schätze. Im Gesicht trägt er einige Flusen, die offenbar ein Bart sein sollen. Er bemüht sich darum, auszusehen wie Captain Jack Sparrow in *Fluch der Karibik*. Er heißt: Marlon. Im Ernst.

Wie sich schnell herausstellt, ist der siebzehnjährige Brandomarlon in Wahrheit einunddreißig und auch nicht Captain Jack Sparrow, sondern der Chefredakteur der Zeitschrift *Nest*. Zwei Hiwis hat er mitgebracht. »Dr. Marlon Nacke« steht auf seiner Visitenkarte, die er mir mit den sympathieheischenden Worten: »Hier etwas Analoges« überreicht. Die Hiwis sind flusenlos. Ich schätze sie auf etwas zwischen vierzehn und sechzehn.

Trotzdem entern sie gerade meine Wohnung. Kurz darauf tragen die Schergen Umzugskartons aus dem Haus raus. Meine Kinder fuchteln mit den iPads herum, Pia macht den Möbelpackern eine kleine Brotzeit, es herrscht ein Höllenlärm. Und zu all dem smalltalkt mich Captain Dr. Sparrow auch noch an.

»Hey«, sagt er, »cool von dir, hier mitzumachen. Nette Kinder. Krasses Ambiente.«

Ambiente. Krass. Cool. »Aha«, sage ich im Bemühen, dem sibirisch zugefrorenen Baikalsee so ähnlich wie möglich zu werden. »Sie haben wohl keine Kinder, oder?«

Ob der Flusige merkt, dass ich sein kindisches Du ignoriere?

»Doch«, sagt er, »eines.« Er hält sein iPad hoch. »Dieses Baby hier.«

» …«

»Und«, sagt er, »kommst du klar mit den iPads? Hier ist schon mal eine Nummer für unsere Hotline. Technik-Support, du verstehst.« Er hat mein »Sie« ignoriert.

»Klar komme ich klar«, stelle ich klar.

Er schaut mich sonderbar an.

»Na ja«, sagt er, »für die Story, die wir bringen wollen, wäre es natürlich schon gut, wenn es in der Familie die Netz-Affinen einerseits und andererseits einen Vollanalogen gäbe. Von wegen Suspense ...«

»Moment mal ... Pia, kommst du kurz ...«

Ich sehe, wie Pia nach oben verschwindet.

»Wie kommen Sie auf die absurde Idee, ich sei ein Vollanaloger?« Ich habe jetzt exakt die Betriebstemperatur des Baikalsees. Mein Blick ist deutlich unterkühlt.

»Hm. Tja, also deine Frau sagte, du arbeitest noch mit diesem alten IBM-Notebook, dem 386er, korrekt? Mann, kann ich das mal sehen? Das ist legendär, das gehört ins Museum, das ist ja der Hammer, könntest du ...?«

Null Kelvin. Minus 273,15 Grad. Die Hölle friert ein.

»Pia!«

Pia schweigt und versteckt sich irgendwo im krassen Ambiente.

So. Ich bin also der Vollanaloge. Der Suspense-Beschaffer einer Zeitschrift, die *Nest* heißt und von einem flusenhaften Siebzehnjährigen befehligt wird, der mich für ein technikvertrotteltes Fossil hält, das ins Museum gehört. Na warte, Pia.

Aber es stimmt schon: Ich bin ein begnadet analoger Typ. Das heißt, ich kann stundenlang Zeitungen lesen und liebe es, wenn die Fingerkuppen danach schwarz und fettig sind vor lauter Druckerschwärze. Haptik: Das ist es. Blättern. Anfassen. Sinnlichkeit. Der Geruch, der Klang. O, ihr elenden Wischwuscher, wenn ihr wüsstet, was euch entgeht! (Sie sollten, geneigter digitaler E-Käufer, die E-Version dieses Buches in aller Ruhe weiterlesen; das war nur eben eine Einschätzung vom Fossil. Sie dagegen sind der Zukunft zugetan. Congratulations! Und sollten Sie ein gutes altes Analogprodukt in Händen halten, ein Buch in 3-D: Ich gratuliere Ihnen von Herzen, von Analog-Mensch zu Analog-Mensch.)

Nichts also gegen die Leute aus der Online-Abteilung. Aber ich bin nun mal ein Print-Mensch, auch wenn man sich mit so einem Statement in Zeiten des teuflischen Zeitungs- oder Büchersterbens anhört wie eine Mischung aus Karl Lagerfeld und Kaiser Wilhelm II. Der Kaiser sagte einst: »Ich glaube an das Pferd. Das Automobil ist nur eine vorübergehende Erscheinung.« Und Lagerfeld sagte über das Internet, das sei ja wohl nur eine »Mode, die bald verschwinden wird«. Beweis: »Vom Walkman spricht auch niemand mehr.«

Doch, einer spricht noch davon: ich. Als Vollanaloger habe ich sogar Platten, CDs und DVDs. Ich weiß, was eine Cassette ist. Und vor allem habe ich Bücher aus Papier und Buchdeckel und Bindfäden. Das sind Druckerzeugnisse, ich sage das für die E-Paper-Verehrer oder Kindle-Jünger unter uns (bitte weiterlesen), wo man die Seiten noch auf fundamental körperliche Weise umblättert und »Sehr richtig!« an den Rand des neuesten Schirrmacher-Bestsellers kritzelt. Später bleichen die Bücher aus, man kleckert versehentlich Marmelade hinein, sie riechen nach Sonnenmilch, und manchmal fällt auch etwas Sand aus der Bestseller-Kapitalismuskritik. Übrigens fragt man sich nach

Jahren, warum man diesen Wahnsinn einmal »Sehr richtig!« finden konnte. So ist das mit Büchern: Sie sind wichtig. Ich brauche sie.

Doch nun werden sie rausgetragen. Pia dirigiert wieder die Möbelpacker, sie ist zurück aus dem coolen Ambiente. Auch die Bilder: raus. Die große Uhr, die vor dreißig Jahren auf dem Wiener Naschmarkt für zehn Schilling gekauft wurde, »Max Böhnel, Wien« steht drauf, sie hängt in der Küche: raus. Der Fernseher: weg. Die Platten, DVDs und die alten Hörspielcassetten samt »My First Sony«: raus, raus, raus. Neunundsechzig Kisten sind es schließlich, die das Brandlhuber-Team mitnimmt. Zurück bleiben die iPads und eine Hotline-Nummer für technisch Bedürftige wie mich.

Ich betrachte die zurückgelassenen Wollmäuse in den verwaisten Buchregalen und verfalle augenblicklich in eine tiefe Depression. Gerne würde ich mit jemandem darüber sprechen in der Familie. Aber Pia, Julia, Anton und der Hool sind alle über ihre iPads gebeugt und emsig dabei, sich irgendwelche fabelhaften Apps zu laden. Mir fällt ein Song ein: »Denn ohne eine App«, so geht der Refrain, »ist man nur ein Depp.« Beim Abendbrot pusten die Kinder die Kerzen aus, die hier normalerweise so tun, als lebten wir in einer kuscheligen Steinzeithöhle. Sie stellen ihre iPads auf und aktivieren eine App.

Es gibt eine Candle-Light-App. Ich könnte in Tränen ausbrechen, habe aber Angst, dass das irgendwie zu analog rüberkommt.

Am ersten Morgen in Digitalien sitzt die Familie vorbildlich gemeinschaftlich am Frühstückstisch. Der Tisch sieht so aus: Milchtüte, iPad 1, Brötchenteller, iPad 2, weiches Ei, iPad 3, Obstsalat, iPad 4, Milchkaffee, iPad 5. Dazwischen fünf Ladekabel und die ewige Frage, warum es in allen Häusern dieser Welt immer viel zu wenig Steckdosen gibt.

Ein nettes Bild, gewiss.

Getrübt vielleicht nur vom Umstand, dass alle auf ihre iPads starren. Da klingelt das Telefon. Pia flötet: »Es ist Marlon.« Er will offenbar wissen, wie es geht. Ich fluche vollanalog. Pia geht mit dem Telefon ums Eck. Ich höre noch, wie sie sagt: »Läuft ganz toll.«

Ich will wissen, wie viele Apps Anton schon geladen hat. »So um die neunzig«, sagt er. Nach vierundzwanzig Stunden. Am Ende, nach vier Wochen, werden es genau 287 sein. Darunter Spiele, viele Spiele, aber auch »Phase 6«, ein Lernprogramm für die Schule, das »Pocket Piano«, eine App, die aus dem iPad ein Klavier macht – und natürlich jede Menge Bücher. Das Lieblingsbuch, nein, die Lieblingsstaffel muss man sagen, beziehungsweise die Lieblingsmultimedia-Datenbank, also Buch plus Hörbuch plus Newsletter plus Forum plus E-Card, kurz: das aktuelle Lieblingsdigitalimperium heißt *Warrior Cats*. Ich habe mir auch etwas aufs iPad geladen, ein (1) Buch mit dem Titel *Digitale Demenz*. Es ist ziemlich kulturkritisch.

Pia findet prompt im Internet eine Kritik, die behauptet, der Verfasser sei ein Analog-Hirni und von gestern. Hm.

Julia will aufräumen mit meinen analogen Vorbehalten: Sie liebt ihr iPad und zählt zum Beispiel die Vorteile gegenüber einem Analog-Buch auf: »Erstens, Anton und

Max können es auch lesen, sobald ich es heruntergeladen habe, und zwar ohne mich zu nerven und ohne es mir wegzunehmen.«

Aha. Und zweitens? »Zweitens ist es eben mehr als nur ein Buch.« Was dank ihres bemerkenswerten Talents zum mehrstündigen Skypen und Chatten über das Gelesene ebenfalls einleuchtet. »Und drittens«, ergänzt Julia, »habe ich nur ein iPad – aber alle Bücher sind da drauf, Filme, Hörbücher, Songs, einfach alles. Super, oder?!«

Pia wendet ein: »Blöd nur: Die Maigret-Krimis gibt's nicht bei iBooks!«

Ich vermute mal, dass Maigret, eine großartige, Pfeife rauchende und vieltrinkende Erfindung des belgischen Schriftstellers Georges Simenon, einfach zu analog ist. In einem Band, frühe fünfziger Jahre, verflucht er die neue Zentralheizung in seinem Pariser Kommissariat, weil er sich vom alten Kohleofen nicht trennen kann. Sympathisch! Andererseits lebten wir, hätten Maigret, der Papst und ich das Sagen, vermutlich immer noch auf einer Scheibe.

Max, der dank seiner acht Lebensjahre der Eingeborenste aller Eingeborenen der Digitalisierung ist, hat übrigens intuitiven Zugang zum iPad. Mit Anton zusammen hat er in Sekunden raus, wie wir mit Hilfe von Sky Go die aktuellen Spiele live angucken können. Das ist eine Sensation für Anton.

Bayern spielt in der Champions League. Komischerweise gucken wir leicht zeitversetzt Fußball via Sky Go. Sein Empfang ist irgendwie anders als meiner. Obwohl wir nebeneinander im Wohnzimmer sitzen. Er mit einer Limo. Ich mit einem Bier.

Er starrt auf sein iPad. Ich starre auf mein iPad.

Ich sage: »Komm schon Schweini, Pass in die Spitze.«

Da sagt Anton: »Wieso denn Schweini, welcher Pass, hast du das Foul nicht gesehen? Freistoß Kroos.«

Und ich: »Das war doch vorhin. Kroos hat doch vergeigt …«

Er: »Wieso vorhin?«

Und so geht das hin, so geht das her.

Ich: »Tooooooor!«

Er: »Woooooo?«

Früher, in der Analogzeit eines zusammen zu betrachtenden Röhrengeräts, war Fußballgucken irgendwie zeitgleicher. Irgendwie gemeinsamer. Irgendwie besser.

Oder auch nicht.

Denn da ich der Familie als Ewiggestriger, Sparsamer und Analoger bis zwei Jahre nach unserem Einzug nur einen Fernseher plus Zimmerantenne gegönnt habe, musste Anton, der große Fußballfan, Fußballspiele immer durch die Hecke betrachten.

Beim Bau des sehr schmalen Hauses habe ich auf die Existenz von so etwas wie Kabelanschluss in Waldtrudering vertraut. Es gab aber kein Kabel am Rande des Universums. Die Nachbarn rieten mir zur Sat-Schüssel. Nachträglich aufs Dach. Hm, ein ästhetisches Problem, auch ein technisches, durch die neue Dachhaut, tja … ich überlegte hin, ich überlegte her. Und was das wieder kostet. Schließlich, erst anderthalb Jahre seit dem Einzug waren vergangen, entschied ich mich für ein Provisorium: für eine Antenne, extra entwickelt für den Fernsehempfang von Fernfahrern. Knapp 20 Euro.

Das klappte. Teilweise jedenfalls. Der Empfang hing jetzt aber von der Zuschauerkonstellation in unserem kleinen Wohnzimmer ab. Sobald jemand reinkam oder rausging oder auch nur die Sitzposition änderte, konnte sich das Bild aufklaren oder endgültig Schneegestöber anzeigen. Unsere Fernsehabende wurden oft von einem lauten »Bleib so!« oder von einem noch entschiedeneren »Geh weg! Trottel!« begleitet. Meine Kinder fanden das so peinlich, dass sie im Freundeskreis anfingen zu behaupten, wir hätten keinen Fernseher, weil der Papa ein Vollanaloger sei.

Anton musste sich wichtige Fußballspiele folglich immer durch die Hecke angucken. Durch ein Loch in der Hecke hatte er etwas Sicht auf das Haus der Nachbarn, konkret: auf das Wohnzimmerfenster, durch das ein sehr großer, tadellos empfangender Fernseher zu sehen ist. Volldigitale junge Leute sind das. Anton findet sie extrem klasse.

Das Bild, wie Anton einmal bei Regen an der Hecke stand, um Schweini und Lahm siegen zu sehen: Ich werde es nie vergessen.

Dank Sky Go beschließe ich daher in meinem neuen Leben als Digitalisierter, dass wir gemeinschaftlich (wenn auch jeder für sich) einen Talk über die Gefahren der Digitalisierung angucken. Dort berichtet ein Experte von einem Versuch. Ein Dutzend Kinder soll unter drei möglichen Geschenken wählen: a) ein iPad; b) ein Fahrrad; c) ein Kaninchen. Die Hälfte der Kinder nimmt das iPad, die andere Hälfte wählt das Kaninchen. Wie sich herausstellt, haben sie alle schon ein Fahrrad. Und wer jetzt glaubt, das Kaninchen lasse hoffen: Die Hälfte der Kaninchen-Fans ist bereits im Besitz eines iPads. Das gilt übrigens auch für die Freunde unserer Kinder. Max ist der Einzige in seiner Klasse, der jetzt mit einem iPad prahlen darf. Am Elternsprechtag schauen mich einige Mütter scharf an, als überlegten sie, welche Nummer die Staatsanwaltschaft hat. Ich stammle etwas von Versuch und Experiment und Medienkompetenz und trolle mich.

Natürlich verändert sich das Leben der Familie in diesen vier Wochen der Digitalität. Aber das schafft auch ein neues Kaninchen. Ja, manchmal starren alle auf einen kleinen Bildschirm und wirken wie Autisten. Und ja, es kann sehr lustig enden, wenn man mit der Koch-App kocht und auf diese Weise (und weil im alles entscheidenden Moment der Akku leer sowie kein Kabel zur Hand ist) eine Materie produziert, die entfernt an Nahrung erinnert und bei näherer Betrachtung dem Katastrophenschutz gemeldet werden sollte. Und nein, ich will mir von meiner Runtastic-Jogging-App nicht dauernd sagen lassen, ich sei vom rechten Weg abgekommen – und das in einem indiskutablen Tempo, was ich aber, falls gewünscht, gern der Run-Community mitteilen könne.

Aber ehrlich gesagt: Es ist einfach praktisch, die *SZ* in iPad-Version im Flugzeug oder im Zug zu lesen. Und es ist großartig, immer alle Bücher bei sich zu haben. Gitarre lernen per iPad: kann man. Ich muss zugeben: Es ist schon eine kleine Zaubermaschine.

Beruhigend ist für mich dennoch die Beobachtung, dass niemand in unserer Familie suchtartig dem neuen Medium verfällt. Und wer partout zurück in die gute alte vordigitale Zeit möchte, der soll sich einfach mal vorstellen, wie das erste Automobil auf die Menschen wirkte. Damals glaubte ein Medizinalrat, dass vor allem Frauen von der Schaukelei in den »selbstfahrenden Kutschen« einer »sinnlichen Enthemmung« verfallen würden, so dass sich am Ende ganze Gesellschaften auflösen müssten – als Folge des erotisierenden, orgiastischen Furors auf vier Rädern. Würde man das Auto einführen, so der Medizinalrat, hätten alle dauernd Sex, und alle zivilisatorische Gesittung würde zusammenbrechen. So kam es dann doch nicht. Was irgendwie auch schade ist.

»Und außerdem«, sagt Pia eines Abends und etwa zur Mitte des Experiments für Vollanaloge wie mich, »wäre es umgekehrt, würde also die analoge Zeit der digitalen Ära folgen, dann träten im Fernsehen auch ganz viele Experten auf.« Und Pia sagt weiter: »Und diese Experten, die würden vor dem analogen Zeitalter warnen und darüber jammern, dass die Jugend, die sich früher so gemeinschaftlich-sinnstiftend und so wahnsinnig kommunikativ von früh bis spät in den sozialen Medien herumgetrieben habe, dass die nun furchtbar krank geworden sei.« Nun läse man Bücher. So ganz allein. Total asozial. Der Neurologe würde nachweisen, dass das Umblättern echter Seiten zu einer bedrohlichen Veränderung im dafür zuständigen Hirnareal führt. Und die Bestseller würden nicht *Digitale Demenz* heißen, sondern *Analoger Autismus*.

Ich schweige. Allzu viel kann ich eh nicht mit meinem iPad anfangen. Schon aus Stolz. Ich weigere mich, die Hotline um Rat zu fragen. Und theoretisch brauche ich ständig Rat. Die Kinder kichern immer, wenn sie sehen, wie ich versuche, mit dem iPad zu kommunizieren.

Als nach vier Wochen die Bücher endlich zurückkommen, als wir sie aus ihren Kisten befreien und wie Kriegsheimkehrer umarmen, als die Brettspiele wieder in den Kinderzimmern sind und ich wieder nach einem Kochbuch kochen darf (das ist praktisch, die Seiten mit den Lieblingsgerichten blättern sich, weil am Herd völlig verdreckt, wie von selbst auf): Da bin ich einerseits sehr glücklich – und andererseits frage ich mich, ob in meinem Analoghirn, bedingt durch das jahrzehntelange Umblättern, noch alles mit rechten Dingen zugeht.

Ich frage, als allerletzte Aktion mit meinem Leih-iPad, meine neue Freundin danach. Das ist Siri, der Sprachcomputer, der mit mir redet. Siri sagt, sie wisse es nicht, könne aber gern im Internet recherchieren. Ich bin beruhigt. Nach vier Wochen digitaler Existenz hätte ich sonst angenommen, dass Siri meine Gedanken lesen kann. Kann sie aber nicht. Dazu müsste sie schon meine analoge Ehefrau sein.

Weitere vier Wochen später steckt die Zeitschrift *Nest* im Briefkasten. Nettelbecks sind längst wieder das, was deutsche Realität sein dürfte. Ein bisschen digital. Etwas analog. Ganz normal. Einerseits.

Und andererseits sind Nettelbecks die, ja!, Titelstory. Julia, Anton und Max prügeln sich um die Ausgabe und zerfleddern sie in Sekundenschnelle. Kaum weniger schnell als, sagen wir, ein Schwarm Piranhas.

Einen Fetzen kann ich noch retten. Das ist ein Bild. Es zeigt mich mit traurigem Gesicht vor einem leeren Bücherregal voller Wollmäuse. Die Bildunterschrift lautet: »Heinrich Nettelbeck, 50, stammt aus der frühen analogen Vorzeit. Ohne unsere Hotline wäre er verloren gewesen.«

Na warte, Marlon, murmle ich, dich erwische ich schon noch. Dann gibt's was auf die Glocke. Aber so was von analog.

Februar

Montag, 17.02. 11:12
Hallo in die Runde,
nachdem wir uns vom Schock des Halbjahreszeugnisses am vergangenen Freitag etwas erholen konnten, schlage ich eine Krisensitzung vor. Näheres entnehmt ihr bitte beigefügter Tabelle. Da wir anwaltlichen Beistand haben werden (Dank an RA Stefan Mühling, Vater von Pascal), befinden sich im Anhang ausgewählte Urteile und ein bisschen Basiswissen zu den Themen Zeugnis, Noten und Klageaussichten. Hier nur so viel: Der Schule heizen wir ein. Wir können dann auch über die Gründung einer Bürgerinitiative nachdenken, hier geht es ja nicht nur um unsere Interessen, das Ganze ist von überregionaler Bedeutung.
Auf bald. Kommt zahlreich! Kampf dem Terror der Lehrer!
Eure Gabi

Mein Schreibtisch im Büro befindet sich im neunzehnten Obergeschoss eines turmartigen Gebäudes, das sehr gern ein »Headquarter« wäre. In Wahrheit ist es höchstens ein Headachterl, maximal. Immerhin steht der Schreibtisch am Fenster. Und ich kann sogar mit dem Fahrrad zur Arbeit fahren.

Von hier oben sind bei gutem Wetter die Alpen zu sehen. Hier ist das Headachterl, da hinten sind die Hügel der Toskana. Hier ist die Teeküche, da hinten die Espresso-Bar. Sehnsucht.

Heute ist Italien nicht zu sehen. Heute schneit es. Dicht gedrängt tanzen die Flocken am Fenster vorbei, ohne mich weiter zu beachten.

Kurz vor Büroschluss lese ich eine Mail, die mir Pia weitergeleitet hat: »Nettelbeck, Heinrich. Fwd: AW: Der Ü.: 2,33.« Und dann: nichts. Ach Pia, Anhang vergessen. War sicher mal wieder mächtig in Eile. Immer die Termine. Immer der Terminator.

Der Ü.? 2,33?

Später sitzen wir beim Abendessen am großen Tisch im kleinen Haus. Es schneit immer noch wie verrückt. Draußen versinkt die Welt in weicher Watte. Drinnen ereignet sich das Gegenteil.

Ich bin dran mit Kochen. Es gibt Spaghetti in Zitronensoße mit kleinen Garnelen. Geht schnell, macht satt und außerdem was her. Macht aber trotzdem: Probleme. Nämlich: Anton mag Nudeln, aber keine Zitronensoße, Max mag Garnelen, aber keine Spaghetti dazu, Julia mag Zitronen, aber nicht als Soße, und wenn schon Garnelen, dann die großen und nicht zu Spaghetti. »Haben wir keine Farfalle?«

Und Pia und ich mögen Hauptgerichte ohne Diskussions-Beilage.

Abendessen bei Nettelbecks ist also strukturell etwas für Leute, die niemals das bekommen, was sie haben wollen.

Aber das ist ohnehin mein Geheimnis als Koch: Serviere das Essen viel zu spät, koche nur die Hälfte und mache nicht das, was gewünscht wird.

Erstaunlicherweise soll ich gar nicht so oft kochen.

»Sag mal Pia, was war das denn vorhin für eine Mail? Was ist der Ü.? Und was ist mit der 2,33?«

»Der Ü.?«

»Ja, in der Betreffzeile stand: Der Ü. Dann: 2,33. War aber keine Mail dabei. Anhang auch nicht. Geht es um die Formel für den überirdischen Zaubertrank, oder was?«

»Ach so, richtig, das ist die Einladung zu einer Elternrunde. Kleiner Krisengipfel. Lauras Mutter Gabi und Pascals Vater haben das organisiert. Für Maxens Klasse. Nächste Woche beim Italiener, am Mittwoch, um halb neun. Einer von uns sollte sich das anhören.«

»Krisengipfel? Wieso das denn? Und was ist der Ü.?«

»Na, der Übertritt aufs Gymnasium, was denn sonst.«

Genau: was sonst.

»Pia, Max ist in der dritten Klasse und hat gerade sein Halbjahreszeugnis erhalten. Der Ü. ist in der vierten.«

»Nettelbeck. Sei nicht naiv. Der Ü. entscheidet sich jetzt, und Max braucht im Schnitt eine Durchschnittsnote von 2,33, also darf er in Deutsch, Mathe und HSU maximal zwei Zweier und eine Drei haben.«

»Sagt wer?«

»Stefan, der Vater von Pascal.«

»Ist das nicht dieser Rechtsverdreher von links vom Wabula-Spiralnebel? Der Anwalt? Und HSU ist was noch mal?«

Pia: »Heimat- und Sachkundeunterricht. Und Pascals Vater, das ist der Fachanwalt. Stefan Mühling heißt er, er hat sich auf Noten und Schule spezialisiert. Das boomt nämlich.«

»Noten? Schulnoten? Prozessiert der gegen Lehrer, die schlechte Noten geben? Oder gegen Schüler, die schlechte Noten haben? Vertritt er die Eltern oder die Schule? Ein

Notenanwalt: Das gibt's ja gar nicht. Es gibt Fachleute für das Insolvenzrecht, Patentanwälte und Anwälte, die sich, keine Ahnung, auf das Abkommen zur Erhaltung der Kleinwale in der Irischen See spezialisiert haben. Gibt's alles. Aber es gibt keine Notenanwälte.«

»Doch, Pascals Papa. Das ist überhaupt ein Trend. Hast du nicht gelesen, neulich in der Zeitung, über diesen Jungen, Hassan, den die Eltern ohne Grundschulempfehlung aufs Gymnasium gebracht haben?«

Pia steht auf und wühlt im Stapel »Schulisches«. Der reicht bis zur Decke, sie findet aber sofort, was sie sucht.

Sie liest vor: »›Als der Schüler das Probejahr mit neun Fünfen nicht schaffte, kam er zurück, um Siebtklässler zu verprügeln. Der Fall beschäftigt nun das Verwaltungsgericht. Allerdings war nicht der Dreizehnjährige angeklagt, sondern das Land Berlin. Der Vorwurf lautet, dass sein Nichtbestehen der Probezeit auf eine »strukturelle Diskriminierung« zurückzuführen sei.‹ Oder hier, im Netz, family.de, ich zitiere: ›Eltern neigen immer mehr dazu, gleich den Anwalt einzuschalten. Regelmäßig kommt es vor, dass Eltern mit einem Juristen zur Sprechstunde in die Schule gehen. Anwälte freuen sich über einen neuen Markt.‹« Pia guckt mich grünlich an. »Genau wie der Papa von Pascal. Also, was ist jetzt – du oder ich, am Mittwoch beim Italiener?«

»Pia, Max hat gerade erst die Hälfte der dritten Klasse geschafft, das ist keine Krise, und wir brauchen keinen Notenanwalt. Es gibt kein Ü-Problem.«

Pia dreht sich zu Max um: »Hast du ihm nichts erzählt, Max?«

Max lässt die Gabel fallen, gleitet vom Stuhl und kriecht eiligst unter den Tisch. Das hat er zuletzt gemacht, als er vier war. Sehr ungewöhnlich.

»Was soll das denn, Max?« Ich beuge mich runter. Er sitzt unter der Bank und hält sich die Hände vor das Gesicht. Schrecklich.

Mehr als das: erschütternd.

Denn Max, der Maximale, ist von Haus aus kein furchtsamer Typ. Er ist unser geliebter Hool. Und so wie jetzt habe ich ihn noch nie gesehen.

Max ist genau der Typ, der im Schwimmbad, er ist zum ersten Mal da, sofort kopfüber ins Becken springt. Obwohl er gar nicht weiß, dass man schwimmen können sollte im Wasser. Zum Glück hatte ich ihn gleich am Haarschopf. Da war er noch keine drei Jahre alt.

Er ist der Typ, der zum ersten Mal Ski fährt, da war er fünf Jahre alt, und die schwarze Abfahrt wählt, dabei keinen Versuch unternimmt, irgendwie zu bremsen, um schließlich in rasender Fahrt wie eine Kanonenkugel im Heuballen vor dem Skiliftträger einzuschlagen.

Er ist der Typ, der im Auto am Steilstück die Handbremse während einer Rast löst. Nur um zu sehen, was dann passiert. Gäbe es irgendwo auf der Welt einen roten Knopf, den aus sehr guten Gründen noch nie ein Mensch gedrückt hätte, Max fände ihn. Und er würde ihn drücken.

Max ist Bum-Zack-Peng-Max.

Als er gerade sieben war, fuhr er in die Stadt. Allein. Mit seinem kleinen Roller und einem kleinen Rucksack. Er wollte sich irgendwelche Sammelbilder kaufen, die wir ihm nicht kaufen wollten. Leider wusste er nicht genau, wo die Stadt ist. Und wir wussten leider eine Zeit lang nicht genau, wo Max ist. Bis er von unserem Nachbar-Suchhilfe-Trupp gefunden wurde. Die Hundestaffel konnte ich gerade noch abbestellen.

Das ist Max: unerschrocken, tatendurstig, fröhlich bis zum elterlichen Irrewerden. Er hat Energie ohne Ende. Morgens ab sechs hört man ihn im ganzen Haus: »Juuuuuuhu!«

Er ist ein ausgesprochenes Juuuuuuhu!-Kind. Lucky hätte sein zweiter Vorname sein können. Happy sein dritter. Happy goes Lucky Nettelbeck. Er traut sich alles zu. Und wenn er scheitert, zuckt er mit den schmächtigen Schultern und denkt sich: Wenn ich das nicht kann, ist es nicht wichtig. Max ist ganz großes Kino, und ich hoffe, er kann sich sein unerschütterliches Sommersprossen-und-Zahnlücken-Gemüt unter den stets zu Berge stehenden Haaren ein Leben lang erhalten. So was wird einem in die Wiege gelegt. Dachte ich. Und jetzt: sitzt er still und verschüchtert unter der Bank vom Esstisch. Wegen der verdammten Noten.

Ich blicke Pia ratlos an.

Sie zuckt mit den Schultern. »Tja, in HSU steht er mittlerweile auf einer Vier und in Mathe sogar auf einer Fünf. Die letzten Arbeiten hat er versemmelt. Wir haben definitiv ein Ü-Problem. Hast du das Zwischenzeugnis denn nicht gelesen?«

»Aber«, der Max-Anwalt erwacht in mir, »in Deutsch steht er doch auf einer glatten Eins?«

Pia: »Rechne mal. Glaube mir: Wir haben ein Ü-Problem.«

»Wie jetzt?«

»Na ja, 1 + 4 + 5 = …«

»…«

»10.« Das kommt von Anton.

»Danke Anton, das kann ich auch.«

»Sehr gut, und 10 geteilt durch 3 ist …?«

»…«

»3,33.« Das kommt von Julia.

»Ist ja gut, Julia!«

»Korrekt«, sagt Oberlehrerin Pia. »Und 3,33 ist … aber jetzt ohne Vorsagen, also, Nettelbeck?«

»Keine Ahnung.«

»Das ist auf jeden Fall: kein Ü. Es ist auf keinen Fall: Ü.Ü. geht bis 2,33 – alles andere ist Realschule oder Hauptschule, die bei uns in Bayern aber nicht mehr Hauptschule heißt, sondern Mittelschule, damit die auf der Mittelschule das Gefühl haben, sie seien auf der Mittelschule und nicht auf der Hauptschule, was sie aber trotzdem sind. Kapiert?«

Bayern. O Gott. Kein Ü.

»Pia, deswegen verklage ich aber noch lange nicht die halbkriminelle oder meinethalben dreiviertellegale Lehrkraft. Max muss halt mehr lernen. Wir müssen mit Max mehr üben …«

»Wir?«

»Beziehungsweise du.«

»Beziehungsweise ich.«

»Also, ich geh da bestimmt nicht hin, zum Italiener und zum Anwalt. Das ist doch hysterisch, das wird schon. Max, komm jetzt raus da!«

»Okay.« Pia kennt heute kein Erbarmen. »Dann kümmere dich bitte um einen Termin bei Frau Fricke. Und ich übe mit Max. Und du kommst jetzt endlich raus da, Max. Maximilian.«

»Du Loser.« Das ist Anton.

Ich bin entsetzt. »Anton, du bist ganz still.«

»Genau«, sagt Max. »Du Honk, hast neulich den entscheidenden Elfer verschossen.«

»Das war Latte, du Teewurst.«

»Ruhe! Alle beide.«

Ich will die zivile Ordnung wiederherstellen. Bis vor kurzem waren wir noch eine glückliche Familie. Und jetzt sind wir eine vom Darwinismus befallene egozentrische Leistungsgesellschaft in einem Land, das keine Hauptschulen mehr kennt und trotzdem am laufenden Band Bildungsverlierer und hysterisierte Eltern mit Schnappatmung und anwaltlichem Beistand produziert.

Deutschland könnte sich um den Frieden in der Welt verdient machen, man könnte an einem Mittel gegen Krebs forschen, den Klimawandel aufhalten oder sich fragen, wie man Bildungsverlierer und Pisa-Rankings vermeidet. Aber wir haben keine Zeit, wir müssen vierundzwanzig Stunden am Tag den Ü. besprechen.

Seit langem gibt es in Deutschland immer weniger Kinder und immer weniger Familien. Niemand weiß genau, warum das so ist. Ich weiß es. Es ist wegen: Ü.

Wir fürchten uns davor. Wir haben Panik. Dieses Land ist ein einziges großes, zittriges Ü. Ü steht für: das Übel.

Armer Max. Da unter der Bank.

Wenn Max, der furchtlose Hool, schon Angst vor

schlechten Noten hat, dann stimmt was nicht. Mit uns, mit den Lehrern, mit Max – oder eben mit den Noten.

Möglicherweise mit der ganzen Welt, die immer schneller, effektiver und besser wird. Nur unser Max: Der senkt den Schnitt.

Wenn wir die Kultusminister der Länder richtig verstanden haben, sofern das überhaupt zu verstehen ist, was die so sagen, so steht Deutschland mittlerweile am Abgrund, weil wir einerseits von den Finnen links und von den Asiaten rechts überholt werden. Und schuld daran ist (u.a.): Max Nettelbeck. (Zu schweigen von Julia Nettelbeck.)

Max ist acht Jahre alt, aber er sorgt schon dafür, dass Deutschland im globalen Bildungsranking keinen vorderen Platz mehr beanspruchen darf. (Die Alien-These von Anton erhärtet sich. Max führt unsere Gesellschaft ganz gezielt an den Abgrund und ins Verderben.) Wobei das Bildungsranking vermutlich gar kein Bildungsranking, sondern vor allem ein Wissenswettbewerb ist. Wissen ist Macht in der Info-Gesellschaft. Das gilt für Bildung noch lange nicht. Die Bildung ist aber schwer zu messen, im Gegensatz zum Wissen, weshalb … na ja … eben drum.

Sei's drum.

Kein Wunder, dass alle ziemlich nervös sind und auf die Nettelbecks gucken. Fördern die Max nicht genug? Fordern sie ihn nicht richtig? Was läuft da falsch? Ist Pia schuld? Oder der Nettelbeck?

Notendiskussionen unter der Ü-Überschrift: ein ebenfalls beliebter Ehescheidungsgrund. Ehen sind manchmal die reinsten Übertritts-Kollateralschäden.

Wer hat Schuld?

Ich weiß das ehrlich gesagt auch nicht. Ich weiß nur, dass ich viele erschöpfte Eltern kenne, die alles tun, was in ihrer Macht steht (Wissen plus Bildung plus Sport plus Händewaschen und Zähneputzen) – und die am Ende des Tages dennoch ahnen: Alles läuft schief. Sagen wir: vieles.

Pia sagt: »Alle haben Stress. Die Kinder, die Eltern, die Lehrer. Alle.«

Ich sage: »Dann ist das alles falsch.«

»Ja, aber davon wird es auch nicht richtig.«

»Vielleicht ist Max ja hochbegabt?« Ich meine das ein bisschen im Scherz. Pia wölbt eine Augenbraue. »Und die Lehrerin ist bloß zu doof, um sein Talent zu begreifen. So was kommt vor. Ich zum Beispiel …«

»Ja, ja, Nettelbeck, deine Story … weiß schon … hochbegabtes, aber unentdecktes Genie und so.«

Max hat sich mittlerweile davongemacht. Julia und Anton sind auch verschwunden. Pia, ich und ein paar restliche Spaghetti sitzen noch am Tisch. Das heißt: Die Spaghetti liegen auf dem Tisch. Und auf dem Boden natürlich. Wie immer. Unser Boden ist essbar, ein essbarer Krümelboden.

Pia räumt ab. »Ich bin«, sagt sie beim Aufstehen, »zwar von Hochbegabten umzingelt, aber, nein, das glaube ich nicht. Max ist ein kluger Junge. Doch hochbegabt? Komm, Nettelbeck, lass uns die einzigen Eltern sein, die ihre Kinder nicht für hochbegabt halten. Das ist originell.«

»Na ja, Pia, irgendwie checkt er schon alles immer sehr schnell, oder? Ich kann mir die Noten gar nicht erklären.«

»Ich sage ja, er ist ein Schlauer. Aber weißt du noch, in seinem bilingualen Kindergarten, nach zwei Jahren Englisch? Ich frage ihn, was Baum auf Englisch heißt, und was antwortet er? Bouuuwm.« Pia lacht.

Ich mache uns eine Flasche Rotwein auf.

»Und«, ergänze ich, »als er sagen sollte, was Wand auf Englisch heißt, da sagte er: Wäääääänd.«

Jetzt lachen wir beide. Wir lachen über unser Kind. Und über den Ehrgeiz eines bilingualen Kindergartens. (Es war der, der gut erreichbar war und einen Platz frei hatte; Eltern in München können erschreckend wahllos sein.)

Ich erzähle von einem Arbeitskollegen, der ein entsetzliches Bayerisch spricht, aber zu Hause mit seinem Sohn Toni nur auf Englisch radebricht. Er nennt ihn dann immer Antony. Antony wird sich später anhören wie Ludwig Thomas Landtagsabgeordneter Josef Filser. Antony wird Filser 2.0 sein und seinen Vater eines Tages töten, wenn nicht gar: around the corner bringen.

Pia erzählt von einer Bekannten, die ihre vierjährige Tochter zum Golfschnupperkurs angemeldet hat. Wegen der wichtigen Sozialkontakte, die sich später im Business noch auszahlen könnten. Wir kennen Menschen, die nur chinesische Au-pair-Mädchen einstellen, damit das Kind Mandarin lernt. Wir kennen Menschen, die ein kleines Vermögen für Nachhilfelehrer ausgeben. Oder für Anwälte.

Am nächsten Tag vereinbare ich einen Termin bei Frau Fricke. Sie ist das Ü-Schicksal von Max. Vielleicht lässt sie sich bestechen, bedrohen oder becircen. Ich bin bereit, alles auszuprobieren. Vor allem aber würden wir von ihr gern wissen, was sie von Max hält.

Schon die Frage ist falsch. Ganz falsch.

Ein paar Tage später. Wir sitzen vor Frau Fricke auf Stühlchen. Auf den Stühlchen der Kerlchen und Mädchen der 3b. Frau Fricke, Oberbefehlshaberin der Klasse und Maxens mächtige Bildungsbewährungshelferin, sitzt auf einem richtigen Stuhl. Auf einem Erwachsenen-Stuhl. Sie überragt uns wie ein Wolkenkratzer. Turmhoch. Wir können nicht anders: Wir schauen zu ihr auf.

Wir wollen mit ihr über die Noten von Max sprechen. Eigentlich wollen wir über Max sprechen. Sie will mit uns weder über die Noten noch über Max sprechen, sie will nur wissen, ob wir schon mal daran gedacht hätten, dass Max Asperger haben könnte.

Wie bitte?

Die Lehrerin sagt: »Verstehen Sie mich bitte recht, ich bin keine Fachkraft der Psychiatrie oder so, aber, hm, der Verdacht liegt doch recht nahe.«

Das Asperger-Syndrom, so Wikipedia (unter dem Tisch smartphone ich das sofort), »ist eine tiefgreifende Entwicklungsstörung innerhalb des Autismusspektrums, die vor allem durch Schwächen in den Bereichen der sozialen Interaktion gekennzeichnet ist sowie von eingeschränkten und stereotypen Aktivitäten und Interessen bestimmt wird«.

Die Lehrkraft sagt jetzt etwas, das wir nicht ganz verstehen. Wir hören nur die Begriffe »soziale Interaktion« und »eingeschränkte, stereotype Aktivitäten« heraus. Sie hört sich an wie der Wikipedia-Eintrag als Hörspiel.

Ich atme tief durch und will wissen, welche Hinweise auf Asperger sie konkret bei Max festgestellt hat. Tatsächlich sage ich: »Oder welche Sie glauben festgestellt zu haben.« Pia tritt unter unserem Miniatur-Tischchen gegen mein Bein.

Ich finde trotzdem, die Frau hat einen an der Waffel. Asperger, von wegen.

Ich vermute sogar, sie könnte durchaus an einer tiefgreifenden Entwicklungsstörung leiden. Aber bitte, ich bin ja keine Fachkraft der Psychiatrie oder so.

Sie erzählt uns, dass sich Max neulich geweigert habe, den Hampelmann mitzumachen. Sie wollte, dass die Kinder der 3b sich kurz körperlich erholen und ausschütteln.

»Das ist natürlich wichtig, Körper und Geist und so. Und er wollte also nicht?«, frage ich.

»Stellen Sie sich vor, er hat sich total verweigert. Er sagte, er wolle jetzt lieber Unterricht als den Hampelmann machen.«

Aha. Eingeschränkte stereotype Aktivitäten.

»Und was hat er gemacht.«

»Ist einfach sitzen geblieben.«

»Und Sie?«

»Ich hab den Hampelmann gemacht vor der Klasse.«

»Hm«, sage ich, »zusammengefasst: Sie stehen vor der Klasse, machen den Hampelmann, und Max bleibt einfach sitzen wie bei einem Sit-in gegen repressive Gesellschaftsstrukturen oder die allgemeine Hampelei – und jetzt hat er Asperger, ist das so einigermaßen korrekt wiedergegeben?«

Eigentlich hätte sie meinen triefenden Sarkasmus heraushören können. Den eiterbeulenboshaften Zynismus.

Doch sie sagt nur: »Einigermaßen, ja.«

Max ist unser Kind. Unser Schutzbefohlenes. Wir sehen

ihn schon in der Gummizelle. Weggesperrt, weil er ein sitzstreikender Aktivist ist, wobei seine Aktivitäten an pathologischer Stereotypie leiden. Geht in die Schule und will dort, dass Schule ist. Kann einfach nicht umschalten von Unterricht auf Hampelmann.

Pia schiebt ihr Kinn in den Angriffsmodus vor und gibt ihr diplomatisches Abwarten auf. »Das klingt doch nicht unvernünftig. Er ist halt kein Hampelmann, sondern will etwas lernen in der Schule. Haben Sie sonst noch was Konkretes?«

Die Lehrkraft betrachtet uns durch ihre sowohl große als auch dunkle Brille, als wären wir zwei lästige Insekten. Ich sehe eine Denkblase über ihrem Kopf, drohend wie eine gigantische Fliegenklatsche. Darin ist zu lesen: »Bei diesen Eltern: kein Wunder.«

Dann nennt sie uns noch weitere Beispiele für Maxens tiefgreifende Entwicklungsstörung, eines absurder als das andere. Eines läuft darauf hinaus, dass er, wenn er mit seiner Lehrerin sprechen will, darauf drängt, dass sie ihn anhört. Obwohl sie ihm doch gesagt habe, dafür sei jetzt keine Zeit. »Das Kind« (O-Ton Lehrkraft) ist demnach uneinsichtig. »Es« will ein Gespräch mit der Lehrkraft, ohne die totale Überforderung der Lehrkraft zu berücksichtigen. »Das Kind« hat ein Problem mit Autorität. »Es« könnte sogar eine künftige Terrorzelle sein, »das Kind«.

»Das Kind«, sage ich zu ihr, »hat übrigens einen Namen, unser Sohn heißt …«

»… Leon«, vervollständigt Maxens Lehrerin den Satz, »ich weiß, ich weiß.«

»Quatsch«, fahre ich hoch und stoße mit dem linken

Knie gegen die Resopalplatte des folterhaften 3b-Tisches für Schrumpf-Erwachsene. »Max heißt er, Max, Maximilian.«

Aua. Ich reibe mir das Knie.

Stille. Und in diese Stille hinein muss ich leider sehr laut lachen. Ich kann nicht anders.

Während die Lehrkraft stottert: »Ach, so, der Max, ja genau. Aber trotzdem: Er wollte den Hampelmann nicht machen. Max, richtig, Max wollte den Hampelmann nicht machen.«

Für das Lachen, trotz schmerzender Kniescheibe, gibt es eine Erklärung. Mir ist soeben ein Sketch aus dem Fernsehen eingefallen. Mit Anke Engelke aus *Ladykracher*.

Auch mein Gelächter hat etwas Aufsässiges, was hier keineswegs goutiert wird. Frau Fricke blickt mich streng an. Ich kann ihr ansehen, dass sie jetzt gerne das tun würde, was auch bei Randale im Klassenzimmer immer hilft. Ein kräftiges »Psssssssssstt!!!!«, verbunden mit dem Finger, der sich auf die Lippen legt.

Sie schaut mich noch etwas schärfer an – und traut sich dann doch nicht.

Aber vielleicht lässt sie mich gleich den Hampelmann machen. Zur Strafe. Genau: Pia und ich machen den Hampelmann, während sie den Takt vorgibt. Elternsprechstunde eben.

Sie will wissen, ob ich sie nicht ernst nähme.

Ich versichere: »Aber keineswegs.«

Pia korrigiert: »Natürlich nehmen wir Sie ernst. Aber Asperger, das stellen Sie einfach so in den Raum, das …«

»Das ist halt eine psychologische Beobachtung«, sagt sie, was mich noch lauter lachen lässt.

Aber im Ernst, Frau Fricke könnte absolut die Hauptrolle in *Ladykracher* spielen. Wäre es nicht so tragisch, es wäre zu komisch. Muss denn das Leben immer die besten Geschichten erfinden?

Der Sketch geht so: »Schön, dass Sie Zeit gefunden haben«, sagt die Lehrerin, gespielt von Anke Engelke, die einen gestreiften Pulli trägt und dazu eine strenge Frisur, »ich würde mich gerne über Ihren Sohn unterhalten. Schauen Sie mal, dieses Bild hat Ihr Sohn im Kunstunterricht gemalt.«

Die Eltern betrachten irritiert das Bild. Es scheint ein ganz normales Kinderbild zu sein. Ein Haus in Gelb mit windschiefen Wänden ist darauf zu sehen, aus dem Schornstein qualmt es kringelig. Vor dem Haus: Papa, Mama und Kind, lächelnd und sich an den Händen haltend. Die Sonne grinst dazu. Und dann gibt es noch den blauen Hund, der auf einer grünen Wiese steht. Ende.

So weit, so kringelig.

Und?

Die Eltern gucken sich an. Dann gucken sie die Lehrerin an. Und die Lehrerin, nennen wir sie Frau E., guckt erwartungsfroh die Eltern an.

Das Sketch-Klassenzimmer ist in der Farbrichtung »Urinprobengelb« gehalten. Diese Farbrichtung kennt man auch in Waldtrudering an der Grundschule. Maxens Klasse ist dennoch in der Farbrichtung »Novembergrieselgrau« gestrichen.

Urinprobengelb und Novembernieselgrau: Im Kultusministerium gibt es bestimmt eine Studie, die beweist, dass Kinder unter dem wohltuenden Einfluss von Urinprobengelb und Novembernieselgrau am effektivsten ihre geistigen Potenziale abrufen können.

Zurück zum *Ladykracher*-Sketch: Ein depressiv wirkender Overheadprojektor scheint darin zu ahnen, dass seine Analogzeit angesichts des heraufziehenden Whiteboard-Unterrichts bald vorbei sein dürfte. Und lustig: Auch wir sitzen so, dass Maxens Lehrerin sich hinter dem Overheadprojektor-Dinosaurier bei Bedarf verstecken kann.

Auf die Tafel, jetzt wieder im Sketch, hat jemand mit Kreide, mit Analogkreide, in feinster Schönschreibschrift »Heute Elternsprechtag« geschrieben – und dazu eine Blume gemalt. Die Eltern sitzen auf Kinderstühlchen vor dem Lehrerpult und wissen nicht recht, wohin mit den Knien. Kennen wir.

Frau E., also die Engelke, überragt die Eltern wie ein Wolkenkratzer. Kennen wir auch. Die Eltern befinden sich in der Position unnatürlich kleinwüchsiger Delinquenten, die vor dem Richterspruch der allerhöchsten Instanz zittern. Alles wahr.

»Dieses Bild«, doziert die Lehrerin und deutet auf das Bild mit dem blauen Hund und dem windschiefen Haus plus Familienglück pur, »ist ein Hilfeschrei.«

Ein Hilfeschrei.

»Wie bitte?« Das ist er, der Vater.

»Ist doch ein ganz normales Bild«, sagt sie, die Mutter.

Die Lehrerin verkneift sich ein Schmunzeln über derart elterliche Naivität. »Normales Bild? Also bitte. Sehen Sie die Sonne da draußen?« Frau E. weist auf das Fenster, das sich zum Schulhof hin öffnet.

»Und?« Die Eltern sind ratlos.

Über das Gesicht von Frau E. huscht dagegen ein triumphales, leicht mitleidiges Lächeln. »Hat denn die Sonne ein Gesicht?« Und sie gibt die Antwort gleich selbst: »Natürlich nicht.«

Ha!

Denn die Kringel-Sonne auf dem Bild des hilfeschreienden Kindes, die hat sehr wohl ein Gesicht. Typisch zweite bis dritte Klasse, könnte man sagen. Aber nicht typisch für Frau E., die jetzt erst so richtig in Fahrt kommt. »Und sehen Sie die Kringel über dem Kamin? Na? Eben! Wer heizt schon im Sommer, wenn die Sonne so schön scheint?«

Der Vater will sich erheben. Da holt Frau E. zum finalen Schlag aus und fragt die Eltern: »Könnte es sein, dass Sie schon länger keinen« – die Stimme wird gesenkt – »ahem, hm, Ge-schlechts-ver-kehr hatten?«

»Wie bitte. Also, das ist doch …« Die Eltern sind empört.

Frau E. bleibt unbeirrt. »Sehen Sie den blauen Hund? Und warum hat er keinen Schwanz?«

»?????«

»Und dann die Wiese. Sehen Sie: keine Blumen.«

»?????«

»Na, ist doch einfach«, weiß die Lehrerin im Sketch, »keine Blumen, kein Sex.«

Und jetzt kommt er, der Satz, an den ich mich erinnert habe und der meinen Lachanfall ausgelöst hat: »Das ist Psychologie.« Die fiktive Frau E. und die reale Frau F. werden in diesem Augenblick eins für mich – und ich frage mich, ob sich Lehrkräfte an Grundschulen nicht einfach auf das Lehren von Lesen, Schreiben, Rechnen und

Heimat- und Sachkunde beschränken könnten, statt hobbymäßig Autismusformen zu attestieren und nach Herzenslust auf dem Terrain der Psychologie herumzustümpern.

Okay, es gibt noch andere Lehrer. Solche, die ein feines psychologisches Gespür für Kinder in einem sehr verletzlichen Alter haben. Aber: Es gibt auch Frau Fricke.

Zurück zum Sketch. Der endet sogar noch einen Tick boshafter.

Die Mutter des Jungen mit dem Sonnenkringelbild ist nämlich mittlerweile so fassungslos angesichts eines Elternsprechtags, der eher einem Stasi-Verhör als einer Aussprache zwischen Eltern und Lehrern ähnelt, dass sie jetzt gesteht: »Ja, mein Mann ist trockener Alkoholiker und leidet an Erektionsstörungen.«

Verrat! Die eigene Ehefrau. Der Mann steht auf, zornbebend.

Frau E. flötet: »Schön, dass wenigstens einer hier mitarbeitet.« Sie wirft einen pädagogisch vernichtenden Blick auf den schwanzlosen Ex-Alki. Der wendet sich zur Tür.

Da lenkt die E. ein: »Bleiben Sie doch. Denken Sie doch bitte an Ihren Sohn Tobias, um den es hier geht.«

»Tobias? Unser Sohn heißt Ludwig!«

»Ach so, ja dann, äh«, Frau E. sortiert ihre Blätter und sucht nach dem richtigen Bild, dem Bild von Ludwig, »dann, hm, muss ich mich wohl entschuldigen, ah ja, da ist es, das hier hat der Ludwig gemalt.«

Zu sehen ist ein unbeschreibliches Grauen. Schreckgeweitete Gesichter, deformierte Körper. Die Radierungen von Otto Dix zum Thema »Der Krieg« sind gegen die illustrative Apokalyptik von Ludwig das reinste Gute-Nacht-Kuschelprogramm.

»Und«, wollen die Eltern wissen, »stimmt denn damit auch was nicht?«

»Nein, nein«, sagt die E. versöhnlich, »alles in schönster Ordnung. Wir sind im Gegenteil sehr stolz auf die Talente Ihres Sohnes, wir von der Charles-Manson-Gesamtschule.«

Ende.

Okay. Nicht lustig. Oder doch?

Vielleicht einfach: wahr.

Leider muss ich trotzdem sehr lachen und kann mich kaum beruhigen, weil unsere Elternsprechstunde offenbar haargenau nach dem Drehbuch eines satirischen TV-Sketches verläuft.

Ich frage die Lehrerin von Max: »Sagen Sie mal, kennen Sie eigentlich *Ladykracher*?«

Frau Fricke guckt irritiert. Pia zwickt mich unterm Tisch im Bemühen, mich zu stoppen.

Man stoppt ja immer. »Das Kind« muss es doch aushalten mit der Lehrkraft. Man kann es nicht beschützen. Es ist der Schule ausgeliefert, das Kind. Ist doch so. Und bald, also in anderthalb Jahren, ist »Übertritt«. Der verdammte Ü., eine der großen Geißeln der Menschheit, also die Befähigung zu höheren geistigen Weihen, wie man sie sich beispiels- und auch närrischerweise vom Gymnasium erhofft, ist der große Schatten, in dem die Eltern von Grundschulkindern grundsätzlich kooperativ sind. Oder aber: grundsätzlich bereit, den Anwalt einzuschalten.

Die Lehrerin fordert uns noch auf, ärztlichen Rat einzuholen. Wir geloben das. Der ärztliche Rat einer kinder- und jugendpsychiatrischen Praxis in München, den wir daraufhin erhalten, lautet: Die Pädagogin möchte sich doch bitte etwas detaillierter äußern, so als Kronzeugin. Und zwar mit Hilfe eines Fragebogens. Es ist der LFB: der Lehrerfragebogen.

Von »gar nicht« bis »stark« soll Frau Fricke Fragen zu Maxens Verhalten beantworten. Und zwar aus den Bereichen »Lern- und Leistungsprobleme«, »Allgemeine Aufmerksamkeit – Konzentration« oder auch »Emotionale Störbarkeit«. Zum Beispiel geht es darum: »Der/die Schüler/in ... kann sich nicht klar ausdrücken ... lässt sich leicht ablenken ... wirkt häufig verträumt ... ist unruhig, zappelt, bewegt sich dauernd ... zeigt häufig unberechenbares Verhalten ... wirkt sozial unsicher ...« Und so weiter und so fort. Wie gesagt, Maxens Lehrerin soll dem zustimmen (»stark«) oder die Aussage verneinen (»gar nicht«).

Um es kurz zu machen: Der Fragebogen, den sie uns zurückgibt, besteht aus dreiundfünfzig Aussagen, denen sie mit Blick auf Autismus-Max fünfzigmal »gar nicht« zustimmen möchte. Dreimal »selten«. Demnach zeigt Max »selten« eine »geringe Mitarbeit im mündlichen Unterricht«, selten wirkt er »sozial unsicher«, und »selten« hat er »Probleme, Aufgaben zu strukturieren«. Frau Fricke ist offenbar ein großer Fan von Max. Sehr selten, um nicht zu sagen: seltsam.

Man könnte sagen: Sie hat den Schwanz eingezogen. Wie der blaue Hund. Erst stürzt sie uns in Panik, dann beantwortet sie den Fragebogen so, als habe sie niemals daran gedacht, mit Max könnte etwas nicht stimmen.

Die Fachärztin kommt schließlich nach einigen zeitintensiven Untersuchungen auch ohne den LFB zur Erkenntnis: »Ein völlig normaler Junge.«

Fast finde ich das schade und sage zu Pia auf dem Heimweg: »Sag mal, Asperger-Patienten, die sind doch oft unheimlich schlau und superintelligent, manche davon haben sogenannte Inselbegabungen, also sie sind zum Beispiel Extremschachspieler, geniale Musiker, glänzende Mathematiker und so weiter. Ob Max nicht doch ein wenig Asperger ...«

Pia bricht in schallendes Gelächter aus. Dann sagt sie: »O Mann, Nettelbeck. Nein. Wenn, dann ist er Extrem-Hool. Und davon abgesehen zum Glück ganz normal. Aber er ist trotzdem dein Sohn. Der Sohn eines absolut Hochbegabten.«

Am nächsten Tag ruft erneut die Ärztin an, jene, die uns gesagt hat, dass es totaler Quatsch sei, die Sache mit Asperger. Aber ob wir mal an ADHS gedacht hätten, es sei nicht ganz auszuschließen, dass ...

Es ist nie vorbei.

März

Donnerstag, 20.03. 21:12

Dear all,

ich hoffe, eure Söhne haben die Einladung zu Bens Geburtstag bekommen? Wenn nicht, schaut bitte in den Ranzen nach! Ich brauche bis morgen die Zu- bzw. Absagen, um das Programm buchen zu können, Treffpunkt ist am P52 Besucherpark, dort an der Kasse, bitte unbedingt pünktlich sein, der Bus wartet nicht. Wir werden erst eine A380-Tour machen, dann freie Spielzeit am Flughafen-Besucherpark, anschließend Besichtigung historischer Flugzeuge, Besucherhügel, Spielplatz (bitte wettergerechte Kleidung!), dort gibt es auch kalte Snacks zu Mittag, Sandwiches, Brezen, Wiener, Kuchen – by the way, hat einer der Jungs irgendeine Allergie? Dann bitte selbst Essen mitgeben! Abgeholt wird wieder am Treffpunkt, PÜNKTLICH bitte. Ich habe noch einen Platz im Auto (wer zuerst kommt …), vielleicht bildet ihr am besten Fahrgemeinschaften.

Ben wünscht sich:

FC-Bayern-Wandkalender (aber nicht den Der-Ball-ist-rund-Kalender, der gefällt Ben nicht!)

iTunes-Gutschein (15 Euro)

DVD: Ich – Einfach unverbesserlich 2 (nicht 1, die haben wir schon!)

Das NEUE Deutschland-Nationalmannschafts-Trikot in Gr. 164 und die dazugehörige Hose in Gr. 152. (Bitte unbedingt auf die richtigen Größen achten!)

LG, Carina

Dunkle Nacht, Zeit zum Schlafen. Beziehungsweise Zeit zum Schlaflos-hin-und-her-Wälzen. Ich bin Zehenwackler und mache das jetzt: mit den Zehen wackeln. Ich bin nervös.

Morgen ist ein wichtiger Tag. Rot angestrichen im Kalender.

Ein Kindergeburtstags-Tag.

Es ist der Tag der Tage. Nur noch ein paar Stunden.

Eine Krönungsmesse im spätmittelalterlichen England ist ein Witz dagegen. Die Wahl eines neuen Papstes? Lächerlich. Der erste Mensch auf dem Mond: Mumpitz. Kuba-Krise? Also bitte, wollen Sie wissen, was eine Krise ist? Ein Nettelbeck-Kindergeburtstag ist Krise und Krönungsmesse in einem.

Draußen ist es noch dunkle Nacht. Aber man spürt seit Tagen: Es will Frühling werden. In meinem Herzen ist es Spätherbst. Allenfalls.

Kronprinz Max I. erinnert uns exakt seit 364 Tagen, also seit seinem letzten Geburtstag, dem achten, dass nun dieser Tag kommt: der neunte Geburtstag. Genauer gesagt: Am 25. März ist es so weit. Genauigkeit ist hier sehr gefragt. An seinem letzten Geburtstag hat er sich abends ausgerechnet, wann der nächste Geburtstag stattfindet. Seither kann er sich nicht auf Schularbeiten konzentrieren. Er hat immer den Kalender im Blick. Anton ist da als Rechenkünstler noch penibler. Er kann auch die Stunden, Minuten und Sekunden herzählen.

Mich wundert, dass es auf dem Münchner Marienplatz keine funkgesteuerte Atomuhr gibt, die sekundengenau einem größeren Publikum den nächsten Nettelbeck-Kindergeburtstag anzeigt.

Immer werde ich vom hämmernden Klopfen an der Schlafzimmertür geweckt, und dazu sind Maxens fröhliche, laut herausgebrüllte Breaking-News-Mitteilungen zu hören: »Noch 247 Tage bis zu meinem Geburtstag, hört ihr, ihr da drinnen?«

Noch 183 Tage, noch siebenundneunzig Tage, vierundzwanzig, zwölf, sieben, drei, zwei, eins.

Jetzt.

Beziehungsweise heute, es ist nach Mitternacht. Am Tag der Tage. Showdown.

Die Geburtstage von Anton oder Julia sind keinen Deut weniger wichtig als der von Max. Hier herrscht totale Gerechtigkeit bis hin zur Gleichschaltung. Folglich gibt es den Tag der Tage dreimal im Jahr. Von den Namenstagen mal abgesehen, die es auch dreimal pro Jahr gibt. Plus vier (wegen Pia- und Nettelbeck-Namenstag-Geburtstag). Die aber kaum zählen. Die kann man übergehen. Wir sind eben keine Kinder mehr. Wir haben Kinder.

Eben.

Übrigens ist es auch so, einer teuflischen Choreografie, einem ausgetüftelten Zeitplan des Wahnsinns folgend, dass Anton, Julia und Max an Tagen, an denen sie nicht Geburtstag haben, eingeladen sind zu anderen Kindern, die Geburtstag haben. Daher gibt es in meinem Leben keine kindergeburtstagsfreie Zone. Ein kindergeburtstagsfreier Augenblick ist so wahrscheinlich wie die Annahme, man könnte sich durchs deutsche Fernsehprogramm zappen, ohne dabei einem sehr alten *Tatort* zu begegnen.

Ich vermute, dass hinter der Vollbeschäftigung in der Kindergeburtstagsindustrie (die, wie ich glaube, neben der

Auto- und Pornoindustrie die mächtigste Volkswirtschaft auf Erden darstellt) ein strategisches Hirn steckt: das meiner Frau.

Ich wälze mich herum.

Okay, ich fürchte mich vor Kindergeburtstagen. Das klingt seltsam, ich weiß.

Pia mag das gar nicht. Also, mein Herumgewälze natürlich. Mein Herumgewälze insbesondere vor Kindergeburtstagen mag sie noch weniger. Geburtstage, insbesondere die ihrer Kinder, liebt sie dagegen sehr. Auf eine leicht pathologische Art. So wie beispielsweise alte Damen mit blauen Haaren ihre Königspudel lieben oder mein Kollege, linker Hand den Flur runter und vor der Teeküche rechts, sein iPad.

Kindergeburtstage sind die Droge, auf die Pia abfährt.

Das sind: Termine.

Termine sind voll ihr Ding.

Ich wälze mich wieder ein bisschen herum.

Ich bin Kindergeburtstagsskeptiker. Und Luftballonagnostiker. Auf jeden Fall bin ich gegen das Wettrüsten im Kinderzimmer. Aber Pia ist Teil der Rüstungsindustrie.

Nicht weil ich meine Kinder weniger mag, sehe ich die Sache mit dem Kindergeburtstag skeptisch, oder weil ich nichts mit Piratenspielen anfangen könnte, nichts mit Bilbo-Beutlin-Kostümen und mit Vätern als Wohnzimmer-Zirkusdirektoren oder mit Vätern, die unfassbarerweise ein halbes Dutzend Rotzbengel in die VIP-Lounge der Allianz-Arena einladen (Anton schwärmt heute noch davon) – sondern ich bin der Feind der Kindergeburtstage, weil Kindergeburtstage heute nichts mehr mit Topfschlagen zu tun haben. Eher mit einer von hysterischen, überambitionierten Eltern finanziell aufgeblasenen Unterhaltungsindustrie des Grauens.

Zu den Sieben Plagen der Endzeit müsste in der Offenbarung des Johannes eigentlich noch Nr. 8 kommen: der Kindergeburtstag als krönendes Element einer jeden ordentlichen Apokalypse.

So. Ich hoffe, das war jetzt deutlich.

Und: Gäbe es Topfschlagen, so fände ich das kein bisschen weniger grausam.

Herumwälzen.

Pia glaubt, dass ich an einem Trauma leide. Meinen dreizehnten Geburtstag hatte meine Mutter nämlich vergessen. Ich ging also in die Schule: ohne Geburtstagskuchen, ohne Ständchen. Geschenkelos. Geburtstagslos. Ich hatte das Gefühl, nie geboren worden zu sein. Ich kam zurück. Tat mir ein bisschen leid. Und meine Mutter erklärte lakonisch, da ich erst am späten Nachmittag zur Welt gekommen sei, solle ich mich jetzt nicht so anstellen und mich noch ein bisschen gedulden.

Trauma? Kann sein.

Herumwälzen.

Zehenwackeln.

Pia müsste eigentlich langsam seekrank sein. Wahrscheinlich tut sie nur so, als schliefe sie.

Ich will einen Schluck Wasser trinken und aus dem Schlaflos-im-Bett-Herumwälzen wenigstens ein Schlaflos-in-der-Küche-Herumhocken machen. So leise wie möglich stehle ich mich aus dem Schlafzimmer. Leise, leise, ganz, ganz leise … tip … tap … tip … tap … ti…

»Nettelbeck!« Das Licht geht an.

Pia schaut mich grünäugig an. Halb strafende Anklage, halb kummervolle Verteidigung.

»Kannst du mal wieder nicht schlafen?«

»Doch«, knurre ich. Halb schuldbewusst, halb in Angriffslaune.

»Warum schläfst du dann nicht? Morgen ist Samstag!« Sie schaut auf die Uhr. »Es ist nach Mitternacht. Es ist Samstag. Geburtstag!«

»Weil ich einen Schluck Wasser trinken möchte.«

»Warum trinkst du dann nicht einen Schluck Wasser?«

»Herrgott, ich bin doch gerade unterwegs …«, rufe ich, schon halb auf der Treppe.

»Dann pass auf die Treppe auf!«, ruft sie nach unten.

»Was?«

»Pass auf die Geschenke …«

Zu spät.

Ich habe kein Licht gemacht, weshalb ich jetzt auf der vorletzten Treppenstufe in einen Pappkarton trete, der mit Geschenkpapier umhüllt ist. Sofort ist ein infernalischer Krach zu hören, der die Nacht zersägt. Dazu eine Art Alarmsirene. Ich fürchte: Für unsere Nachbarn war's das jetzt mit der Nachtruhe.

Später wird sich herausstellen, dass die Alarmanlage im Pappkarton zu einem besonders tollen *Star Wars*-Spiel gehört. Das besonders tolle *Star Wars*-Spiel ist eines von Maxens Geschenken. Eines von vielen.

Pia, Julia und Anton haben am Vorabend das Erdgeschoss praktisch umgebaut und in seine Bestandteile zerlegt.

Nachdem wir seit Wochen das Ereignis planen. Nachdem Einladungskarten entworfen, verworfen, neu entworfen, gedruckt und versendet wurden. Nachdem die Gästeliste geschrieben, diskutiert, verändert, neu geschrieben und neu diskutiert wurde.

»So, der Tommy soll jetzt doch nicht kommen, warum denn nur?« Aha, wie sich herausstellt, ist Tommy mittlerweile ein großer Idiot. »Ach, und der Raffael soll doch noch eingeladen werden, du hast aber seine Adresse nicht? Und die Telefonnummer auch nicht? Ja, was machen wir denn da?«

Max: »Google ihn doch mal.«

Auch die Geburtstags-Deko ist eine heilige Angelegenheit in unserer Familie. Der reinste Kulissenzauber. Inklusive Lichttechnik, Sound und Innenarchitektur. Mit dem Aufwand, den Pia da jedes Mal treibt, um unsere Kinder mit einem »Gabentisch« zu erfreuen (ein Wort aus der fernen Frühzeit der Kindergeburtstagskultur), könnte man, finanziell betrachtet, vermutlich auch die Filme *The Amazing Spider-Man* oder *Titanic* ausstatten.

Würde mich nicht wundern.

Pia hat da in den letzten Jahren eindeutig die Maßstäbe verloren. Kindergeburtstag: Irgendwie ist das im Laufe der Zeit außer Kontrolle geraten. Finde ich.

Pia findet: Ich hätte da ein Trauma. Wie gesagt.

Armer vergessener Dreizehnjähriger. Und jetzt hasst er Kindergeburtstage.

Als wenn es so leicht wäre.

Dieser Deko-Wahn! Eines Tages werde ich die Live-Übertragung der Oscar-Verleihung im Fernsehen sehen, und wenn es dann um die Kategorie »Bestes Szenenbild« geht, wird jemand sagen: »And the Oscar goes to Pia Nettelbeck.« Vermutlich für die Produktion von, was weiß ich, von *Maxens neuntem Geburtstag*. Pia hat die Kunst der Kindergeburtstagsgestaltung längst perfektioniert. Nichts spricht dagegen, dass sie demnächst einen Oscar erhält.

Na ja, ich spreche dagegen. Der Mann, der die Produktion des Arthouse-Movies *Maxens neunter Geburtstag* praktisch ruiniert hat, weil er soeben beim Versuch, die Treppe auf der Suche nach einem Glas Wasser geräuscharm hinter sich zu lassen, mit einem Bein im Pappkarton-Inferno landet und mit dem anderen auf einen Luftballon tritt, weshalb er die Balance verliert, weshalb er Halt an der Wand sucht, weshalb er die dort aufgehängte Girlande abreißt, was auch zum Absturz der Lampions führt. Aber das ist egal, denn der Mann rudert weiter durch den Raum auf der Suche nach Halt, er zertritt noch ein paar Geschenkkartons voller neuer Fußballschuhe, Legobausätze, Schulartikel, Klamotten und Hörspiele und Bücher (ja doch: Bücher!). Er wirft noch ein paar Kerzen um, verheddert sich in weiteren Girlanden und findet schließlich, während die mittlerweile aufgescheuchte, schlaflose Sippe dem Treiben von der Treppe aus interessiert zusieht, Halt.

Das heißt: Es ist eigentlich kein Halt. Es ist eher die herausstehende Stange des brandneuen Kickerkastens, die sich, links neben der großen roten Schleife, in den Bauch des Mannes bohrt. Rechts neben der Leber.

Der Mann bin ich. Mir wird fast schlecht. Vor Schmerz einerseits.

Und andererseits, weil ich die Schlagzeile schon vor mir sehe: »Mann von Kickerkasten gepfählt. Es sollte ein Geschenk für seinen Sohn zum neunten Geburtstag sein.«

Ich halte mir schmerzgekrümmt den Bauch, schreie »Scheiße!« (ein Euro für die Familienfluchkasse) und torkle zurück. Dorthin, wo der Gabentisch steht. Dorthin, wo auf dem Gabentisch die Geburtstagstorte steht. Mein Gesicht findet Halt in dieser Torte.

Das ist kein Trost.

Und hätte ich in diesem Augenblick nicht zu viel Käsesahne in den Ohren, so könnte ich hören, wie Max und Pia aufschluchzen, während Anton und Julia Beifall klatschen.

Ich befreie meine Ohren gerade noch rechtzeitig von den Resten der Geburtstagstorte, um zu hören, wie Pia die Lage ordnet, indem sie nun »Happy Birthday, lieber Max« anstimmt.

Max schluchzt auch nicht mehr wegen der Torte. Er hat jetzt zu viel zu tun in zu kurzer Zeit. Er muss sich auf seine Geschenke werfen, die Geschenkverpackungen nach Art eines Tornados zerfetzen und neben sich einen großen Berg Allerlei aus Geschenken und Geschenkpapier anhäufen. Aus dem Berg ist jener sirenenhafte Lärm zu hören, der sich nicht abstellen lässt und aus unserem Haus ein Irrenhaus macht.

Es ist der Krieg der Sterne.

Max johlt vor Vergnügen. Pia fotografiert, Anton versucht Maxens Berg zum Einsturz zu bringen, und Julia isst Tortenreste vom Boden. Ich bin am Ende. Und dabei ist der Geburtstag noch nicht besonders alt.

Ich sitze auf der Bank vor dem Ex-Esstisch, der nun der

Gabentisch ist, starre auf den Kickerkasten und bin sehr still. Und sehr allein.

Bis sich Pia zu mir setzt. Sie hat ein Herz für einsame Kinder.

»Na, du alter Geburtstagsmuffel, komm schon, geht's wieder?« Sie schiebt mir einen Teller zu, auf dem ich unscharf etwas Käsesahne an Geschenkpapierresten mit Smarties-Klumpen in Kerzenwachssoße erkenne. Macht nichts. Ich esse trotzdem. Irgendetwas muss ich tun, sonst werde ich augenblicklich verrückt.

Pia sagt zu mir: »Jedes Mal das gleiche Theater. Was du nur immer mit den Geburtstagen hast. Freu dich doch. Guck mal, wie toll die Kinder spielen ...«

»Pia, es ist mitten in der Nacht. Hier ist Chaos. Ich habe mir vermutlich innere Verletzungen zugezogen ...«

»Ach was, das wird schon wieder.« Auf Krankmeldungen meinerseits reagiert Pia nie, da müsste ich ihr schon meinen amtlich beglaubigten Totenschein vorweisen. Selbst dann würde sie sagen: »Wird schon wieder.«

»Nettelbeck, es ist doch Samstag. In einer halben Stunde scheuchen wir die Kinder ins Bett, dann schlafen wir alle aus, und vor dem Frühstück räumen wir auf. Und dann kommen die Gäste.«

Die Gäste.

Ich gehe nach oben und lege mich zum Sterben ins Bett.

Pia kuschelt sich zu mir und sagt versöhnlich: »Du und der Kindergeburtstag, das ist ja wirklich ein Drama.«

Ich suche mit dem Fuß ihren Fuß. Ich finde stattdessen einen Luftballon. Kalter Gummi.

Mit einem Mal geht alles sehr schnell. Blackout. Ich

stürze ins Bad, ich nehme die Nagelschere, ich … ich … ich werfe mich auf den Luftballon und steche auf ihn ein. Dabei sehe ich aus wie Jürgen Klopp im Blutrausch. Mein Gesicht ist eine Fratze des Zorns. Ich will diesen Luftballon tot sehen.

Peng.

Tot.

Zufrieden sinke ich ins Kissen. Pia schaut mich etwas schräg an: »Weißt du, Nettelbeck, du bist definitiv verrückt.« Aber ihr Fuß findet meinen Fuß. Sie mag Verrückte. Bisweilen jedenfalls.

Aber ich bin nicht verrückt. Ich bin nur ein Opfer des modernen Kindergeburtstags. Ich bin ein Opfer des Wettrüstens.

Und ich bin müde. So müde.

Dabei steht das Schlimmste noch bevor: Max hat zehn Freunde eingeladen, im zartgrünen, knospenden Garten soll so etwas wie moderner Zehnkampf stattfinden, also Tischtennis, Dart, Fußball, Federball, Basketball, Wetthüpfen, Mit-Geschenken-Angeben, Bäumehochklettern, Runterfallen und dann ein großes Kräftemessen in Maxens absoluter Lieblingsdisziplin: Herumschreien.

Seit Tagen lässt sich Pia halbstündlich die Wetterprognose durchgeben. »Hoffentlich ist es schön.« Ein Satz ist das, den ich in den letzten drei Wochen praktisch auch halbstündlich gehört habe.

Keine Bange: Es gibt einen Alternativplan. Pia überlässt doch einen Kindergeburtstag nicht dem Wetter, dem Zufall oder sonst wem.

Hoffentlich ist es schön. Hoffentlich nicht, denke ich

heimlich, denn in diesem Fall wird der zartgrüne Garten bald aussehen, als hätte hier die Nato ein mittelgroßes Panzermanöver veranstaltet.

Es wird übrigens schön. Und ja, die Nato war hier.

Ich bin als Schiedsrichter, Sanitäter, Fotograf und Kindströster eingeteilt. Pia ist für Food und Service zuständig. Außerdem ist sie das IOC.

Julia hält die selbst gebastelten Urkunden und Pokale bereit. Anton schmollt. Ist ja nicht sein Geburtstag. Umgekehrt, wenn Anton Geburtstag hat, dann schmollt Max. Ist ja nicht sein Geburtstag.

Neben dem Telefon hat einer der Väter, der eines der Gastkinder zu uns chauffiert hat, eine Liste mit Erste-Hilfe-Telefonnummern hinterlassen: für den Fall, dass eines der Kinder in unserem Garten von einer Giftschlange angegriffen wird oder so.

Eine andere Mutter wird zur Sicherheit gleich dableiben. Im Lauf der nächsten Stunden wird sie mir immer wieder mal pädagogische Tipps geben.

Was für ein Tag.

Abends sinke ich todmüde ins Kissen.

Nur für den Fall, dass jetzt jemand auf den Gedanken kommt, ich hätte kein Herz für Kinder und sei ein krankhafter Luftballonmörder: Da ist immer noch die Sache mit Disneyland, die mit der VIP-Lounge in der Allianz-Arena und die mit der Stretchlimousine.

Pia, die ein paar Stunden lang aufgeräumt hat, sinkt ebenfalls ins Kissen. Ebenfalls todmüde.

Manöverkritik muss trotzdem sein: Urkunden und Pokale okay. Essen sehr gut, Schiedsrichterleistungen verbesserungswürdig, so Sachen.

Ich bin zwar todmüde. Aber das hindert mich normalerweise nicht an Grundsatzdiskussionen.

»Okay, Pia, das war heute ein Kindergeburtstag, der den Namen ja noch verdient, mal abgesehen von der Sache mit der Telefonnummer vom tropenmedizinischen Institut für den Fall einer Giftschlangen-Attacke und der Pädagogik-Zicke, die mich um den Verstand geredet hat. Weißt du noch, Disneyland?«

»Komm schon, Nettelbeck. Das war eine Ausnahme.«

»Also bitte, Schatz, wir haben drei Kinder. Das sind drei Geburtstagsfeste pro Jahr. Und dreimal Geschenke. Und dreimal Girlanden und Luftballons. Und dreimal zehn Partygäste. Und dreimal musst du Kuchen für die Schule backen. Und dreimal singen wir ›Happy Birthday‹, und dreimal brauchst du eine Partyidee, die besser ist als die Partyidee vom Vorjahr oder die Einfälle der Nachbarn. Das ist doch alles absurd mittlerweile.«

»Und du spinnst. Das ist schön. Und die großen Augen, die die Kinder immer machen, voller Freude, du bist wirklich der miesepetrigste Vater der Welt. Gönn ihnen doch mal was ...«

»Pia! Würdest du ihnen nicht immer so einen Druck machen, Schule und Musik und Sport und Kultur und Museum undundund – dann müsste der Geburtstag auch nicht dafür herhalten, sie wieder mit dem Leben zu versöhnen.«

»Das ist unglaublich, jetzt bin ich wieder die Tiger-Mom.«

»Ganz genau.«

»So ein Unsinn! Und Disneyland war die totale Ausnahme.«

Julia, muss man wissen, wurde zu ihrem dreizehnten Geburtstag eingeladen. Zur Geburtstagsparty von Lea-Sophie.

Ich kenne den Papa von Lea-Sophie nicht. Ich weiß nur, dass er ein hohes Tier bei der Bank ist. Sicher total systemrelevant, der Typ. Trägt immer dunkle Anzüge und beschäftigt einen Gärtner. Sie wohnen wahrscheinlich aus Versehen in unserem Viertel. Ich schätze, dass sein Auto, es sieht aus wie ein fettsüchtiger Sumo-Ringer auf Rädern, aus irgendeinem Bankensicherungsfonds finanziert wurde. Und offenbar hat er wenig Zeit für seine Lea-Sophie. Und offenbar hat er viel zu viel Geld. Na gut, das sieht jetzt etwas nach Sozialneid aus. Mir doch wurscht.

Jedenfalls kam Julia nach Haus aus der Schule und teilte wie nebenher mit, sie und drei weitere Mädchen aus Lea-Sophies Inner Circle seien zur Party von Lea-Sophie eingeladen.

»Schön. Bei Lea-Sophie zu Hause?«

»Nein, ins Disneyland.«

Pia und ich halten das für einen neuen Indoor-Event-Geburtstagsschuppen. Die entstehen gerade überall, sehen aus wie Teppichabhollager und bieten zum Beispiel das »Rundum-glücklich-Paket« an. Für 590 Euro erhalten dann »bis zu zwölf Kinder zweieinhalb Stunden Geburtstagsspaß«. Inklusive: zwei Animateure, Kuchen, Muffins und ein »Mitgebsel«. Das ist auch so eine Erfindung.

Das Mitgebsel, das Geschenk, das idiotischerweise die Gäste der Beschenkten bekommen: müsste an sich auf der

Burn-out-Verursacher-Liste für Eltern relativ weit oben stehen.

Der Reiz solcher Rundum-glücklich-Angebote besteht darin, dass man sich freikaufen kann. Den Rest übernimmt dann das Teppichabhollager. Wir dachten, Disneyland sei auch so etwas.

Deshalb sagt Pia: »O wie schön.«

»Dann darf ich?«, will Julia wissen.

»Na klar.«

Vier Tage später erhalten wir eine Einladung (abgestempelt in der systemrelevanten Bank). Das Disneyland ist das Disneyland bei Paris. Julia werde für die Fahrt zum Flughafen abgeholt, sie solle ihren Pass dabeihaben, alle Kosten werden übernommen – allerdings, das erstaunte mich dann doch, dieser Anfall von Geiz, »nur Economy«.

»Pia, das ist Wahnsinn. Das geht nicht. Julia fliegt nicht nach Paris. Ja, spinnen die denn alle ...«

Einige Tage später, sehr viele Tränen später, sehr viel Geschrei später: Es klingelt morgens an der Tür, Julia verschwindet in einem fettsüchtigen Sumo-Ringer auf Rädern – und abends ist sie wieder da. Paris, Disneyland: Es ist ein Tag, den sie nie vergessen wird. Und ich auch nicht. Es ist der Tag meiner vollständigen Kapitulation.

Daran erinnere ich jetzt Pia – und daran, dass sie Teil des Wahnsinns ist.

Sie sagt: »Ach was.«

»So, und was war mit der Hobbit-Party? Du hast zu Antons Geburtstag den halben Stadtpark umgepflügt, um daraus ein Auenland wie im Buch zu machen. Alle mussten als Bilbo, Gandalf oder Frodo erscheinen.«

»Das war fantastisch. Anton erzählt heute noch davon.«

»Ja, ich weiß, die VIP-Lounge in der Allianz-Arena fand er auch ganz toll ... Siehst du denn nicht, was das für ein perverses Wettrüsten ist? Es gibt mittlerweile Kindergeburtstage auf dem Bauernhof, auf dem Pferdehof, in der Bowling-Bahn, im Museum, inklusive Künstlerworkshop, im Hochseil-Klettergarten ... in der Schweiz gibt es einen Freizeitpark, der sich auf Kindergeburtstage spezialisiert hat. Dort wird der Flug in einem Simulations-Space-Shuttle angeboten.«

»Na ja«, erwidert Pia, »das sind halt so Auswüchse.«

»Nein, Pia. Das ist unser Leben. Weiß du noch, was Max zuletzt als verdammtes Mitgebsel vom Kindergeburtstag bei Müller-Schads mit nach Hause gebracht hat: einen fernsteuerbaren Monstertruck. Hat sicher 30 Euro gekostet. Mindestens. Was sollen wir denn beim nächsten Mal Müller-Schad junior als Mitgebsel mitgeben. Plastikschrott im Wert von 60 Euro?«

»Ach, lass doch die Müller-Schads ...«

»Nein, Pia, das ist doch das Problem, alles muss immer origineller, teurer, lustiger, spektakulärer, sensationeller sein ...«

Stille.

Die Grenzen des Wachstums sind definitiv auch im Kinderzimmer erreicht. Selbst dort, wo es nicht um zu viel Geld, sondern um zu viel Kreativität geht. Sowie um Menschen, die offenbar viel zu viel Zeit haben.

Da wird zum Geburtstags-Themennachmittag gebeten. Motto: »Zirkus«. Erwünscht sind »Tiere, Clowns oder Akrobaten«. Lustig, durchaus. Auch wenn das den Fasching verlängert und voraussetzt, dass die Eltern hauptberuflich Kostüme schneidern. Dann findet der Zirkus statt, man würde jetzt gerne sein Kind, das Seehundbaby, abgeben und sich trollen. Doch man wird eingestellt, wenn nicht zwangsrekrutiert, wenn nicht shanghait: als Hiwi für die in wochenlanger Arbeit ausgetüftelten Zirkusnummern. Es sind Dutzende. Schließlich landet man hinter einer Pappwand voller Luftballons, um aus der Messerwerfer-Nummer einen Hit zu machen. Wann immer eines der (sorgsam abgerundeten) Plastikmesserchen heransaust, muss man von hinten einen Luftballon mittels Nadel zum Platzen bringen.

Sonst gäbe es Tränen. Tränen!

O nein. Nur das nicht.

Ich weiß gar nicht, was ich mehr fürchte: überbesorgte Mütter, die Tischkanten mit Windeln abpolstern, damit sich niemand verletzt auf der großen Sause – oder Väter, die sich mit anderen Vätern in einem Kreativitätswettbewerb befinden, weil sie sich ein Leben ohne mehr Wettbewerb nun mal nicht vorstellen können.

Unser Kind, unsere Party: größer, lustiger, sensationeller.

Kinder sind keine Kinder mehr. Kinder sind das Zubehör eines erfolgreichen Lebens. Und der Kindergeburtstag ist das Zubehör zum Zubehör.

Selbstverständlich gibt es eine Typologie:

1. Die kreative Party: Sie verblüfft mit dem detailgetreuen, kostümintensiven Nachspielen historisch-literarischer Stoffe (*Der kleine Hobbit*, *Der kleine Lord*, *Der kleine Maulwurf*, *Der kleine Prinz*, *Fluch der Karibik*, *King Kong*, *Batman Begins* …).

2. Die Geld-spielt-keine-Rolle-Party: siehe Disneyland, siehe Allianz-Arena, siehe Abholen mit der Stretchlimousine … zu nennen wäre hier noch: die Fahrt mit dem Zeppelin über München, das Einfliegenlassen einer Las-Vegas-Zaubertruppe …

3. Die Mir-fällt-nichts-ein-Party: Sie entspricht perfekt der boomenden Kindergeburtstags-all-inklusive-Branche.

4. Die Es-gibt-sie-noch-die-guten-Partys: Hier gibt's Topfschlagen, Sackhüpfen, Blinde Kuh – und wenn das Ganze nicht eine Retro-Idee wäre, wäre das erträglich. Aber sobald einem die Mutter verrät, was der Topf zum Topfschlagen bei Manufactum gekostet hat, kriegt das Ganze einen sehr merkwürdigen Anstrich.

5. Die Mein-Kind-ist-ein-toller-Sportler-und-wir-lieben-die-Natur-Party: Hier ist das Geburtstagskind ein toller Sportler. Leider sind nicht alle Gäste tolle Sportler. Weshalb der etwas dicke Samuel dann leider aus dem hochalpinen Klettergarten in einer groß angelegten Rettungsaktion abgeseilt werden muss und sich für den Rest seines Lebens nicht mehr auf Kindergeburtstage und auch im Erwachsenenleben nur noch selten in den Wald traut.

»Pia? Schläfst du schon?«

»Hm?«

»Als ob man nicht mal die Kinder sich selbst überlassen könnte. Die könnten doch, ich weiß nicht, sich selbst was ausdenken, oder?«

Stille.

»Pia?«

»Hm!«

»Und die Helikopter-rundum-Eltern zahlen oder übernehmen die Koordination oder die Fahrdienste oder die Hobbit-Landschaft …«

Stille.

Pia hat sich ins Kissen gekuschelt und ist schon halb eingeschlafen. Gähnend murmelt sie: »Ja, Nettelbeck, das machen wir dann bei deinem Geburtstag.«

»Was?«

Murmeln.

»Was du eben sagtest.«

»Was, ich denke mir selbst was aus? Topfschlagen?«

»Ja, Schatz, alles, was du willst.«

Sie schläft.

Ich betrachte sie und weiß, dass ich ihr einfach nicht böse sein kann. Aber an der Tür zum Bad sehe ich noch einen Luftballon. Einen grünen. Ein Grinsen, man könnte es mörderisch nennen, huscht über mein Gesicht. Leise stehe ich noch mal auf. Leise, ganz leise. Er oder ich.

April

Donnerstag, 04.04. 16:54
Hallo Pia,
das hat mich nun die halbe Woche dauerbeschäftigt, was ihr uns über Julias Notenangst auf der Party neulich erzählt habt, ich dachte, ich schreib dir jetzt mal in Ruhe. Vielleicht willst du Julia ja doch noch auf eine humane Schule schicken. Auf eine wie die, auf die unser Arian geht: eine ohne Notenterror. Noten sind Mist, weil sie psychischen Stress verursachen, weil die messtechnische Leistungsfähigkeit von Ziffernnoten umstritten ist, weil Noten zur Beurteilung bestimmter Sachverhalte und Fähigkeiten (Sozialverhalten) ungeeignet sind, weil verschiedene Lehrer dieselbe Arbeit unterschiedlich bewerten … reicht das? Pro-Argumente fallen mir nicht ein.
Lass uns doch mal wieder schön auf eine Latte treffen, ja? Versteh mich recht, ich werfe dir keineswegs vor, dass du nicht alles zum Besten deiner Tochter tust, aber du solltest, finde ich, deine ablehnende Haltung gegen alternative Lehrmethoden überdenken. Schon wegen Julia.
Cheers
Juditha

Donnerstag, 04.04. 16:59
Hallo Judy,
wie ich dir auf der Party schon sagte: Wir wuppen das. Trotzdem lieb, dein Engagement. Für Noten spricht (um dir da ein bisschen argumentativ unter die Arme zu greifen): Noten sind

vertraut, sie sind informativ und leicht verrechenbar, außerdem fördern sie den Wettbewerb (den es nun mal auch im richtigen Leben gibt). Trotzdem Danke für deine liebe Mail. Wir hatten uns ja damals, als Julia und Arian noch in einer Klasse waren, auch deshalb für das traditionelle Schulsystem entschieden, weil wir uns das sonst a) nicht leisten könnten (bei drei Kindern! Hätte ich nur eines wie du, sähe das vielleicht anders aus) – und b) weil Julia ja so gut und glücklich war in der Grundschule. Immer nur Einser. Geht es denn Arian jetzt gut? Es war ja nicht immer leicht für dich wegen seines auffälligen Sozialverhaltens. Also, wenn das jetzt okay ist: Freue ich mich sehr für euch.

LG

Pia

Anfang April, nachmittags im Büro. Mein Büro besteht aus viel Resopal und wenig Raum. Draußen kreisen die Dohlen um unseren Rechteckturm.

Was wir hier hervorbringen in unserem Turm, der von ferne an ein sehr großes, in der Stadt herumstehendes Billy-Regal erinnert, könnte man zwar nicht unter dem Gütesiegel »Garantiert aus Bodenhaltung« vermarkten, aber es kommt sozusagen von oben, wenn auch nicht von ganz oben.

Bei gutem Wetter kann ich von hier aus nicht nur die fernen Alpen, sondern auch das nahe Waldtrudering sehen. Von oben sieht es aus wie das Dorf der Schlümpfe. Und das, was inmitten des Idylls wie eine aus Betonbauklötzen zusammengesetzte Insektizidsiederei aussieht, das ist Julias Gymnasium.

Julias Alptraum.

Mit dem Fahrrad ins Billy-Regal radeln zu dürfen: Luxus. Ich bin nicht gerade der Pendlertyp. Pendler haben angeblich einen Stresspegel wie Bomberpiloten. Hätte ich als Bomberpilot arbeiten wollen, wäre ich Bomberpilot geworden. Ich bin stattdessen Büroinsasse geworden.

Mit Blick auf die Dohlen.

Dohlen, das weiß ich, bevorzugen eigentlich Baumbestand, Felsen oder alte Gebäude. Neue Bürogebäude nehmen sie nur im Notfall. Sie ernähren sich hauptsächlich von Insekten, »ausnahmsweise fressen sie auch Aas oder menschlichen Abfall«. Sagt die Vogelkunde.

Da die Dohlen unser Büroregal beständig umkreisen, ist darin menschlicher Abfall zu vermuten. Das muss, tippe ich, der Kollege links am Ende des Ganges sein.

Das Handy klingelt, und mein Stresspegel geht in Richtung Bomberpilot. Das tut der Pegel immer dann, wenn sich mein Handy mit Julias Klingelton meldet.

Julia spricht mit den unmittelbaren Mitgliedern ihrer Familie seit einiger Zeit nur noch, wenn es sich gar nicht mehr vermeiden lässt. Sie kann sich stundenlang mit ihren beiden gelegentlichen Leih-Kaninchen im Garten unterhalten, vor allem wenn die eigentliche Kaninchen-Mama, Julias beste Freundin, kaninchenlose Ferien macht und aus Nettelbecks Garten ein Boardinghouse für Möhrenliebhaber wird. Mit Sissi und Franz, so heißen die Kaninchen, unterhält sie eine gepflegte Konversation.

Zu uns sagt sie »ja«, »nein«, »keine Ahnung«, »weiß nicht«, »geht so«. Das ist ungefähr die Hälfte des aktuellen Wortschatzes für Familiengespräche.

Nicht, weil sie uns nicht mag. Es muss eher eine Art Schweigegelübde sein, eine innerfamiliäre Omertà, die sich aber nicht gegen Außenstehende richtet, sondern eben nur für Papa, Mama, Anton und Max gilt. Einige ihrer Lehrer sind davon auch betroffen. Es ist auch eine Anti-Schul-Omertà, nicht nur ein Anti-Familien-Schweigegelübde. Ich nehme an, das klingt zusammen mit der Pubertät ab. Ich hoffe es.

Man könnte Julia fragen. Aber sie würde nur sagen: »Weiß nicht.« Das weiß ich.

Jetzt aber beklingelt mich das Handy überraschenderweise mit »River Flows In You«. Das ist das *Twilight*-Motiv aus dem Kinofilm. Es ist Julias Klingelton.

Julia findet Vampire sehr attraktiv und versucht, ihr Leben mehr oder weniger in die Nacht zu verlegen. Am »weniger« sind ihre Eltern und die Schulpflicht im Allgemeinen sowie die Insektizidsiederei im Besonderen schuld, was zusätzlich ein guter Grund fürs Schweigen ist.

»Hallo Julia«, sage ich leise ins Telefon. »Was gibt's denn? Toll, dass du anrufst, sensationell, ist aber grad ziemlich ungut. Wir haben gleich ein Meeting.«

Ich winke den Kollegen und rolle mit den Augen. Übersetzung: Heimatfront, Familie, wichtig.

»Okay«, sagt Julia, »Meeeeeeting, na dann bis später.« Sie dehnt das Meeting so, als würde sie das Wort im Mund mit Kaugummi umwickeln. Niemand, der je ein kaugummiartiges Meeeeeeting von Julia gehört hat, würde je wieder zugeben, ein solches besuchen zu wollen. Sie will auflegen.

»Moment mal, Lia, um was geht's denn eigentlich?«

»Um nichts«, antwortet Julia, die es gar nicht mag, wenn ich sie Lia nenne.

Alle ihre Schulfreundinnen nennen sie Lia, aber ich bin nicht im Club der Schulfreundinnen, ich bin auch kein Vampir, nicht einmal von fledermausartigem Äußerem, geschweige denn ein Bomberpilot oder ein Kaninchen – sondern nur ihr Vater. Deshalb ist der Name Lia eigentlich tabu für mich. Zugang nur für Berechtigte.

»Und sag nicht Lia zu mir.«

»Okay, Lia.«

»Sehr witzig. Also, dein Meeeeeeting wartet.« Sie will wieder auflegen.

»Halt«, sage ich schnell. »Du rufst mich an, weil es absolut nichts gibt, was es zu besprechen gäbe, korrekt?«

»Ja.«

»Also bitte, Julia, worum geht's denn? Ich komme in ein oder zwei Stunden gleich nach dem … äh, nach der Besprechung nach Hause, dann können wir über alles reden. Ich wüsste nur gerne das Thema.«

Meine Meeting-Kollegen kriegen allmählich spitze Ohren.

»Gibt kein Thema. Ich wollte dich nicht anrufen, Mom wollte, dass ich dich anrufe.«

»Pia wollte, dass du mich anrufst, um mir zu sagen, dass es nichts zu sagen gibt?«

»Ja.«

»Das glaube ich nicht. Gib mir mal Pia.«

Geraschel.

»Hallo? Pia?«, frage ich ins Telefon. »Was ist los, was läuft denn da?«

Pia antwortet: »Hallo Nettelbeck. Das soll sie dir selbst sagen.«

Vom anderen Ende des Telefons klingt etwas herüber, was sich wie ein bisschen Gerangel anhört. Nichts Schlimmes. Es klingt nur so, als würde meine Frau gerade meine Tochter mit vorgehaltener Pistole dazu nötigen, das Telefon in die Hand zu nehmen.

Geraschel.

Die Kollegen sind inzwischen hellwach. Dramen abseits der öden Meetings und der faden Dohlen finden sie immer gut.

»Hallo.« Das ist Julia.

»Ja, Julia, so weit waren wir schon, auch hallo, und jetzt: Was sollst du mir sagen?«

»Weiß nicht.«

»Okay, dann was anderes?«

»Weiß nicht.«

Plötzlich habe ich Pia wieder am Telefon. »Stell dir vor, Nettelbeck, eine Fünf! In Latein. Schon wieder. Nachdem sie letztes Jahr gerade mal knapp eine Vier im Zeugnis hatte. Eine Fünf jetzt! Im April. In ein paar Wochen gibt es Zeugnisse. So, nun weißt du es.«

Im Hintergrund ist leises Schluchzen zu hören. Sofort werden mir die Knie weich. Wenn meine Kinder weinen, warum auch immer, das kann ich gar nicht aushalten. Und so ein schluchzender Mini-Vampir in der Pubertät, der sich die Haare vorne wie einen Vorhang drapiert und mit Kaninchen spricht: Weiche Knie ist gar kein Ausdruck.

Ganz selten habe ich allerdings den Verdacht, dass meine Kinder erstens wissen, dass ich bei Tränen schwach werde. Und dass sie zweitens die Kunst des Auf-Knopfdruck-Losheulens beherrschen.

»Pia, eine Fünf, na ja. Das bringt uns schon nicht um. Ist doch nur Latein. Also bitte. Und jetzt weint sie. Gib sie mir mal.«

Pia sagt: »Geht nicht, sie ist nach oben gerannt. In ihr Zimmer. Jetzt zieht sie sich ein paar Stunden lang ›River Flows In You‹ rein und ist fünf Tage lang nur noch für Freundinnen und Kaninchen zu sprechen. Und heulen kann sie übrigens auf Knopfdruck. Immer dann, wenn es unangenehm wird für sie, und auch immer dann, wenn du in der Nähe bist. Aber schön, dass du das alles so locker nimmst.«

»Pia, hier warten schon alle auf mich, die gucken schon so schräg, ich muss jetzt ins Meeting, dringend, komm, das klären wir heute Abend bei einem Glas Wein.«

»Hallo? Du nimmst dir jetzt bitte kurz Zeit für die Schule, denn …«

»Pia«, ich unterbreche sie, »in die Schule gehen Schulkinder, Lehrer und Hausmeister, ich bin nichts von alldem, und so eine blöde Note, noch dazu in so einem blöden Fach …«

»Nettelbeck«, Pia unterbricht mich, Unterbrechungen sind ein Markenzeichen unserer Kommunikation, »wir haben ein ernstes Schulproblem …«

Ich seufze, nicht ohne zu unterbrechen, »… du meinst, ein Problem, wie etwa das Nahost-Problem ein Problem ist. Oder das Welternährungsproblem, das Überbevölkerungsproblem oder das Problem der sozialen Gerechtigkeit, ja?«

Jetzt seufzt sie.

Dann kommt eine kleine Stille auf. Es wäre gut, wenn die jetzt jemand unterbrechen würde. Niemand tut das. Die kleine Stille ist das andere Markenzeichen unserer ehelichen Kommunikation. Nie machen sich diese beiden Markenzeichen bemerkbar, die Stille und die Unterbrechung, wenn es um schöne Dinge geht. Immer aber tauchen sie auf, sobald es um die verdammte Schule geht.

Pias und mein Nahost-Problem sieht so aus: Grundsätzlich bin ich der Meinung, dass die Schule wichtig ist. Vor allem für Lehrer und Schüler. Ich bin weder Schüler noch Lehrer.

Die einen, die Schüler, gehen in die Schule, um dort was zu lernen. Die anderen, die Lehrer, tun das Gleiche, wobei sie weniger etwas lernen (was auch nicht schaden könnte), sondern eher etwas lehren (was nicht immer Schaden anrichtet). Idealerweise treffen sich die Parteien, die Lehrenden wie die Lernenden, in einem Klassenzimmer, wo sie friedlich koexistieren und Sinnvolles tun. Manchmal tun sie das. Ausfälle gibt es auf beiden Seiten. Kein Grund, sich da einzumischen.

Wenn der Eindruck nicht täuscht: Das alles, so simpel es im Prinzip auch erscheint, funktioniert selten.

Nie.

Eigentlich sollten Lehrer und Schüler miteinander auskommen, ohne dass Eltern davon groß Notiz nehmen. Eigentlich sollte der Erdkundelehrer abends von seiner Frau einen Kuss zur Begrüßung erhalten und ein routiniert-gelangweiltes »Wie war's in der Schule, Schatz?« hören. Ideale Antwort wäre: »Ganz okay.« Ende der Diskussion.

Stattdessen sagt er, und mutmaßlich zu Recht (Obacht,

hier folgen Zuspitzungen, die nicht von der Empirie gedeckt sind): »Es war die Hölle. Die aus der Siebten haben mich in der Turnhalle geknebelt und gefesselt. Eine aus der Achten hat die Schule in Brand gesteckt. Der Anwalt von einer aus der Neunten hat mich angezeigt. Und der Vater von einem aus der Elften hat gesagt, er kriegt vorab die Abi-Aufgaben, oder unser Haus fliegt in die Luft.«

Das ist übertrieben? Ja, etwas. Aber im Grunde stimmt es.

Und eigentlich sollte man auf die routiniert-gelangweilte Elternfrage an die Kinder, wie es denn in der Schule gewesen sei, auch nur ein routiniert-gelangweiltes »Ganz okay« zu hören bekommen.

Stattdessen hört man: »Es war die Hölle. Der Lateiner hat uns angebrüllt und mit Kreide nach uns geworfen. Der Mathematiker hat einen aus der Achten verklagt. In der Turnhalle werden wir schikaniert. Und die Physikerin hat versucht, die Schule in Brand zu stecken.«

Und falls jemand wissen will, was Pia in aller Regel auf die Frage, wie denn der Nachmittag gewesen sei, antwortet, also dann, wenn Max mit seinen unlösbaren Aufgaben unter Gebrüll und Geheul betreut werden musste, wenn Anton beim Mittelalterreferat Rat und Tat und jede Menge Internetrecherche brauchte und wenn Julia wegen Latein Trost mehr als nötig hatte, dann, schätze ich, liegt die Chance für »Es war die Hölle« bei 10:1.

Ich fand die Schule herrlich, sagen wir, im Großen und Ganzen. Pia sowieso. Die alte Streberin. Zumindest meine Zeit auf dem Gymnasium war schön. Natürlich gab es auch damals schon Idioten und psychopathische Beinahe-

Serienkiller unter den Lehrern, aber das waren Einzelfälle. Einige Lehrer waren toll.

Eltern sind natürlich ebenfalls toll. Oft. Nicht immer. Denn auch auf dieser Seite des ewigen Konflikts gibt es Idioten. Wie bei den Schülern, die typischerweise entweder Idioten oder Helden und oft, ja meistens, etwas dazwischen sind.

Übrigens: Falls Sie sich fragen, wieso es Chefärzte gibt, die Idioten sind, oder warum es Sachbearbeiter gibt, die einen Intelligenzquotienten unterhalb der Raumtemperatur besitzen, dann erinnern Sie sich bitte an Ihre frühere Schulklasse. Okay? Sie haben sie vor Augen? Also: Was ist aus dem Idioten aus der zweiten Reihe geworden, aus dem, der immer mit Bananen um sich warf? Richtig, Sachbearbeiter. Und der Typ, der sich nie merken konnte, wo das Klassenzimmer liegt? Ja, genau, Chefarzt.

Machen wir uns nichts vor, die Welt ist, wie sie ist.

Jedenfalls: Das Schulsystem ist wirklich krank. Aber natürlich weiß niemand genau, wer das System eigentlich ist. Sonst könnte man ja helfen. Mit Wadenwickeln oder so.

Pia ist daher grundsätzlich der Meinung, dass unsere Kinder wie alle anderen Kinder niemals das hiesige Schulsystem überleben könnten – ohne Mithilfe der Eltern. Und sie ist der Meinung, dass Eltern kaum das hiesige Schulsystem überleben können.

Die Eltern sind das Carepaket unseres Bildungssystems. Ich selbst halte mich manchmal sogar für den Marshallplan. Pia ist eher eine Luftbrücke.

Ich verspreche der Luftbrücke, dass ich mich abends um das Schulproblem kümmere. Konkret, um den Latein-Abgrund. Und Pia lässt mich wissen, dass sie sich dann um das Nahost-Problem kümmern wolle.

Nach dem Telefonat stehen die Kollegen um mich herum, als hätte ich eine wirklich schlimme Nachricht erhalten. Irgendetwas mit Blaulicht und Krankenhaus oder so.

»Was Schlimmes?«, will jemand wissen.

»Nö. Nur eine Fünf in Latein, neunte Klasse, meine Tochter«, antworte ich.

»O Gott«, rufen die Kollegen im Chor. Einer von denen, die immer um den Kaffeeautomaten rumschleichen, mimt den Betroffenen: »Echt, eine Fünf, das ist ja furchtbar. Und dann drei Monate vor Ende des Schuljahrs, boah, fies. Was machst du denn jetzt, Nettelbeck?«

Wer solche Kollegen hat, braucht kein Nahost-Problem.

Jetzt umringen sie mich, jedenfalls die, die auch Kinder haben. Es gibt nichts Schöneres als einen kleinen Notenvergleich unter Erziehungsberechtigten. Frau Hopfinger aus der Honorarbuchhaltung, die Hobu-Hopfinger, gibt mir zu verstehen, dass Latein als zweite Fremdsprache nach Englisch für Julia womöglich ein entscheidender Fehler war. Mein Fehler. Sie nimmt offenbar an, dass ich nicht nur im Büro, sondern auch zu Hause vor allem Fehler mache.

Frau Ludewig aus dem Marketing, die mit den roten Haaren, bemerkt dagegen spitz, Noten seien ja eher etwas für das staatliche Schulsystem, ihre Kinder dagegen, allesamt in privaten Schulen untergebracht, würde man gottlob nicht mit unmenschlichem Leistungsdruck terrorisieren.

»Vorletzte Woche stand in der Zeitung, dass sich ein

Fünftklässler wegen schlechter Noten umgebracht hat – ist das nicht furchtbar?«

Wenn es etwas Schlimmeres als eine Fünf in Latein gibt, denke ich, so sind es Diskussionen unter unbeteiligten Erwachsenen über eine Fünf in Latein und über das vermaledeite Notensystem an und für sich. Der Abteilungsleiter Dr. Lanz verweist das Marketing aber auf die Plätze: »Noten sind wichtig für den Leistungsvergleich. Wenn sie gut sind, wirken sie motivierend. Und wenn sie schlecht sind, sind sie eine Warnung für Schlechtleister.« Dabei sieht er ausgerechnet mich durch seine Abteilungsleiter-Hornbrille eindringlich an, als ob er mich für Julia in Sippenhaft nehmen wollte. Oder ist es umgekehrt? Denkt er jetzt etwa: Nettelbecks Tochter, das kann ja nichts werden?

Später, zu Hause. Wir sitzen am großen Holztisch, der auf eine magische Art immerzu irgendwelche Essensreste beherbergt.

»Also, Julia«, sage ich beim Essen, »wegen Latein …«

Julia heult auf.

Pia sagt streng: »Jetzt heul doch nicht schon wieder los.«

Max, der Hool, zeigt begeistertes Interesse. Er hat schon Infos eingeholt. »Echt? 'Ne Fünf! O Mann, voll daneben was, Dumpfbacke?«

Julia heult lauter und verbirgt das Gesicht hinter den Händen. Ihre Nudeln lässt sie kalt werden.

Anton nimmt die Paprikaschnitze vom Rohkostteller und legt damit eine schöne große Fünf auf den Tisch.

Jetzt wird Julia wütend. »Du Idiot«, schreit sie Anton an. »Krieg du erst mal Latein in der Schule, du Zwerg.«

Anton hat nach Englisch gleich Französisch genommen. Wir wussten schon, warum.

Einer meiner Alpträume geht so: Julia wäre mit Französisch statt Latein als zweite Fremdsprache glücklich geworden, und Anton wäre umgekehrt mit Latein glücklicher geworden, und mein Abteilungsleiter sowie die Hopfinger aus der Hobu sitzen über mich zu Gericht und geben mir eine Sechs.

»Und du, Schrumpfkopf …« Sie richtet ihre Gabel wie eine Waffe auf ihren Bruder.

Anton erwidert: »Na was! Ich hatte noch nie etwas, was schlechter war als eine Zwei.«

Max bringt sein Messer gegen Julias Gabel in Stellung, sagt aber zu Anton: »Außer in Sport.«

Anton ist empört: »Aber nicht in Fußball! Fußball ist mein Ding. Da bin ich … gut.« Anton senkt den Blick. Angeben ist ihm nicht gegeben.

Max besitzt jedoch ein natürliches Selbstbewusstsein mit der Belastbarkeit eines Doppel-T-Stahlträgers. Zum Beispiel entfährt ihm beim iPod-Daddeln oder Wii-Spielen, auch wenn er allein spielt und denkt, niemand beobachtet ihn, oft ein erstaunliches Selbstgespräch. Das hört sich dann beispielsweise so an: »Mann, Alter, du bist ja wieder mal in Höchstform! Ich gratuliere dir!« Max meint damit Max. Max ist des Maxens bester Freund. Er ist unerschütterlich. Ganz im Gegensatz zu Anton, dem seine meist guten Noten gar nichts sagen – aber wehe, er wird gegen Helios Daglfing nicht aufgestellt. Wehe!

Max hat, das ist logisch, ein sicheres Gespür für die verletzlichen Seiten seines Bruders. Anton, »der Professor«, ein echter Egghead unter den Nettelbecks, wäre so gerne ein Spitzensportler mit Rechtschreibschwäche. Einer, der Sätze bringt wie: »Ich hatte vom Feeling her ein gutes Gefühl.« Oder: »Mailand oder Madrid – Hauptsache Italien.« Deshalb spielt er mit fanatischem Eifer Fußball. Würde er diese Zeit in die Schule investieren, so wäre er schon im Studium. Fast.

»Streber!«, sagt Julia zu Anton. »Du bist ein blöder Streber und voll unsportlich!«

»Und du bist eine Latein-Versagerin!«, gibt Anton zurück.

»Latein ist nur was für Idioten!« Das ist wieder Julia, woraufhin Max sagt, Idioten erkenne man ja vor allem an einer Fünf, woraufhin Julia aufhört zu heulen, zack, auf die andere Seite des Tisches wechselt, sehr sportlich, muss man sagen, und Max in den Schwitzkasten nimmt.

Max befreit sich und bezeichnet seine lateinschwache Schwester als »Rohstofftüte« und »Proteinriegel«.

Das Abendessen der Familie Nettelbeck hört sich allmählich nach Nahost-Krise an.

Ich schreite ein. Höchste Zeit. Pia hat schon ihren schmalen Mund. »Ruhe, verdammt! Kinder, so geht das nicht … so wichtig sind Noten nicht, dass man sich deshalb streitet. Und wie fies ihr seid. Zueinander! In der Familie! Stresst euch doch nicht auch noch gegenseitig. Ist doch schlimm genug, dass alles und jeder benotet wird.«

Leider habe ich nicht mit Tiger-Pia gerechnet. »Nettelbeck, das ist Quatsch. Noten sind ein notwendiges Übel. Wenn man sich für das staatliche Schulsystem entscheidet, weiß man, dass es da um Noten geht. Wie anderswo auch im Leben.«

»Ach, kommt jetzt wieder dieser Leistungs-Quark, ja? Nicht für die Schule, sondern für das Leben lernen wir, ja?«

Was heißt das gleich noch mal auf Latein?

Non scholae, äh ...

Die Kinder sind still. Der Krieg um die Latein-Fünf ist weniger interessant als der Krieg, der sich jetzt abzeichnet, der zwischen Tiger-Mom und Anti-Noten-Dad. Anton, der mit den guten Noten in der Familie, ist da grundsätzlich auf Pias Seite und findet Noten okay. Außer manchmal in Sport.

Julia, die mit den gelegentlich halb- bis dreiviertelmiesen Noten, außer in Sport, wo sie immer die Beste ist, ist dagegen meine feste Verbündete und findet Noten komplett überflüssig. Außer in Sport.

Max, der in der zweiten Klasse, im letzten Jahr, von seinen Lehrern noch rein verbal bewertet wurde, ist in diesem Fall die Schweiz. Neutral. Er wartet, vermute ich, sein Jahreszeugnis ab, um dann zu sehen, ob er das Notensystem mag oder nicht. Schlaues Kerlchen.

Und dann sage ich etwas, was ich später bereuen werde. Ich sage: »Julia lernt nur irgendwie falsch. Das ist nicht ihr Fehler.«

»Ach.« Das ist Pia. Ihr »ach« hört sich an wie eine Zündschnur, die abbrennt. »Ach so, dann ist das vermutlich am Ende mein Fehler, weil ich es ja bin, die mit den Kindern lernt. Oder, Nettelbeck?«

»Aber i wo, Pia, das ist großartig, wie du das immer

machst mit den Referaten und den Hausaufgaben und so, aber …«

»… aber?«

»… aber vielleicht muss man da irgendwie anders ran, weniger pauken und büffeln, mehr Coaching, mehr so Motivation und Hilfe zur Selbsthilfe … mehr Selbstbewusstsein …«

»Coaching! Selbsthilfe! Nettelbeck, das ist …« Pia blickt mich jetzt grün an, dann wird sie leise, fast zu leise, verdächtig leise. »… das ist großartig. Ich schlage vor, dann bist du ab jetzt der Coach und Motivator für die nächste Lateinschulaufgabe, und du sorgst dafür, dass Julia nicht wegen Latein sitzen bleibt, okay?!«

»Und wegen Mathe auch nicht.«

Das sagt Julia. Sie sitzt da und wird vom Rest der Familie angestarrt.

»Da habe ich nämlich auch eine Fünf geschrieben.«

»Gut zu wissen«, sagt Pia. Aber gar nicht streng, sondern liebevoll. Sie nimmt Julia in den Arm, sogar die Jungs halten mal für einen Moment die Klappe. Und dann sagt Pia: »Mit deinem neuen Coach wird schon alles gut werden.« Dabei wirft sie mir einen Blick zu, wie nur sie ihn draufhat.

Nachts schlafe ich schlecht. Der Wecker tickt. Hört sich an wie der Countdown zur nächsten Lateinarbeit.

Ich wackle mit den Zehen.

Warum um Himmels willen habe ich mich so weit aus dem Fenster gelehnt und mich als der bessere Coach aufgespielt? Was hat mich denn da geritten? Was habe ich denn zu tun mit Noten und Lehrern und Vokabeln und Formeln und Exen und Ausfragen und Klausuren?

Der Wecker tickt. Pia schläft tief und ruhig. Kein Wunder: Die nächste Lateinnote ist nicht ihre, sondern meine Note. »Meine Note«: Ist das nicht irre? Warum »meine«? Warum hocken eigentlich in unserem gesamten Bekanntenkreis die Eltern nachmittags oder abends in den Kinderzimmern, um Lateinnachhilfe oder Mathenachhilfe zu geben. Oder um Englischvokabeln abzufragen. Und Französischgrammatik. Und dann helfen sie beim Referat über die »Anlage einer Burg im Mittelalter«. Und wenn das Kind eine Zwei erhält für das schöne Referat über die Anlage einer Burg im Mittelalter, erzählt die Mutter des Kindes am nächsten Tag der befreundeten Mutter des befreundeten Kindes: »Also wir haben eine Zwei fürs Mittelalterreferat gekriegt. Und ihr? Was habt ihr?«

»Wir« und »ihr«: Das ist irre. Eltern sind irre.

Der Wecker tickt, und ich bekomme richtig schlechte Laune. Pia schläft. Das macht mich noch wütender. Und an Latein kann ich mich gar nicht mehr erinnern. Ganz zu schweigen von Mathe.

Lieber Gott, steh mir bei. Gott antwortet nicht. Gott steht dem bayerischen Bildungssystem sehr fern.

Es ist: des Teufels.

Der Wecker tickt, die Zehen wackeln.

Allmählich sinke ich in einen bleischweren Schlaf. Im Traum begegnen mir Satzfetzen aus unendlich ferner Zeit: »Ubi est Cornelia?« – »Ibi stat« – »Marcus gaudet« – »A Quadrat plus b Quadrat« …

Im Morgengrauen rüttelt mich Pia wach. Sie sagt, ich hätte geschrien im Schlaf.

An den jetzt nicht mehr zu denken ist. Ich ziehe aus dem Schlafzimmer aus. Es ist halb sechs. Ob das Internet Rat weiß? Stichwort »Schüler-Coaching«: zwei Millionen und vierhunderttausend Treffer. Ich bin nicht allein mit Julias Schulproblemen.

Ich lese, wie sich ein Coach anpreist im Netz: »Wenn du merkst, dass es im Familienleben, im Freundeskreis oder in der Schule irgendwo ›hakt‹, du aber nicht genau weißt, was eigentlich im Argen liegt, wenn du vielleicht auch einfach nur unzufrieden, frustriert oder permanent genervt bist, ohne wirklich zu wissen, warum – dann geh doch mit einem Coach auf Spurensuche. Gemeinsam schaut ihr im Rahmen einer 360-Grad-Analyse auf alle Aspekte deines Lebens und findet neue Lösungen, damit du wieder ohne Stress durchstarten kannst.«

Soso. Schule ist Leben. Leben ist Schule. Und die Familie hängt auch immer mit drin.

360-Grad-Analyse. Soso.

Hört sich an, als wollte der Coach Julia in eine Computertomografie-Röhre schieben. Hört sich nicht wie das Stressende, sondern wie der Anfang davon an. Andererseits: 360 Grad – hört sich irgendwie auch ganzheitlich an.

Oder hier, ein anderer Coach, eine Coachin sogar, die auf dem Bild auf ihrer Homepage aussieht, als hätte sie das große Latinum mit Bravour gemeistert. Leider lebt sie immer noch allein. Möchte ich wetten. Wahrscheinlich heißt ihr Dackel, den sie auf dem Schoß sitzen hat, Marcus Antonius. Oder Plinius der Ältere.

Sie schreibt: »Schüler-Coaching bedeutet in einer Zeit gestiegenen Leistungs- und Erfolgsdrucks Unterstützung.« Mit Hilfe streng wissenschaftlicher Methoden arbeitet die Dackelliebhaberin »zusammen mit den Klienten schwerpunktmäßig daran, Ziele zu formulieren und Lösungsstrategien zu entwickeln«. Und zwar, jetzt kommt's: »in einer geschützten Atmosphäre von Wertschätzung und Zugewandtheit«.

Sollte man nicht einfach die Zeit des gestiegenen Leistungs- und Erfolgsdrucks abschaffen? Wäre eigentlich die beste Lösung, finde ich.

Es ist jetzt Zeit zum Anziehen. Was leisten und so. Ich fühle mich wie gerädert. Der neue Coach ist schon jetzt unendlich müde.

Pia kommt kurz danach auf die kleine Galerie, wo mein Schreibtisch steht, gibt mir einen Kuss und einen Kaffee. Beides finde ich wunderbar. Fast könnte man an eine Atmosphäre von Wertschätzung und Zugewandtheit denken.

Irgendwo dahinten rappelt eine Tür. Julia macht sich auf den Weg ins Kinderbad, das zum Glück noch nicht von ihren Brüdern besetzt wird. Die sind noch zu klein für die zivileren Formen der Körperhygiene oder jedenfalls oft zu faul, weshalb sie manchmal so aussehen, als könnten sie sich seit Wochen nicht mehr daran erinnern, wo sich das Bad eigentlich befindet. Das gilt vor allem für den Hool, bei dem man sich fragen könnte, ob das da auf seinem Kopf zwischen den Ohren noch eine Frisur oder doch schon ein von Farnen, Moosen und Kräutern durchsetztes Ritzenbiotop ist.

Das ist schlecht für Pias Nerven und womöglich auch

sehr schlecht für die Volkshygiene, aber gut ist es bislang für Julias Morgenlaune.

Ich rufe sie. Und frage, da sie ja jetzt meine Klientin ist und ich ihr Coach für Latein und Mathe bin: »Sag mal, Julia, wenn ich dich frage, was das Ziel für die nächsten Klausuren in Latein und Mathe ist, was würdest du antworten?« Schließlich weiß ich jetzt, dass Coaching erst mal in der Zielformulierung besteht.

Sie sagt: »Ich würde sagen: 'Ne gute Note ist das Ziel.«

»Hm, sehr gut, und wenn ich dich frage, welche Lösungswege da in Frage kommen, was würdest du dann antworten?« Denn ich weiß ja jetzt auch, dass es die Lösungsstrategie ist, die einen Vollpfosten vom Coach unterscheidet. »Lösungswege?« Sie schaut mich irritiert an. »Äh, Lernen vielleicht?«

Ich glaube, sie hat die Grundlagen des modernen Schüler-Coachings schon sehr gut verstanden.

»Sehr schön«, sage ich zu ihr, »dann sind wir für heute Abend zum weiteren Coaching verabredet, achtzehn Uhr, okay?«

»Okay«, sagt sie. »Aber nur, wenn ich dich weiter Nettelbeck nennen darf, Coach.«

»Geht klar«, sage ich, »du bist jedenfalls mein Klient.«

»Dein was?«

»Ach nichts.«

Ich erzähle Pia, dass Julia und ich die Arbeit schon aufgenommen haben und dass das Coaching erste Erfolge zeigt. Wir haben jetzt eine Lösungsstrategie: Lernen. Und ein Ziel: gute Noten.

Das Coaching hat also begonnen. Noch ist Zeit bis zur Stunde der Wahrheit (Latein) und auch bis zur Stunde der Erkenntnis (Mathe). Der Countdown läuft. Ich straffe die Schultern, trinke den Kaffee aus und gehe nach unten zum Frühstückstisch, wo Max gerade seine *Star Wars*-Figuren zum ultimativen Kampf um Gut und Böse aufstellt. Zwischen Nutella-Glas, Müslischüssel und Obstsalat wird Darth Vader mit unheimlich viel Jedi-Power an den Abgrund der Tischkante gedrängt. Er stürzt ins Nichts. Beziehungsweise in einen kleinen Krümelberg. Max schreit: »Ha!«

Möge die Macht auch mit mir sein, denke ich und schnappe mir eine Semmel, die den Klonkriegern als Deckung gedient hat.

Der Macht der Finsternis begegne ich dann auch pünktlich um achtzehn Uhr.

Zeit zum Coaching. Ich bin da. Wie verabredet. Julia ist nicht da.

An ihrer Zimmertür klebt ein Zettel: »Ganz vergessen, musste ins Training.«

Das fängt ja gut an. Dann schau ich mir den Zettel etwas genauer an. Da ist noch etwas ganz klein in die Ecke gekritzelt. Dort steht: »Gezeichnet: der Klient.«

Julia ist sportsüchtig. Nach Taekwondo, einem koreanischen Kampfsport. Und das kam so: Julia, die Erstgeborene, erhielt, abgesehen von der kompletten musischen und kulturellen sowie sprachlichen und mathematisch-naturwissenschaftlichen Frühförderung, auch die kompletteste Sportfrühförderung, die überhaupt denkbar ist. Sie ging ins Ballett. Sie erhielt Reitunterricht. Sie wurde zum Turnen angemeldet und trat einem Leichtathletikverein bei. Ich ging mit ihr joggen, und Pia ging mit Julia in die Berge. Sie machte einen Kletterkurs, einen Kanukurs, einen Schwimmkurs, einen Schnorchelkurs. Wir probierten Basketball und Fußball und Handball und Volleyball aus. Unser Gartenschuppen ist so vollgestopft mit Sportgeräten, als handle es sich um den Hauptstützpunkt des Deutschen Sportbundes. Julia fuhr Einrad und Rennrad und Mountainbike. Sie balancierte auf der Slackline ein wenig herum – schon wurde sie zu einem Artistikkurs angemeldet. Irgendwann hatte Julia, kaum zehn Jahre alt, Dutzende von Sportarten kennen- und bald auch verabscheuen gelernt. Und wir standen immer dabei, in der Hoffnung, ein unfassbares Ski-Talent, Tennis-Talent, Radrenn-Talent, Schwimm-Talent, Turn-Talent oder Synchron-Bogenschießen-Talent heranreifen zu sehen.

Julias Reaktion auf unsere Sportpädagogik war stets die gleiche: freundlich interessiert, nach ein paar Schnupperkursstunden abwartend interessiert, dann nach ein paar weiteren Trainingseinheiten sowie nach dem Kauf des nötigen Equipments neutral interessiert – bis das Ganze schließlich im Bereich »Ich hasse es« endete.

Nach einiger Zeit gaben wir auf.

Sollte Julia doch einfach ohne unsere Unterstützung Sport machen oder unserethalben auch total unsportlich sein. Wir waren erschöpft.

Als ob Julia nur darauf gewartet hätte, begann sie, einfach weil die Freundin das auch machte, das Taekwondo-Training des örtlichen Turn- und Sportvereins zu besuchen. Ohne unser Wissen. Und wie sich zeigte: Sie ist ein Taekwondo-Talent, sie gewann Wettbewerb um Wettbewerb, erwarb den gelben, grünen, blauen und roten Gürtel, fuhr zu weit entfernten Austragungsorten irgendwelcher Meisterschaften – und zwar mit Hilfe von Fahrgemeinschaften, die sie selbst organisierte. Und wir, die sportbegeisterten Eltern, saßen zu Hause und googelten den Begriff »Taekwondo«.

Denn eine Frage hatten wir schon noch: Was ist das?

Ihr Sport klang für uns wie etwas, was man beim Thai an der Wabula auf der Take-away-Liste entdeckt und skeptisch ausprobiert. Aber schon bald sahen wir ihr bei ihren Wettbewerben zu, ernsthaft darum bemüht, diesen Sport ansatzweise zu begreifen.

Inzwischen geht Julia vier- bis fünfmal pro Woche ins Training, trainiert selbst kleinere Kinder und fährt ein Dutzend Mal pro Jahr zu irgendwelchen Wettbewerben. Womöglich liebt sie Taekwondo deshalb so sehr, weil das der einzige Sport ist, den ihre Eltern nicht für sie ausgesucht haben. Einfach weil wir nicht wissen, was das ist.

Ich denke, das ist es. Wo wir nicht sind, da ist Julia. So sind Vierzehnjährige. Finde ich eigentlich gut.

Hätte ich doch nur Formel-1-Rennen, Fußball oder sonst etwas »nicht« für sie ausgesucht, womit sich später einmal Millionen scheffeln lassen! Taekwondo ist der Massenhysterie noch unverdächtig. Ich kann nur hoffen, dass sich das bald ändert.

Eines aber haben wir gelernt: Unterstütze dein Kind, fördere es, liebe es, gib ihm Halt – und vor allem: Misch dich nicht ein.

Julia liebt ihren Sport. Dort erhält sie offenbar genau das, was sie braucht.

»Sag mal, Julia«, frage ich meine Tochter in einem Anfall pädagogischen Wahnsinns zu Beginn unseres verschobenen Coachings, »wie wäre es, wenn du das Taekwondo in den nächsten Wochen etwas zugunsten der Lateinvokabeln reduzierst?«

Julia blickt mich an, als hätte ich sie gefragt, was sie davon hielte, sich das rechte Bein abzusägen.

Dann kommen die Tränen. Ein bisschen schnell, wie ich finde.

Dann, mit einem brüchigen Stimmchen: »Bitte nicht!«

Ich seufze. Ich kann das Coaching schlecht mit der totalen Demotivation, mit Verboten und einem ultimativen Druckmittel, dem Taekwondo-Embargo, anfangen lassen. Nicht nach Lektüre der Internettipps »Motivation leicht gemacht«.

Deshalb sage ich versöhnlich: »Okay, wir sehen einfach mal, welche Fortschritte wir in den nächsten Wochen erzielen, ja?«

Sie piepst: »Ja.«

Womit das Chaos seinen Lauf nimmt. Das Chaos besteht darin, dass ich mir mittlerweile ein profundes Halbwissen über Lernmethoden, Kinderpsychologie und den Lateinlehrplan für die neunte Klasse angelesen habe. Von diesem Halbwissen habe ich etwa ein Viertel begriffen, wobei sich dieses Viertel zu dem Achtel gesellt, das mir aus eigenen kummervollen Latein- und noch übleren Mathe-Jahren geblieben ist. Wozu noch ein Sechzehntel an pädagogischem Geschickt kommt.

Als Erstes nehme ich mir die Organisation von Julias Arbeitsplatz vor. In den USA, das habe ich von der Tiger-Mom, gibt es eine Studie, wonach Menschen in qualitativ hochwertiger Büro- oder Gewerbearchitektur um bis zu 70 Prozent effektiver arbeiten als Leute, die an ihrem Arbeitsplatz an Lichtmangel oder räumlicher Enge leiden.

70 Prozent!

Das muss ich meinem Chef sagen. Er könnte leicht 70 Prozent mehr Nettelbeck kriegen.

Ich denke mir also: Der richtige Arbeitsplatz für Julia ist Punkt eins unserer Bessere-Noten-durch-besseres-Lernen-Strategie. Im Netz finde ich den Hinweis: »Traurig, aber wahr: Es gibt immer noch Kinder, die ihre Hausaufgaben inmitten des Geschreis der Geschwister erledigen.«

Traurig, aber wahr: Um Julias Arbeitsplatz in ihrem Zimmer in Richtung 70-Prozent-Effizienz zu optimieren, rate ich ihr, ein Abkommen mit ihren Brüdern, vor allem mit dem 120-Dezibel-Bruder Max zu treffen. Die sollen ruhig sein, wenn Julia lernen muss.

Zehn Minuten später klebt ein großes Plakat an Julias Tür. Darauf zu sehen ist ein schwarzer Totenkopf. Darunter kann man lesen »Max! Eintritt streng verboten! Hools: Stay out! Das Herumbrüllen im Flur ist untersagt!«

Okay. Das ist ein Beginn.

Ich habe inzwischen die »Checkliste für den idealen Arbeitsplatz für Schüler« aus dem Internet runtergeladen. Julia und ich beginnen den Check.

»Schreibtisch«, sage ich mit der präzisen, nüchternen Stimme eines Bomberpiloten, der seine Maschine mit dem

Kopiloten checkt, »klappbar, höhenverstellbar, mindestens ein Meter zwanzig auf achtzig Zentimeter groß.«

Julia antwortet: »Nicht klappbar, nicht höhenverstellbar, aber groß.«

»In Ordnung, Julia, das ist ja auch unser alter Esstisch. Gut. Weiter. Licht von links oben.«

Der Kopilot meint: »Nö. Lampe steht rechts.«

»Warum das denn?«

»Weil dort der Stecker ist.«

»Aber dann verschattest du als Rechtshänderin ja deine Schrift.«

»Sagt wer, Coach?«

»Na hier, Julia, das steht ganz oben auf der Checkliste.«

»Dann brauche ich ein Verlängerungskabel. Oder soll ich mit links schreiben lernen?«

»Gut. Das heißt: nein. Nicht links.«

Ich notiere: »Verlängerungskabel«.

Julia grinst von einem Ohr zum anderen und will wissen: »Meinst du das eigentlich alles ernst? Den Check hier?«

Schon kann ich ein Grinsen nicht länger unterdrücken. Dann lachen wir und verabreden, dass Julia einfach mal gründlich aufräumt und ihre Bücher und Hefte ordnet.

Pia schaut noch vorbei mit dem Tipp, das Zimmer nach Feng-Shui-Prinzipien umzustellen, was eher ironisch gemeint sein dürfte. Aber wer weiß.

Am nächsten Tag hat Julia den Schreibtisch an die andere Wand gestellt. Das Licht kommt jetzt von links oben, und auch die Lebensenergie Qi kann so viel besser fließen, findet sie. Finde ich auch. Findet Pia auch. Findet Max auch, der draußen das Anti-Max-Plakat von Julias Tür reißt und herumjohlt.

Bei 70 Prozent, denke ich, sind wir wohl noch nicht ganz, aber ein Anfang ist gemacht. Gut auch, dass wir ein paar rote Ausstattungsstücke besorgt haben, Poster, Kissen und so. Rot, heißt es, setze Energien frei.

Der Coach hat motivierend und energiefreisetzend eingegriffen. Sehr gut.

Als Nächstes nehme ich mir Julias Lateinhausheft vor: »Nettelbeck Julia, 9e« hat sie daraufgeschrieben. Komisch. Sie heißt doch Julia Nettelbeck. Aber so ist das nun mal in Bayern. Bayerische Kinder werden immer mit dem Nachnamen zuerst erfasst, nicht nur in der Schule. Auch sonst sagt man: der Hinterhuber Florian, die Hofbauer Edeltraud … Familie geht hier über alles. Da kann der Florian noch so ein Desaster sein, er ist und bleibt ein Hinterhuber-Florian-Desaster.

Schon als Julia eingeschult wurde, war das so. Als die Namen von der Klassenlehrerin verlesen wurden, gab es großes Gelächter, als der arme Franz Josef Kaiser aufgerufen wurde: als Kaiser Franz-Josef, Klasse 1a. Man hätte ja nie gedacht, dass das Reich der Habsburger mal so auf den Hund kommen würde. Na gut, Nettelbeck Julia also.

Ich blättere das Heft aufs Geratewohl auf. »O Herr, sei gegrüßt! Mögest du gesund sein. Worum geht es? Über was streitet ihr in überaus feindlicher Gesinnung untereinander? Werde ich euch etwa nicht zu Hilfe kommen?«

Was soll das denn für ein Quatsch sein? »Über was streitet ihr in überaus feindlicher Gesinnung untereinander?« Wer sagt so was denn?

»Okay, Julia, das ist die Übersetzung, richtig?«

»Ja«, sagt Julia. »Lektion 41.«

»Wir Unglücklichen sind verloren«, lese ich weiter und denke: wie wahr, wie wahr. Ich blättere weiter. Lektion 42 trägt den Titel »Gegen die Römer«, später lese ich die Überschrift »Alexander – ein Rächer?«. Klingt wie eine spätrömisch-dekadente Soap für mich.

Aus dem Hausheft fällt ein Arbeitsblatt und sinkt auf den Boden von Julias Feng-Shui-Filiale. Ich hebe es auf, lese und merke gleich, wie sich mein Qi spontan verabschiedet. »Pronomen« ist die Überschrift. Darunter steht: »Aliquis, aliquid, aliqui, aliqua, aliquod.« Du lieber Himmel.

Dann: »Dicat aliquis Critognatum barbarum esse.« Noch weiter unten: »Merke: Nach si, nisi, ne, num, quando, ubi, cum fällt das ali um.«

Ich lasse die Schultern hängen, gebe mir aber Mühe, dass man mir das nicht anmerkt. Ich bin der Coach, ermahne ich mich in Gedanken, der Coach lässt die Schultern nicht hängen, der Coach analysiert das Problem.

»Wie heißt noch mal dein Lateinlehrer, Julia?«

Vielleicht lässt sich ja mit dem Problem reden.

»Dr. Gröbke.« Julia spricht den Namen so aus, als hätte sie eine Spinne im Mund. Eine dicke, haarige Spinne.

»Okay, Julia, wir müssen das Ganze verschieben – ich brauche erst Klarheit und ein Gespräch mit Dr. Gröbke, so von Lateiner zu Lateiner.«

»Hattest du nicht ’ne Fünf in Latein?«

»Das spielt jetzt keine Rolle. Ich muss mich erst umfassend informieren, bevor wir richtig arbeiten können, klar?«

»Klar«, sagt Julia, sichtlich aufgeheitert. Die Aussicht, dass das Latein-Coaching ausfällt, gefällt ihr.

Sie geht zum Taekwondo-Training, ich gehe nach unten. Pia will wissen: »Und, Coach? Wie kommt ihr voran?«

»Prima«, sage ich. Dann hole ich mir das Notebook von der Galerie oben, um die Begriffe »Latein«, »Pronomen« und »neunte Klasse Gymnasium« zu googeln. Ich ziehe mir den großen Sessel heran. Mit extrem hängenden Schultern. Aber hier sieht mich gerade keiner. Ich beginne mich zu fragen, ob das Coaching nicht viel anstrengender ist als allgemein angenommen. Da mir die Google-Ergebnisse allesamt lateinisch vorkommen, blättere ich in Julias anderem Lateinheft. DIN A4, liniert mit Rand.

»Nettelbeck Julia, 9e, Latein Schulheft«, lese ich. Ich schlage es auf. Mein Blick fällt auf ein unterstrichenes Wort. Es heißt »Kryptoaktivität«. Darunter sind Beispiele für den »Dativus finalis« versammelt, weiter darunter geht es um »konsonantische Deklinationen«. Ich sinke in einen tiefen, unruhigen Schlaf. Das Heft entgleitet mir – und ich wache wieder auf.

Ich schleppe mich ins Bett.

Fast bin ich bereit, Pia einzugestehen, dass ich das Coaching ab sofort aufgebe und lieber einen Nachhilfelehrer engagiere. Aber so schnell gibt man nicht auf. Das gönne ich Pia nicht. Das nicht. Dann denke ich: noch nicht.

Pia gibt mir einen Kuss, und ich versenke mich in mein

Kissen. »Nach nisinubidings … num … dann fällt das ali um«, murmle ich noch. Dann bin auch ich weg.

Et in Arcadia ego.

Zwei Tage später bin ich mit Dr. Gröbke verabredet.

Er befindet sich, nein, das ist das falsche Wort, er residiert im Klassenzimmer der 9e. Vor sich am Schreibtisch hat er Hefte, Bleistift und Radiergummi im rechten Winkel angeordnet. Ein dicker grüner Filzstift befindet sich etwas abseits davon. Dr. Gröbkes Markenzeichen sind grün korrigierte Hefte. Angeblich sagt er immer dann, wenn er eine Fünf oder eine Sechs zurückgibt: »Grün ist die Hoffnung.« Und angeblich gibt er die Schularbeiten so zurück: Er beginnt mit den Einsern, dann die Zweier … und so weiter. Wenn die letzten Vier-minus-Arbeiten verteilt sind, wissen die übrig gebliebenen Schüler, die noch nicht aufgerufen wurden, ganz genau, wo sie stehen. Und alle anderen wissen das ebenfalls.

Es könnte sein, dass Dr. Gröbke als Folterknecht oder als Psychopath in unserer Gesellschaft auch sein Auskommen gefunden hätte. Aber er ist dann doch lieber Pädagoge geworden.

Er sieht mich erwartungsvoll an. Ich unterdrücke ein »Salve magister!« und sage stattdessen einfach: »Grüß Gott.«

Dr. Gröbke sagt auf geübte Weise: »Setzen Sie sich.«

Sofort fühle ich mich wie ein Schüler. Wie ein Schüler, der sich nicht gut auf den Unterricht vorbereitet hat. Wie ein Schüler, der außerdem das Schulbuch daheim vergessen hat. Wie etwas, was aus Sicht des Lehrers zu tilgen wäre von der Erde.

Er blättert in einem speckigen kleinen Notizbuch und sagt seufzend: »A ja, die Nettelbeck Julia, na, das war nichts in der letzten Arbeit: eine Fünf. Oha. Sogar Fünf minus.«

Er schaut mich an, als erwarte er, dass ich mich in den Staub werfe in meiner Eigenschaft als reuiger Vater einer unfähigen Lateinerin der 9e.

»Dr. Gröbke«, sage ich betont ruhig, »was war denn eigentlich der Notenschnitt bei dieser Arbeit?«

»Der tut nichts zur Sache.«

»Sie können mir ruhig den Notendurchschnitt verraten. Ich will doch nur wissen, wo Julia im Vergleich steht.«

»Wie gesagt, tut nichts zur Sache, aber egal. 4,8.«

»4,8?«

»4,8«, bestätigt der Folterknecht.

»Das heißt: Im Schnitt hatte jeder eine Fünf.« Ich bin jetzt etwas laut.

Leise entgegnet Gröbke: »Nein, das bedeutet, im Schnitt hatte jeder eine 4,8.« Gröbke lächelt diabolisch. Und dann sagt er: »Julias Leistung war demnach unterdurchschnittlich.« Es platzt fast aus ihm heraus: »Ich weiß, worauf Sie hinauswollen. Bei einem so schlechten Schnitt muss der Lehrer schuld sein. Aber, hören Sie, Herr Dings ...«, er blickt in sein Notizheft, »... äh, Herr Nettelbeck, hören Sie, diese Schüler wissen praktisch gar nichts. Die sind einfach nicht in der Lage, auch nur die Grundzüge der Sprache zu begreifen. Es ist unglaublich, was meine Vorgänger da verbockt haben. Es ist unfassbar, dass Latein in unserer Gesellschaft so eklatant unterschätzt wird. Und diese Klasse ist sehr laut. Aber wissen Sie was: Die haben mich unterschätzt! Total unterschätzt. So, und nach dieser Arbeit wissen die Kinder, mit wem sie es zu tun haben, ich lasse mich doch nicht von ein paar Schülern und ihren Eltern ... tja, also, Julia muss halt mehr lernen und sich besser konzentrieren.« Gröbke hält inne und rückt seine Brille zurecht.

Ich bin etwas sprachlos über diesen Ausbruch.

Gröbke schaut mich lange an und scheint einzulenken: »Na, vielleicht wird die nächste Arbeit ja besser, die mündliche Mitarbeit ist ja ganz in Ordnung so weit, hm ... obwohl, sie ist ja schon sehr still, die Nettelbeck Julia, hm ...« Er stockt.

Ich frage ihn: »›Unterschätzt‹, sagen Sie. ›Die haben mich unterschätzt.‹ Was sind das denn für Begriffe? Sagen Sie mal: Hassen Sie eigentlich das Unterrichten? Haben Sie ein Problem mit Schülern?«

»Also«, sagt Gröbke, »das muss ich mir nicht nachsagen lassen, seit Jahrzehnten unterrichte ich Lateinschüler. Tausende waren das bis zuletzt ...«

»Waren bis zuletzt?«

»Ja. Ich höre hier bald auf. Gehe in Pension.«

»Sie hören auf? Nach dem Schuljahr?«

»Nein, schon etwas früher.«

»Etwas frü...« Ich bin nun ratlos.

»Ja, dann übernimmt eine junge Kollegin den Lateinunterricht und erledigt den Rest.«

Erledigt den Rest. Ich kann nur hoffen, dass Julia nicht der Rest ist. Latein-Restmüll.

Es ist unfassbar. Und andererseits ist es vielleicht die Rettung für Julia, wer weiß.

Ich lenke ein: »Gut, Herr Dr. Gröbke, was raten Sie uns, wie kann sich Julia verbessern? Was können wir tun?«

Gröbke sagt: »Vokabeln lernen, Grammatik lernen, üben, üben, üben. Wissen Sie, eigentlich ist es ja ein Wahnsinn. Wenn man Latein ernst nimmt, dann sollte man das Fach wenigstens acht Stunden in der Woche unterrichten. Deshalb habe ich auch schon dem Ministerium geschrieben und darum gebeten, das Fach Latein für das Gymnasium ganz abzuschaffen – oder den Unterricht zu intensivieren. Man wird ja nicht ernst genommen als Lateiner. Früher ...«

»Sie haben dem Ministerium geschrieben, als Lateinlehrer, und dafür plädiert, dass Latein abgeschafft wird, habe ich das jetzt richtig verstanden?«

Dr. Gröbke antwortet: »Ja.«

»Und«, will ich wissen, »was hat das Ministerium geantwortet?«

»Nichts.«

Gröbke sieht traurig aus. Traurig und müde.

In exakt der gleichen Stimmung verlasse ich die Elternsprechstunde. In der Sakkotasche habe ich einen Zettel. Darauf steht ein Name von einem Schüler, der Latein-Nachhilfe gibt. Laut Dr. Gröbke der einzige Schüler an dieser Schule, der Ahnung habe.

Julia wird mir später erzählen, dass dieser Schüler, er heißt Thorsten, der Oberstreber der Schule sei. Im Unterricht langweile er sich immer, weil er alles schon weiß. Deshalb kritzle er immer in einem Heft voller Formeln und Tabellen herum. Er wolle den Busfahrplan perfektionieren, und später möchte er Chef der Münchner Verkehrsbetriebe werden. Der Junge hat echt Ahnung.

Dr. Gröbke, denke ich beim Nachhausefahren, hat sich seinen Ruhestand verdient. Außerdem löst sich unser akutes Problem ja demnächst. Der Coach hat seine Sache gut gemacht.

Zu Hause will Pia wissen, wie es gelaufen sei. Julia hat sich in Sicherheit gebracht.

Ich sage: »Das glaubst du einfach nicht. Das ist ja ein Psychopath. Arme Julia. Gut, dass der bald weg ist.«

Am nächsten Tag coache ich Julia so: Ich sage ihr, sie solle die Vokabeln nochmals lernen, sich die Grammatik vornehmen, dann solle sie ein paar Übersetzungen machen. »Üben, üben, üben«, sage ich ihr.

»Das ist jetzt also Coaching?«, fragt sie ironisch.

»Ja«, antworte ich genervt, »das ist jetzt Coaching, fürs Erste.«

Julia sagt: »Na dann.«

Am nächsten Abend sind Pia und ich mit Freunden zum Essen verabredet. Das Coaching muss also wieder ausfallen. Das Tischgespräch kommt, ich weiß nicht wie, bald auf das Thema Schule. Im Allgemeinen. Und im Besonderen: Wie man so blöd sein kann, für sein Kind Latein als zweite Fremdsprache zu wählen.

»Französisch, Russisch, Spanisch, Chinesisch – alles wäre besser als Latein.« Das kommt von Pias bester Freundin: Karla, genannt Charlie. Wenn Pia eine Tiger-Mom ist, dann ist Charlie eine Säbelzahntiger-Mom.

Wir sitzen beim Italiener um die Ecke. An einem runden Tisch. Pia ist sofort verteidigungsbereit.

»Ja, klar«, sagt sie, »Chinesisch, Mandarin-Chinesisch

am besten, das wäre ja wunderbar. Aber Latein erschließt alle möglichen Sprachen, Italienisch, Spanisch … und schult das logische Denken.«

Nicht dass wir vermutet hätten, Julia und das logische Denken seien ein Dream-Team, aber tatsächlich haben wir angenommen, dass Julia sich leichttun würde mit Latein, denn sie konnte schon in der Grundschule wahnsinnig gut auswendig lernen. Noch heute könnte man sie wecken, mitten in der Nacht, und »Erlkönig. Goethe. Aufsagen!« befehlen, sie würde, zack, antworten: »Wer reitet so spät durch Nacht und Wind …« Und dann: Braucht man Latein nicht immer irgendwie? Um Medizin zu studieren? Um einen Zugang zu Sprachen zu haben, die sich aus dem Lateinischen entwickelt haben? Was Eltern eben so denken.

Bruno, Karlas Mann, sagt: »Schon auch wahr, aber mit Latein ist es so, wenn man es kann, kann man es, wenn nicht …«

Ich sage: »Leute, das ist doch gar nicht sicher, ob Julia da echte Probleme hat, und …«

»Und«, ergänzt Pia, die mich unterbricht, »außerdem hat Julia jetzt einen Coach. Nämlich Nettelbeck.«

»Du hast das Latinum?«, will Charlie wissen. »Echt jetzt?«

»Sowieso«, antworte ich etwas verschnupft. »Wer hat das nicht, du etwa, Karla?« Ich weigere mich, Karla Charlie zu nennen.

»Vertragt euch«, sagt Ben, der den alleinerziehenden Vater so aufopferungsvoll gibt, dass es einerseits bewundernswert und andererseits verabscheuungswürdig ist. »Vielleicht hat Julia nur den falschen Lehrer.«

Die Vorlage kommt wie gerufen. Ich erzähle der Runde von Dr. Gröbke und dem 4,8-Durchschnitt sowie von seinem Brief ans Ministerium mit der Betreffzeile »Latein abschaffen«. Kopfschütteln.

Bruno hat auch eine Geschichte auf Lager. Er erzählt von einem Mathematik-Aushilfslehrer namens Wolf, der eigentlich Bauingenieur sei und zurzeit seinen zehnjährigen Sohn Lennart unterrichte. Letzte Woche sei der Bauingenieur-Lehrer mitten im Geometrieunterricht angerufen worden. Von der Ehefrau. Vor der ganzen Klasse habe sich dann Herr Wolf eine viertelstündige Diskussion mit seiner Frau geliefert. Thema: Was es zum Abendessen geben solle. Das Ergebnis: Lasagne.

»Ich wüsste gerne, ob das eins der Kinder dann aufgeschrieben und mit Stabilo Boss lila unterstrichen hat«, sage ich und greife zum Weinglas, denn der Kellner ist gerade zur Stelle.

Pia legt mir sacht die Hand auf den Arm. Übersetzt heißt das für den Kellner: »Mein Mann dankt.«

Die Runde wird immer heiterer. Sie entwickelt sich zu einem Wer-hat-die-schlimmste-Lehrergeschichte-Contest. Mich beschleicht das Gefühl, dass Lehrer nicht so besonders anerkannt sind in Deutschland.

»Was ja auch komisch ist«, sage ich, »Lehrer sollten doch eigentlich ein Superstanding und eine bombige Bezahlung haben, oder nicht?«

»Oder nicht«, sagt Bruno.

»Doch«, kommt von seiner Frau. Und weiter: »Am besten sind die Lehrer, die die natürliche Neugier der Kinder nutzen.«

Charlie präzisiert: »Jedes Kind kann und will lernen. Kinder sind neugierig und wollen die Welt erkunden. So lernen sie alles. Einfach alles.«

Pia, die sonst nicht so offen sarkastisch ist, sagt zu ihrer besten Freundin, die in pädagogischen Fragen auch ihre beste Feindin ist: »Ach so, Charlie, du meinst, Julia müsste sich nur einreden: ›Hey, morgen machen wir eine Übung zum Ablativ mit Partizip, o Mann, ich bin ja schon so gespannt darauf, ich kann es kaum mehr aushalten vor kindlicher Neugier.‹ Na ja, könnte funktionieren.«

Es wird spät.

Zum Abschied bringt mich Bruno noch auf eine weitere Idee: »Hat Julia eigentlich Prüfungsschiss? Vielleicht ist das Problem ja nicht der Lehrer oder Latein, sondern die Blackout-Falle.«

»Die was?«

»Na, Blackout. Sie liest die Prüfungsaufgabe der Klausur – und plötzlich: Leere. Stille. Nix mehr da, keine Vokabeln, keine Grammatik, nichts. Ich habe was darüber gelesen in einem Artikel über Schulversager.«

»Julia ist kein Schulversager, Bruno!«

»Schon gut, Blackout könnte doch sein, ich mein ja nur.«

Am nächsten Morgen beim Frühstück befrage ich Julia zum Thema Blackout. Ich will wissen, ob sie an Prüfungsangst leidet.

Ihre Antwort ist: »Geht so.«

Ich werte das als Anfangsverdacht.

Im Büro google ich Gegenmaßnahmen für Schüler, die am

Blackout-Syndrom leiden. Abends, es ist Coaching-Stunde, wende ich das Gelesene in einem langen Coaching-Gespräch mit meiner Klientin an. Nämlich in Form einer Anti-Blackout-Strategie. Sie heißt: »Die Katastrophe vorstellen.«

Im Internet lese ich während der Bürostunden: »Es kann helfen, wenn sich das Kind mit maßloser Übertreibung vorab überlegt, welche eintausend Katastrophen passieren könnten.«

»Julia«, sage ich, »stell dir vor, morgen wäre Lateinschulaufgabe.«

»Fuck!«, sagt Julia.

Pia wird aufmerksam.

»Und dann stell dir Folgendes vor: Lateinschulaufgabe ist in der zweiten Stunde, aber du verschläfst, weil der Wecker kaputtgegangen ist. Niemand hat dich geweckt, weil Mama und ich einen Autounfall hatten und nicht nach Hause gekommen sind nach dem Essen im Restaurant …«

»Tot?«, will Max wissen.

»Oder Intensivstation?«, das schlägt der gemäßigte Anton vor. Ein liebes Kind.

»Jedenfalls, du verpasst den Bus, gehst zu Fuß. Für die Lateinschulaufgabe in der zweiten Stunde würde das gerade noch reichen. Aber dann …«

»Erdbeben?« Pia grinst.

»Tsunami!« Der Vorschlag kommt von Anton.

»Julia wird von Außerirdischen entführt«, schlägt Max vor.

»Quatsch! Ruhe! Aber dann ist die Schule abgeriegelt …«

»Wieso das denn?« Pia wieder.

»Wieso, wieso, weil, äh, weil in der Schule ein unheimliches Virus wütet, weshalb jetzt alles streng abgeschirmt wird vom Militär … und …«

»Und du spinnst«, sagt Pia. »So ein Unsinn. Das ist ja Endzeitkino.«

»Nein«, sage ich, »das ist die Strategie der vorgestellten Katastrophe.«

Das ist das Ende des Coachings sowie das Ende der Anti-Blackout-Strategie sowie das Ende von Feng-Shui.

Der Schreibtisch ist immer noch nicht klappbar oder höhenverstellbar, aber wieder am alten Platz. Das Licht? Schattig von rechts.

Pia und ich beschließen, Julia einfach mal allein lernen zu lassen und nur zu helfen, wenn sie uns fragt. Außerdem kriegt sie einen Nachhilfelehrer, genau: Thorsten, wofür sie eine Stunde Taekwondo opfert. Dann büffelt sie Vokabeln und Grammatik.

Nicht mehr zur Anwendung kommt die SQ3R-Methode »zum effektiven Lesen«. Auch die Hypnopädie unterlasse ich. Das ist eine Lernmethode, die mittels hypnoseähnlichem Zustand arbeitet. In diesem Zustand könnte Julia sich an ihre früheren Existenzformen erinnern. Und wenn da eine vierzehnjährige Römerin, sportlich und mit hellblondem Haar, dabei gewesen ist, dann könnte Julia im Nu Latein sprechen und verstehen. Sie müsste das nur abrufen. In Hypnose. Das ist meine Exit-Strategie. Falls das Sitzenbleiben droht, gibt's immer noch die Hypnopädie.

Tage später geht Julia in die Schule, schreibt ihre Lateinklausur und kommt fünf Tage später nach Hause, spricht nicht mit uns, sperrt sich im Zimmer ein und weigert sich herauszukommen.

Den Grund dafür erfahre ich am nächsten Tag von Pia: »Wieder eine Fünf, Nettelbeck, gratuliere, ihr seid auf dem richtigen Weg.«

»Tja, danke, aber vielleicht hätten wir doch die Hypnose statt des Nachhilfelehrers nehmen sollen.«

»Nein«, sagt Pia entschieden, »das Coaching übernehme ich jetzt wieder.«

»Aha«, sage ich, »und mit welcher Strategie bitte?«

»Mit Vokabelnlernen, Grammatiklernen und Üben, Üben, Üben.«

Die nächste Ex ist eine Drei minus. Im Ausfragen kriegt sie sogar noch eine Eins. Gröbke verteilt Geschenke zum Schluss. Er will nicht als Folterknecht in die Geschichte eingehen. Lieber als Lateinlehrer, der das Lateinlernen und das Lateinlehren abschaffen wollte.

Das alles könnte reichen. Knapp. Was übrigens auch für Mathe, Englisch, Deutsch und Französisch gilt.

Bei einem Taekwondo-Turnier wird Julia von einem Talent-Coach angesprochen und zu einem Fördertraining eingeladen. Sie will jetzt Olympiasiegerin werden und behauptet, das könne sie auch ohne Latein.

Wir liegen uns an dem Tag, an dem Julia eine Vier in Latein nach Hause bringt, in den Armen und gehen später alle feierlich ins Kino. Es gibt Familien, für die ist eine Vier so etwas wie ein Sechser im Lotto.

Nettelbecks gehören dazu.

Auf dem Rückweg nimmt mich Pia in den Arm und sagt: »Alles wird gut.«

»Weil Noten doch überschätzt werden?«, frage ich sie.

»Nein«, sagt Pia und schenkt mir einen grünen Blick, »weil Julia nicht mehr lange Latein hat und den Mist bald abwählen kann. Und weil es dich gibt, Coach.«

»Und dich, Tiger.«

Die Kinder sind hinter uns, ich kann sie nicht sehen. Ich wette aber um eine Stunde Hypnopädie: Sie grinsen sich eins.

Mai

Mittwoch, 22.05. 10:12
Sehr geehrter Herr Nettelbeck,
zunächst darf ich mich bei Ihnen für das Vertrauen bedanken, welches Sie den Produkten der Ambient Deutschland GmbH & Co. KG entgegenbringen. Nicht so gut nachvollziehen können wir dagegen die heftige Kritik an der Gebrauchsanleitung zum Aufbau unseres bewährten CD-Regals »Hitmaster«.
Ich fürchte, Sie hätten erst – gemäß mitgelieferter Anleitung – die Schrauben in die dafür vorgesehenen Löcher einpassen sollen, statt neue Löcher an anderer Stelle zu bohren, die der Funktionalität des Möbels nun nicht mehr entsprechen. Leider erlischt somit auch die Gewährleistung. Ich darf Ihnen aber anbieten, künftig unseren Heim-Montageservice zu günstigen Konditionen in Anspruch zu nehmen, um fachliche Unterstützung bei der Möbelmontage zu erhalten.
Mit freundlichen Grüßen
Clemens Stakholder
Kundenservice
Ambient Deutschland GmbH & Co. KG

»Gib mir mal den Hydroschraubenschlüssel!« Das sage nicht ich, das ist von Harrison Ford als Han Solo in *Krieg der Sterne*. Etwas später bemerkt er auch noch: »Ich glaube, wir sollten mal die Energiekupplung wechseln.«

Ich mag diese Szene. Am besten ist sein Versuch, Prinzessin Leia zu küssen. Sie weist ihn zunächst zurück und sagt: »Ich habe schmutzige Hände.« Darauf er, schief grinsend: »Ich auch.«

Das alles finde ich komisch und auch ein bisschen tragisch.

Weil: Der *Krieg der Sterne* spielt in einer fernen Zukunft. Die Welt fährt nicht mehr im Opel Vectra oder im VW Sharan durch die Gegend, sondern im X-Wing Fighter, Millennium Falcon oder gleich im Sternenzerstörer Executor. Es gibt einen Roboter-Mensch-Kontakter und Astromech-Droiden. Es ist: Zukunft, reinster Futurismus.

Aber Han Solo braucht trotzdem den Hydroschraubenschlüssel, mit dem er fast unentwegt irgendetwas reparieren muss. Er hat Schmiere im Gesicht (und die Prinzessin auch), und die Energiekupplung muss dringend gewechselt werden. Die Zukunft besteht aus Rost und Schrauben. Das wird sich nie ändern, ob der Schraubenschlüssel nun ein Ratschenringschlüssel oder eben ein Hydroschraubenschlüssel ist. Es gibt die gute Seite der Macht, die böse Seite der Macht – und irgendwo dazwischen den Schraubenschlüssel, der das Universum bis auf Weiteres so einigermaßen zusammenhält.

Und genau das ist mein Problem. Ich bin nicht so der Schrauber.

Prinzessin Leia wird sich nie in mich verlieben. Und Pia guckt auch manchmal ganz grünlich, wenn irgendetwas bei uns zu Hause kaputt ist – und ich dazu nur mit den Schultern zucke und sage: »Das muss jemand reparieren«, wobei schon klar ist, dass ich nicht jemand bin.

Ich bin mir sicher: Pia würde mit dem corellianischen

Schmuggler Han Solo und seinem Wookiee Chewbacca durchbrennen, nur weil der eine Schmiere im Gesicht hat und der andere weiß, wo der Hydroschraubenschlüssel ist. Pia ist die Oberfeministin der Welt, aber was sie wirklich schwach werden lässt: Männer im Blaumann.

Ich bin das nicht. Ich bin von der White-Collar-Fraktion.

Wenn Han Solo mitten im Luftkampf sagt: »Ich hab diese Kiste gerade wieder zusammengeflickt, da lass ich sie mir nicht wieder wegnehmen«, dann schmachtet ihn Leia an. Und Pia schmachtet auch. Ich kann das aus den Augenwinkeln sehen.

Früher oder später gerät man aber nicht nur als Mann und Ehepartner, sondern insbesondere als Vater in heikle Situationen.

Zum Beispiel in die Situation, sein Kind, insbesondere sein zum Manne heranreifendes Kind, beiseitenehmen zu müssen, um den Knaben in gewisse Geheimnisse eben des Mannseins einzuweihen.

Anton ist elf Jahre alt. Da klopft das Mannsein noch nicht ganz so vehement an die Tür. Aber manche Dinge nimmt man sich besser beizeiten vor.

Trotz meiner heimlich betriebenen Forschung auf dem Gebiet des illegalen Menschen-in-einem-süßen-Alter-Einfrierens bin ich leider noch nicht in der Lage, meine Familie im jeweils besten Alter aufzubewahren. Ich zum Beispiel wäre dann grundsätzlich fünfunddreißig Jahre alt, denn Pia behauptet, ich sei vor fünfzehn Jahren ein gut gelaunter, absolut familientauglicher Frühstück-ans-Bett-Bringer und Hemden-selbst-Bügler gewesen, obendrein gesegnet mit einem Schlaf im untersten Dezibelbereich, was, wie ich meine, allerdings immer noch der Fall ist. Alles andere sind bösartige Verleumdungen, weshalb ich gerne Pia in jenem Alter eingefroren hätte, in dem sie mir noch keine bösartigen Dinge unterstellt hat – das muss vor unserer Ehe gewesen sein.

Und Julia? Eindeutig: sieben Jahre alt – auf jeden Fall vor ihrer pubertären Ohrstöpsel-Isolations-Phase und bevor Vampire in der Literatur eine nennenswerte Rolle gespielt haben. Max? Schwierig, der ist schon als Hool zur Welt gekommen. Vielleicht bietet sich für ihn die Zeit an, bevor er das Gehen erlernt hat, und als zerbrechliche Dinge noch außerhalb der Reichweite seiner süßen, erstaunlich zupackenden Ärmchen lagen. Und Anton? Er war der hinreißendste Sechsjährige, den man sich vorstellen konnte, vor allem hing er an meinen Lippen und war überzeugt, ich sei allmächtig und allwissend. Eine Art Gott, der für volle Kühlschränke sorgt, der die Magie beherrscht, ein Auto anzulassen und das Zelt aufzubauen. Der einen Pfifferling vom Fliegenpilz unterscheiden kann und der beim Freitagnachmittag Kick auf dem Bolzplatz eine Mischung aus jungem Beckenbauer und gereiftem Netzer darstellt.

Das ist lange her. Inzwischen weiß er, dass das Erkennen eines Pfifferlings die Grenze meines Waldwissens markiert, dass ich jenseits eines Zweimannzelts Hilfe von barmherzigen Campingplatz-Profis benötige und dass es außerdem ein kleiner Schlüssel ist, der das Auto anlässt. Und er tunnelt mich auf dem Bolzplatz.

Als Gott musste ich folglich abdanken. Ich wurde durchschaut.

Dass Kinder überhaupt erwachsen werden müssen, ist gelegentlich sehr schade. Was mich nicht daran hindert, mir Gedanken über den Umbau der Kinderzimmer zu machen. Mir schwebt da eine Mischung aus Wellnessareal, Sportstudio und Kreativzentrum vor.

In solchen Umbauplänen liegt ein gewisser Trost, obwohl ich vermute, dass Pia in – natürlich ferner – Zukunft die Kinderzimmer im Status des Kinderzimmerdaseins für alle Ewigkeit einfrieren wird. Falls die undankbaren Blagen mal zu Besuch kommen, was sie natürlich nur extrem selten tun werden und nur dann, wenn ein Scheck oder so was abzuholen ist.

Zugegeben, das sind bösartige Spekulationen eines Mannes, der vor 15 Jahren noch einen hervorragenden Schlaf im untersten Dezibelbereich hatte und auch sonst ein knitterfreier, familientauglicher Optimist war. Ich behaupte ja, das bin ich immer noch. Also, im Kern.

Jedenfalls: Anton ist in einem Alter, da er etwas wissen sollte über das Dasein als Mann. Und er hört mir ja gerade noch zu. Ein bisschen. Manchmal.

Es geht übrigens nicht um den Besuch gewisser Etablissements.

Es geht um den Besuch gewisser Baumärkte.

Obwohl … für Heimwerker, Bastler, Tüftler und sonstige Schrauber kann der Bereich zwischen den Duschköpfen in der Sanitärstraße und den Kabelbindern rechts davon (nach der Abzweigung zum Gartengerät, aber vor dem preisreduzierten Schraubenschlüsselsortiment in der Grabbelkiste vor der Kasse) sicher auch erotisierende Bedeutung haben.

Das Werkeln ist ja schwer in Mode, so als Statement gegen die Wegwerfgesellschaft.

Die Buchläden sind voller Bücher, die das Reparieren als ultimativen Nachhaltigkeitsbeitrag und sogar als Selbstfindungstrip preisen, sie heißen *Zen und die Kunst ein Motorrad zu warten*; *Ich schraube, also bin ich: Vom Glück, etwas mit den eigenen Händen zu schaffen*; *Handwerk* oder *Die Kultur der Reparatur*. Es gibt Repair-Cafés, die sogar iPhones in Behandlung nehmen, die ins Klo gefallen sind. Im Internet existieren immer mehr Foren für Leute, die Selbstgebautes verkaufen oder kaufen wollen. Auf DaWanda.com kostet die Obstschale (gehäkelt, blau-grau) 28 Euro. Die Obstschale muss man als Art gehäkelte Konsumkritik in entfremdeten Zeiten begreifen. Sie ist ein Akt der Revolte und richtet sich gegen eine Industrie, die ausschließlich Kühlschränke und Drucker verkauft, die allesamt innerhalb von vierundzwanzig Stunden nach Ablauf der Garantie implodieren und zu Staub zerbröseln.

Das alles ist ja furchtbar sympathisch.

Also das mit dem Selbermachen. Nicht das mit dem Staub.

Ich bin auch ein Entfremdeter, ich will auch Häkler, Häcksler und Handwerker sein. Gerne. Es ist eine tolle Zeit für Schrauber.

Aber nicht für mich.

Im Kino winde ich mich immer in meinem Sitz, wenn es Spitz auf Knopf steht und der Held, um die Welt vor dem Abgrund zu bewahren, in allerletzter Sekunde irgendwo irgendwas irgendwie reparieren muss.

Zum Beispiel im Film »*2012*«. Da geht einer Prophezeiung der Maya zufolge die Welt unter, und nur ein paar Tausend Menschen können überleben. Weil sie sich auf ein Super-Hightech-Schiff retten, das so etwas wie die modernisierte Arche Noah sein soll – voller Tiere und Restexemplare von Menschen, darunter die Queen mit ihren Hündchen. Und dann liegt es an einem Mann, am Helden, der, weil irgendein Zahnrad verklemmt ist oder eine Luke oder so was, wodurch das ganze High-Tech-Schiff gleich untergehen wird, dann den richtigen Schraubenzieher aus der Tasche fummelt und das Ganze zwei Sekunden vor Weltende und Untergang des Menschengeschlechts repariert.

Man stelle sich vor, ich hätte diesen Job. Ein Alptraum. Ich hätte garantiert den falschen Schraubenzieher dabei, oder die Schraube wäre angerostet, oder ich würde das eine Zahnrad nicht vom anderen Zahnrad unterscheiden können, oder ich müsste erst die Gebrauchsanweisung finden, die ich dann aber nicht lesen kann, weil ich meine Lesebrille verlegt habe, weshalb ... Kurz: Die Welt würde untergehen, mitsamt der Queen und ihren Hündchen, und schuld wäre Nettelbeck.

Findet Pia auch.

»Nettelbeck, du hast zwei linke Hände.« Das ist der typische Pia-Satz. Paradoxerweise sind die Sätze »Das Licht im Keller geht nicht!«, »Die Tür zum Schuppen klemmt!« oder »Das Auto springt nicht an!« auch typische Pia-Sätze, sogar solche mit einem Ausrufezeichen. Das Ausrufezeichen sagt: »Mach was, Nettelbeck!«

Dass zwei linke Hände eine Art ärztliches Attest darstellen, das zur Befreiung vom Dienst an Kellerglühbirnen, Schuppentüren oder Autoanlassern führt, kommt allerdings nicht in Frage. Nicht für Pia.

Auch deshalb kommt selbst für mich als attestierten Nicht-Schrauber der Tag, da ich meinen Sohn in die Kunst, einen Fahrradschlauch zu flicken, einführen muss.

»Antons Fahrrad hat einen Platten!«, sagt Pia an einem Sonntag nach dem Frühstück. »Er muss morgen zur Schule mit dem Rad! Das muss jemand flicken!« Jemand ist nur ein anderes Wort für Nettelbeck.

Ich mache das natürlich auch so, es handelt sich um einen international gebräuchlichen Ehe-Code: »Jemand muss sich um den Schul-Adventsbasar kümmern.« In diesem Fall ist »jemand« nur ein anderes Wort für Pia.

Anton und ich gehen zum Gartenschuppen. Dorthin, wo wir das Flickzeug vermuten. Insgeheim habe ich die Hoffnung, dass es unauffindbar ist. Denn im Schuppen herrscht Chaos. Pia nervt das. Umsonst. Ich verteidige das Schuppen-Chaos mit allen Mitteln. Es ist eine letzte Bastion für mich. Wenn der Schuppen fällt, falle auch ich.

»Nach zwanzig Jahren Ehe«, schreibt Raymond Chandler, »bleibt einem Mann nur noch das Leben in der Garage.« In meinem Fall ist das in Ermangelung einer Garage wenig, ja: nichts. Daher bleibt mir, nach fünfzehn Jahren Ehe, nur der Schuppen. Ein letztes männliches Refugium.

Wo waren denn früher wilde Kerle wie ich unterwegs? Auf freier Wildbahn? Sie waren an der Bar, sie waren im Rotlichtviertel, beim Boxkampf und auf der Jagd. Ist doch so.

Aber aus der Bar wurde eine Lounge, in der der Whisky kein Freund mehr ist, der Jack oder John oder Jim heißt.

Stattdessen muss man ihn, da er mindestens eintausend Jahre lang von zahnlosen schottischen Mönchen ausschließlich in Vollmondnächten über Torffeuern destilliert wurde, tröpfchenweise bezahlen. Ein Glas hat den Gegenwert eines Gebrauchtwagens. Den Namen des Getränks umgeht man tunlichst, denn man würde sich doch nur die Zunge verheddern. Zum Beispiel bei einem Auchentoshanthreewood, einem Clynelishdistillersedition oder einem Laphroaigquartercask. Wenn man ein paar Gläschen intus hat: Das wird nicht besser.

In der Bar, die jetzt eine Lounge ist, sitzen deshalb fast nur noch junge Menschen herum, die auf ihr Facebook-Profil starren und nebenher grünen Tee trinken. Oder eine Cola mit Green-Tea-Aroma. Nein, die Bar scheidet als männliches Refugium aus.

Die Jagd? Das geht gar nicht. Veggie-Day!

Rotlichtviertel vielleicht? Heißt jetzt Adult-Entertainment und lebt im Internet.

Boxring? Sky-Sport.

Wie man es auch dreht und wendet: Der Lebensraum für Männer schmilzt wie die nördliche Polarregion. Männer erinnern immer öfter an traurige Eisbären auf immer kleiner werdenden Eisschollen. Der Schuppen ist mitunter die letzte Zuflucht. Ein Territorium, das unter Naturschutz stehen sollte: voller blinder Staubscheiben, rostendem Werkzeug, vergessener Felljacken, ausgestattet mit alten Mausefallen, einer zahnlosen Säge, leeren Blumentöpfen und einem knarzenden, kippligen Holzstuhl. Es ist ein Häuschen mit Teerpappe darüber, in welchem der Werkzeugkasten und die Modelleisenbahn, alte Harley-Ersatzteile, ein mittlerweile verbotenes Insektenvernichtungsmittel, eine stolze Schraubenziehersammlung, Pattex pur und Winterreifen ohne jedes Profil, dazu alte Fensterrahmen, unerledigte Reparaturarbeiten, unerledigte Manuskripte in kaputten Steinzeit-PCs sowie unerledigte Lebensträume und unerledigte Sehnsüchte in friedlicher Koexistenz dahinvegetieren. Das Gartenhaus ist die Utopie des Unfertigen. Ein magischer Raum, eine Wunderkammer. Mein Reich.

»Chaos«, sagt Pia dazu.

Und jetzt suchen wir das Flickzeug.

Kaum eine halbe Stunde später finden wir es. Ein mintgrünes Kästchen, auf dem »Tip Top« zu lesen ist. Es ist leer, riecht aber immer noch nach der kleinen Tube »Vulkanisierflüssigkeit«. Wer sie je gerochen hat, wird das nie mehr vergessen, es ist wie mit Prousts Madeleine, dem Keks, der auf der Suche nach der verlorenen Zeit in den Tee getunkt wird … und zack: ist man wieder ein Kind. Gerüche sind Erinnerungsträger. Und Tip Top steht der Madeleine in nichts nach.

Da ist man, zack, wieder ein Kind mit einem platten Reifen.

»Hier«, sage ich zu Anton, »riech mal, das ist der Geruch des Fahrradflickens, das ist der Geruch der Kindheit.«

Anton rümpft die Nase und guckt mich an, als hätte ich nicht mehr alle Vulkanisierflüssigkeiten im Tip-Top-Kästchen.

Man muss wissen, dass Anton, unser kleiner elfjähriger Professor mit der Harry-Potter-Brille, auch kein Schrauber ist, so vom Typ her. Er ist ein volldigitaler Nerd, ein Ureinwohner des Internets.

Einmal stand er mit mir im Zug, im ICE, zwischen zwei Waggons, dort, wo ein kleiner Plasmabildschirm das jeweils erreichte Tempo anzeigt. Genau dort stellt er sich auf die Zehenspitzen, um über die Plasmafläche der Anzeige zu wischen. Wie er das von seinem iPod gewohnt ist, will er, da er die Geschwindigkeitsangabe nach ziemlich genau einer Hundertstelsekunde öde findet, ein paar weitere Info-Ebenen abgreifen. Völlig entsetzt begreift er, dass die Geschwindigkeitsanzeige nichts anderes kann, als uns die Geschwindigkeit anzuzeigen. Kein Spiel dahinter, keine Klingeltöne, keine Bewegtbilder. Nicht mal Livestream. Nichts. Anton ist fassungslos.

»Krass. Voll analog«, sagt er zu mir und den umstehenden, meist älteren Vollanalogen, die so im ICE abhängen.

Als er mal den Wäscheständer vom Garten in den Keller bringen sollte, durchs Wohnzimmer und die Kellertreppe runter, da wusste er erst nicht, wie man den Wäscheständer zusammenklappt, um schließlich zusammen mit dem Wäscheständer in einem Knäuel aus Anton- und Wäscheständer-Beinen die Treppe runterzufallen.

Probleme gibt es manchmal auch beim Nutella-Glas-Aufschrauben.

Und wenn Anton morgens vor der Schule sein etwas zu großes Fahrrad besteigt, mit der Schultasche auf dem Rücken und dem Sportbeutel in der Hand, wenn er dann das Bein über die Querstange hebt, vorsichtig, ganz vorsichtig, dann stehen die Chancen 1:1, dass er das heil hinbekommt.

Anton weckt in mir immer den Wunsch, ihn vor der Welt zu beschützen. Glücklicherweise ist er ein Schlauer.

Ein Schrauber aber ist er nicht.

Anton ist manchmal eine Slapstick-Mischung aus Buster Keaton und *Nackte Kanone 2 ½*.

Er und ich, der andere Nicht-so-Schrauber der Nettelbecks, sollen jetzt also einen Reifen flicken. Das kann was geben. Ohne Flickzeug.

Pia bringt es uns aus dem Keller. Wie immer hat sie alles griffbereit. Es ist mir ein vollkommenes Rätsel, wie sie das macht.

Es ist magisch. Sie sollte eine Werkstatt eröffnen, zusammen mit Han Solo im Blaumann.

»Gut«, sage ich zu Anton mit pädagogischer Hingabe, damit er nicht so ein Typ mit zwei linken Händen, sondern ein echter Kerl wird, der seine Frau niemals an einen Typen mit Schmiere im Gesicht verlieren wird, »jetzt pass mal gut auf. Fahrradflicken ist ganz leicht.«

(Schon klar übrigens, Schneeketten, Glühbirnen, Fahrradflicken, Schuppentüren richten ... Mädchen sollten das auch alles können. Unbedingt. Und Jungs sollten auch kochen, bügeln, nähen und ihre Lieblingsbarbie frisieren können. Kein Einwand. Könnten wir also bitte die Gender-Pädagogik mal für einen Augenblick beiseitelassen, ja? Danke. Und, genau, sehr richtig: Dass Mädchen am liebsten mit Puppen spielen und ins Ballett gehen, während Jungs sich am liebsten ManU, Bayern oder der D2-Fußballjugend vom TSV Waldtrudering anschließen sowie mit einer kleinen, rrrrrrrrr rrrr rrrrrrrr rrr machenden, batteriebetriebenen Spielzeugbohrmaschine spielen – geschenkt! Das sind doch nur stereotype Zuschreibungen, die geschlechtsspezifische Stigmatisierungen hervorbringen und überlebten Rollenklischees den Boden bereiten. Absolut. Das ist auch meine Meinung. Wobei ... also mal angenommen, rein fiktiv, ein Mädchen würde partout nicht mit der hellblauen Plastikbohrmaschine rrrrrrrrr rrrr rrrrrrrrr rrr machen wollen, mit der rosafarbigen aber auch nicht, es würde, total fiktiv, wie gesagt, immer nur nach der Barbie greifen und auch die mondphasengerecht verarbeitete Olivenholz-Spielzeug-Eisenbahn ignorieren – was dann? Dann könnte man das unter Umständen ganz okay finden, sofern man dem Kind eindringlich erklärt, dass Barbie ein MINT-Fach studieren sollte, also zum Beispiel Bergbau oder Bohrtechnologie, um später als Gleichstellungsbeauftragte in einem großen, vormals männlich dominierten Konzern unter Ausschaltung der gläsernen Decke Karriere zu machen, was schließlich dazu führen wird, dass sie Ken feuert. Somit geht ein Jahrhundert sinnloser Geschlechtsrollenkriege zwischen Mars und Venus zu Ende, um einem intergalaktischen Frieden zu weichen, der dann auch die langen Einschübe in Klammern überflüssig macht, was alle sehr begrüßen werden.)

Anton passt gut auf. Ich doziere. »Erstens: Fahrrad auf den Kopf stellen.« Ich drehe Antons Bike um und stelle es auf den Sattel. Es fällt um.

»Aha«, sagt Anton.

Ich richte das Rad wieder auf. »Zweitens, Loch suchen.«

Anton sagt: »Hinterrad.«

»Mist«, sage ich.

»Warum?«

»Weil man das Vorderrad leichter ausbauen kann. Hinten ist ja die Schaltung und all das. Ist aber auch kein Problem. Jetzt müssen wir den Schlauch unter dem Mantel hervorholen. Bring mir doch mal zwei Schraubenzieher und zwei Schraubenschlüssel. Bitte.«

Anton verschwindet im Keller und bringt mir einen Hammer. Ich gehe selbst in den Keller und nehme mir vor, Anton zu einem Basiskurs »Werkzeug« anzumelden. Wie kann das sein, dass ein Junge nicht weiß, was was im Werkzeugkasten ist? So ein Nerd!

(Der Nerd fragt sich oft, wie das sein kann, dass sein Vater bei seinem Smartphone nie so genau weiß, was was ist. Insofern hat Anton einen klaren Vorteil: Mit dem Wäscheständer fällt er zwar die Kellertreppe runter, weshalb er niemals einen Millennium Falcon wird reparieren können, aber sein Vater fällt auch mit dem Wäscheständer die Kellertreppe runter und kann keinen Millennium Falcon reparieren. Doch obendrein kann er ihn nicht programmieren.)

»So, und jetzt ganz vorsichtig den Schlauch hervorholen, siehst du?«

Anton sieht.

Er sieht, wie ich den Schlauch nicht hervorbringe, weil der sich wegen der komplizierten Bremse und der komplizierten Schaltung und der komplizierten Hinterradaufhängung nicht hervorbringen lässt.

Bestürzt stelle ich fest, dass sich in der Fahrradherstellung während der letzten vierzig Jahre offenbar doch einiges getan hat.

»Macht auch nichts«, sage ich. »Dann bauen wir eben das ganze Hinterrad aus.«

Anton schaut auf seine Uhr.

Wie ich bald feststelle, habe ich nicht das passende Werkzeug für den Ausbau des Hinterrades, so sehr ich im Keller, während Anton im Garten öfter mal auf die Uhr schaut, auch danach fahnde. Pia schaut auch auf die Uhr. Julia und der Hool kommen dazu. Papis Do-it-yourself-Kurs geht irgendwie den Bach runter.

Zwei Stunden später gebe ich auf und fahre am nächsten Tag, am Montag, erst Anton zur Schule und am Nachmittag, als geheime Aktion ohne Pias Kenntnis, mit Anton und dem Fahrrad in die Stadt, in eine Werkstatt namens »Dr. Bike«.

Wir landen offenbar beim Oberarzt auf der Intensivstation. Dort wird mir erklärt, dass man für dieses spezielle Rad und diese spezielle Schaltung spezielles Werkzeug benötige. Das Flicken kostet mich einschließlich neuer Bremszüge 50 Euro. Nichts, was man bei der Krankenkasse einreichen könnte.

»Kein Wort zu Mama«, schärfe ich Anton auf der Rückfahrt ein.

»Geht klar, Nettelbeck.«

Am nächsten Tag sage ich zu Pia, dass ich Antons Rad klargemacht habe und er alles, was man über das Fahrradflicken wisse müsse, von seinem Vater gelernt habe.

Pia freut sich.

Männer müssen auch mal Geheimnisse haben. Unseres heißt ab jetzt »Dr. Bike«.

Blöd nur, dass, wann immer ich mir der Existenz meiner zwei linken Arme bewusst werde, vor dem Familienpublikum, etwa, weil ich irgendwas aufschrauben, abschrauben, hinschrauben muss und das nicht allzu geschickt aussieht, von Anton erst ein Grinsen und dann ein »Dr. Bike« kommt. Und Pia will immer drängender wissen, was das bedeutet. Aber Anton hält dicht. Ganz im Gegensatz zum neuen Fahrradschlauch.

Einige Zeit später, kurz nach den Wochen, die eher verregnet und daher so lustig wie ein Paar alter Gummistiefel sind, ist das Leben im Prinzip so etwas wie ein einziges großes Feierabend-Outdoor-Event. Das Wetter ist fast wochenlang schön, und es wäre – abseits meines Lebens im von schwarzen Dohlen umkreisten Büroturm, also abseits von »nine to five« – herrlich, draußen zu sein. Sehr richtig: es wäre.

Man könnte wenige Minuten nach Büroschluss im Garten sein. Es ist schon richtig lange hell. Oder man könnte im Biergarten sein. Oder im Englischen Garten. Oder man würde zum See fahren. In die Berge, meinethalben. München kann ja so schön sein. Unser Garten könnte auch sehr schön sein, falls ihn mal jemand unter dem Dschungel, der sich hier in den letzten Jahren ausgebreitet hat, ausbuddeln würde.

Notfalls würde ja ich das machen. Hauptsache: draußen. Neo-Nature ist das Gebot der Stunde, heißt es. Outdoor boomt, sagt man, »draußen« ist das neue Drinnen.

Ich bin damit sehr einverstanden, brauche dazu allerdings weder einen Klettergarten noch ein Campingzelt noch eine Anmeldung zum Überlebenstraining mit Feuermach-Schnellkurs im Truderinger Wäldchen. Ich bin ein ganz einfacher, pflegeleichter »draußen«-Mensch. Gebt mir eine Bank in der Sonne und ein paar gute Zeitungen und lasst mich dann einfach ein paar Stunden allein. Das ist Nettelbeck-Outdoorismus vom Feinsten.

Doch Pia hat andere Pläne mit mir. Indoor-Pläne gewissermaßen.

Eines Abends kommt sie ganz begeistert von der Hort-Elternsitzung nach Hause. Julia ist ja Freigängerin nach der Schule, die würde uns was husten, würden wir versuchen, ihre Selbstständigkeit auch nur anzutasten. Anton wird nachmittags an seiner Schule »betreut« (klingt irgendwie nach Seniorenstift, bedeutet aber tatsächlich: Fußball bis zum Gehtnichtmehr) – und Max verbringt seine Nachmittage im Hort neben der Grundschule. Max liebt den Hort. Er ist dort der Rädelsführer und darf sein Hool-Gen austoben.

Pia liebt den Hort ebenfalls. Nach besagter, ausgesprochen euphorisierender Hort-Sitzung berichtete sie von einem neuen Erzieher. Irre engagiert sei der, irre kinderlieb, irre pädagogisch, irre aufgeschlossen und (wie ich von Anfang an vermutet habe, misstrauisch ob der Euphorie, denn Pia kommt normalerweise eher depressiv verstimmt von Elternabenden aller Art zurück): irre gut aussehend.

Werner also.

Werner, der trotz seines irre deutschen Namens nicht wie der geborene Horterzieher für Grundschulkinder aussieht, sondern eher nach Jamaica: Ihn kann man sich gut an der Steeldrum am Strand vorstellen. Er ist der neue, gendermäßig korrekte Latino-Faktor im Hort. Pia ist begeistert. Vor allem von einer »supertollen« Karibik-Werner-Idee, die aus mir in den nächsten Wochen nicht nur einen Indoor-Fan, sondern auch einen Schrauber machen soll.

Werner ist nämlich nicht nur ein engagierter Pädagoge, sondern obendrein ein Modellbau-Freak.

Scheint das Gegenteil von mir zu sein. (Obwohl, ehrlich, ich bin auch irre gut aussehend. Aber Pia hat das nach fünfzehn Ehejahren vergessen, und ich schaffe es nicht mehr, ihr das ins Gedächtnis zurückzurufen. Überdies behauptet sie, ich sei nie irre gut aussehend gewesen, aber nett, was jedoch bereits fünfzehn Jahre zurückliege.)

Jedenfalls sollen wir jetzt ein ferngesteuertes Auto mit Elektromotor bauen. Wir: die Hortkinder und die Väter der Hortkinder. Konkret: Max und ich. Insgesamt sind wir ein knappes Dutzend Ich-lerne-noch-Schrauber. Ab jetzt treffen wir uns an jedem Freitag ab siebzehn Uhr. Statt Outdoor: drinnen. Ein paar Wochen lang. Kurz vor den großen Ferien soll dann das Abschlussrennen in der großen Sandgrube hinterm Hort abgehen.

Der große Preis von Waldtrudering.

Werner entpuppt sich nicht nur als Pädagoge und Modellbau-Freak, sondern auch als eine Art Bernie Ecclestone von Waldtrudering. Er hat tatsächlich vor, den Kurs von Monza nachzubauen, im kleinen Maßstab. »Schumi«, sagt er mir eines Tages, »hat dort fünfmal gewonnen.« Der Mann von der Steeldrum ist Schumi-Fan. Soso.

Pia hat uns in ihrer Begeisterung spontan angemeldet und einen Modellbausatz bei Werner bestellt: Der Tamiya Super Fighter wird also in Zukunft das, was der Bier- oder Eigengarten (was in gewisser Weise aufs Gleiche hinausläuft, biertechnisch) für mich hätte sein können, jeweils am Freitag: mein Hobby.

Wir kriegen Gruppenrabatt. Und im Internetforum wird

der Super Fighter als »prima Einstiegsmodell« gepriesen. Was in solchen Schrauber-Foren für ideologische Diskussionen um die richtige Schraube abgehen, das glaubt man ja nicht.

Im Fernsehen sehe ich eine Reportage über drei Männer. Der eine baut die *Titanic* im kleinen Maßstab nach, der zweite ein Modellflugzeug von der Größe eines kleinen Autos – und der dritte baut so etwas wie meinen Super Fighter. Aber im Profi-Modus.

Es ist, meine ich, nicht nur eine Reportage über drei Männer, die gerne jede freie Sekunde ihres Lebens im Bastelkeller verbringen, sondern eine Story über drei gefährliche Irre.

Danke, Mann aus der Karibik, danke.

Pia dachte (behauptet sie), ich wäre begeistert. Sie argumentiert so: Weil es viel zu viele Frauen als Erzieherinnen gäbe, aber viel zu wenige Männer, deshalb müssten die Kinder immer Blumen pressen oder Topflappen häkeln, auch wenn das nicht artgerecht sei. Das typisch Männliche käme so zu kurz. Werner ändert das. Autos. Jungs. Väter. Ha!

Komisch, sonst ist Pia die ultimative Gleichstellungsbeauftragte. Jungs können gar nicht genug Feminismus mitbekommen – aber jetzt findet sie die Kombination von Kerlen und Modellbausätzen plötzlich attraktiv. Ich vermute, hinter dem Plan steckt das Motiv, mich a) am späten Freitagnachmittag los zu sein und mich b) in den Hort zu locken, wo ich mich sonst nie blicken lasse. Und vielleicht noch c) Werner als Bernie Ecclestone zu erleben.

Wer weiß?

Vielleicht steckt in meiner Frau, tief im Unbewussten vergraben, ein wahres Boxenluder von Weib, das sie bisher geschickt verborgen hat vor mir. Das will jetzt raus, das Boxenluder. Deshalb müssen Max und ich schrauben, schrauben, schrauben.

In der Formel 1 ist das nicht anders. Es gibt den Schumi oder den Bernie, also Werner, dann das Boxenluder, also Pia – und dann noch den Mechaniker, das wäre dann ja wohl meine Rolle. Max ist vermutlich Technikchef.

»Ist doch toll, Nettelbeck, du und Max und die anderen Väter und ihre Jungs. Und Autos. Als Kind hast du doch bestimmt auch immer an irgendwelchen Flugzeugen oder Schiffen aus dem Modellbauladen herumgebastelt, oder?«

Ach, Pia. Nein.

Ehrlich: nein.

Tag eins des Martyriums. Freitag, siebzehn Uhr, im Hort. Wir sind im Bastelraum und sitzen auf Bierbänken an einer großen Tischtennisplatte. Der Bausatz liegt vor Max und mir: fünf verschiedene Kartons, Batterien, Anleitungen.

Der Hort-Workshop »Kerle und Motoren« (K&M) ist vollständig. Nicht alle sind freiwillig hier, wie mir scheint.

Wie war das noch mal? Dahinter steckt meistens eine starke Frau? Wie wahr.

Die eine Hälfte des K&M-Teams schraubt und stöhnt. Das sind die natürlichen Nicht-Schrauber. Andere schrauben und fachsimpeln. Das sind die echten Schrauber.

Ich persönlich hätte kein Problem damit, den echten Schraubern sowohl die Formel 1, die Statistik über

Schumi-Rekorde sowie die Weltproduktion an Modellbausätzen zu überlassen. Von mir aus: gerne.

Der Erste, der nach einigen ermüdenden Freitagnachmittagen »Fertig!« ruft und sich beifallheischend umschaut, ist der Typ aus der ersten Reihe. Eindeutig: Schrauber.

Man hätte drauf wetten können. Am Beginn des Modellbau-Workshops in Maxens Hort hat sich der Typ als Jens vorgestellt. Stolz zeigt Jens jetzt sein fernsteuerbares Auto herum. Nicht nur fertig montiert. Dazu hübsch angemalt. Ich wende mich ab. Mein Auto ist noch nicht mal als Auto erkennbar. Es könnte auch ein Toaster werden. Ein Toaster mit Rädern. Max wendet sich ebenfalls peinlich berührt ab.

Jens hat eine sorgfältig drapierte Noch-ganz-verwuschelt-Frisur, zu der er ein Ich-wäre-so-gerne-cool-Kinnbärtchen sowie eine Mann-die-war-echt-sauteuer-Designerbrille trägt. Klar, ich bin ungerecht. Jens ist die Freundlichkeit und Hilfsbereitschaft in Person. Er hat stets den richtigen Schraubenzieher zur Hand.

Und als ich einmal sage: »Danke für den Hydroschraubenschlüssel«, da lacht er. Zumindest ist er *Star Wars*-Zitate-sicher, er erweist sich als Mann mit einer gewissen humanistischen Bildung.

Jens ist der Oberchecker in unserer Runde. Ein Modellbau-Ass. Ohne ihn würde unser Toaster-Auto noch weniger nach Auto aussehen, nicht einmal nach Toaster, sondern nur nach Schraubensortiment. Unsortiert.

Mir fehlt einfach das Schraub-Gen.

Und wenn du das gewollt hast, Pia, denke ich manchmal, dann hättest du eben jemanden heiraten müssen, der zum ersten Date einen Blaumann trägt und dir zum zweiten Date einen Satz Schraubenschlüssel schenkt.

Pia ist manchmal erschreckend atavistisch: Was sie eigentlich braucht, wäre eine Mischung aus frühem Homo sapiens, Meister Proper und Han Solo. Bekommen hat sie mich.

Den Mann aus dem Büro, der um Hilfe ruft, sobald der Kopierer klemmt.

Nicht dass ich deswegen die Scheidung einreichen würde: wegen des Modellbau-Workshops. Tatsächlich habe ich nur ein einziges Mal daran gedacht, ganz kurz nur. Das war zwischen der Montage »Motor connector« und der Montage »Receiver connector«, als ich versucht habe herauszufinden, was was ist. Wobei ich die Warnung »Always use receiver with BEC!« ignoriert habe.

Die Talentierten haben das nicht ignoriert. Es sind ja keine Ignoranten. Sie sind schnell fertig. Die Okay-Schrauber brauchen etwas länger. Und die letzten Löter brauchen noch länger.

Ich bin meistens am längsten da. Und Max auch. Wir sind ja ein Team. Das Team Nettelbeck.

Umgeben sind wir im Bastelzimmer von Putzlappen, Farbe, Pinsel, Schraubenzieher, Flachzange, Seitenschneider, Schere, Modellbaumesser, Schraubenzieher (groß) und Schraubenzieher (klein). Ein Döschen Fett leistet uns Gesellschaft. Und natürlich Workshop-Werner und Oberchecker-Jens. Auch noch da: mein Banknachbar Henry, der ebenfalls zu einigen Wochen Väter-Söhne-Modellbau-Workshop verknackt wurde.

Als Jens »Fertig!« ruft, weil er sein verdammtes Auto

schon zusammengeschraubt hat, zischt Henry ein verächtliches »Streber« in seine Richtung. Ich ergänze flüsternd: »Lehrers Liebling.« Wie in der Schule oder im Hort, kindisch, könnte man denken.

Was soll ich sagen: Wir sind ja auch im Hort.

Zurzeit hänge ich übrigens bei Punkt 26 der notdürftig aus dem Taiwanesischen ins Seltsam-Englische übersetzen Bauanleitung fest (»Steering adjustment«). Die Taiwanesen raten: »Adjust so that the uprights are parallel to each other with the servo in neutral.«

»Schubstangen«, raunt Jens.

Ich sage »Aha.«

Und Werner meint: »Sollten parallel sein.«

Danke, Freunde der Modellbaukunst! Großer Gott.

Sie sind aber nicht parallel, die verdammten Schubstangen.

Offenbar habe ich zuvor statt der 3x12mm-Schrauben vom Typ BC4 die 3x10mm-Schrauben vom Typ BA9 erwischt. Außerdem habe ich möglicherweise den Hinweis »Secure switch cable with sponge tape« ignoriert, schon deshalb, weil ich nicht weiß, was das »switch cable« sein könnte, weshalb auch aus Punkt 25 (»Attaching gearbox«) nichts werden konnte. Abgesehen davon, dass mir auch die Gearbox ein Rätsel und mindestens eine Blackbox ist.

Ich könnte Max fragen, aber Max ist immer nur die ersten zehn Minuten bei der Sache. Danach ist er im Sandkasten, auf der Schaukel oder am Kicker. Oder an einem anderen vernünftigen Ort, der weit weg ist von taiwanesischen Schubstangen.

Auch die anderen Hortkinder trollen sich und lassen

ihre Väter lieber allein mit den Schrauben vom Typ BC4. Vermutlich ist das ganz im Sinne mancher Väter. Endlich mal allein mit der Gearbox – fernab vom Eheweib.

Der Witz an der Geschichte: Ein paar Wochen später weiß ich, ja: ich!, wie man so ein Auto zusammenschraubt, ich könnte mich jetzt jederzeit mit den Ferrari-Ingenieuren auf Augenhöhe unterhalten. Und Max sich mit Sebastian Vettel.

Denn Max, der nicht eine Schraube geschraubt hat, erweist sich überraschenderweise als Meister der Fernsteuerung. Souverän gewinnt er das große Rennen im Hort. Pia ist dabei und sichtlich beeindruckt vom Team Nettelbeck. Seither sind wir fast schon Modellbaufans. Fast. Die Läden in Bahnhofsnähe, in denen es fernsteuerbare U-Boote, fernsteuerbare Doppeldecker und fernsteuerbare Super Fighter gibt, oft zwischen einem Shop für illegal importierte Druckerpatronen und einer Schnellreinigung gelegen, sind mir aber immer noch nicht ganz geheuer.

Obwohl die mich jetzt dort kennen. Dass das Auto pünktlich zum großen Rennen fertig wurde, war wieder so ein Dr.-Bike-Deal.

In einer Welt, in der alle wieder alles selbst machen wollen, muss wenigstens einer die Erinnerung an die gute alte entfremdete Welt der arbeitsteiligen Gesellschaft wachhalten. Das übernehme ich.

Das Geheimnis eines sehr schnellen Super Fighters besteht aus: einem Hool an der Fernsteuerung und aus falsch eingebauten Schrauben vom Typ BA9. Dazu kommt noch ein bisschen Dr.-Bike-Geheimwissen. Die Modellbau-Irren, die es auch unter den Radlflickern gibt, haben mir den

Super Fighter ordentlich getunt, was mir zwar nicht fair, aber ungemein gerecht erscheint – in der Formel 1 ist kein Platz für Weicheier.

Pias bewundernder Blick für ihren Mann, den großartigen Modellbau-Freak und begnadeten Schrauber, als Max den ersten Preis (ein Schraubenschlüsselsortiment aus der Grabbelkiste des Baumarkts) überreicht bekommt: Das war es mir echt wert. Pia ist ein wirklich scharfes Boxenluder, wenn sie will.

Juni

Dienstag, 18.06. 19:00
Hallo Pia,
anbei (bitte vertraulich) die Koordinaten von dem Eheberater, der uns damals so sehr geholfen hat. Vielleicht liegen eure Probleme ja auch gar nicht so tief, vielleicht brauchst du einfach nur mal 'ne kurze Auszeit, bisschen Entspannung. Wäre ja auch kein Wunder bei dem Tempo, das du immer vorlegst. Lass uns lieber telefonieren. Nur ist bei dir immer besetzt, wenn man dich erreichen will. Tritt mal kürzer, ich sage nur: Burn-Out! Vorsicht!
Deine Verena

PS: Habt ihr eigentlich die Textaufgabe 7f in Rechnen rausgekriegt? Falls ja: Ruf doch mal kurz durch, ja? Bitte heute noch.

Die Ehe von Klimaforschern, Meteorologen und von Leuten, die einen heraufziehenden Wetterumschwung im linken Armgelenk spüren oder schon deshalb vorausahnen, weil die rechte Augenbraue vor dem Schlafengehen juckt, stelle ich mir als eine einigermaßen stabile Angelegenheit vor.

Eine Ehe unter Wetterkundigen müsste, denke ich, ohne große Überraschungen auskommen. Und wenn es doch mal kracht, dann weiß man wenigstens, warum und wieso.

Im Grunde ist das reine Physik: Hochdruck, Tiefdruck, fertig.

So im Prinzip.

In unserem Fall – weder Pia noch ich sind mit meteorologischen Kenntnissen oder juckenden Augenbrauen ausgestattet – entlädt sich der Nettelbeck'sche Jahrhundertsturm ohne Vorwarnung.

Einfach so, aus heiterem Himmel, am Esstisch.

Und das an einem milden Frühsommertag. Zur Rushhour in Sachen Schularbeiten allerdings, spät am Nachmittag.

Und: Es ist ein Donnerstag. Donnerstage sind in familiären Klimazonen mit schulpflichtigen Kindern anfällig für Jahrhundertstürme: An Donnerstagen hat man schon 110 Prozent seiner Energie verbraucht, die Batterien sind leer wie Kariert-ohne-Rand-Schulhefte am ersten Schultag. Aber der Freitag, das rettende Ufer, ist noch so fern, wie es die Pfingstferien sind. Schüler, Lehrer und Eltern sind an Donnerstagen verletzbar, sie sind am Ende ihrer Kräfte und befinden sich am Rande eines ernsten Nervenleidens.

Interessant wäre es zu erfahren, an welchen Wochentagen die Menschen bevorzugt beschließen, hysterisch zu werden, einen Amok zu begehen, einen Fachanwalt für das Scheidungsrecht zu konsultieren, die Schule vor dem Abi zu verlassen, um Taekwondo-Profi ohne Latinum zu werden – oder um von Physiklehrer auf Blumenbinder beziehungsweise von Erdkundelehrerin auf Immobilienmaklerin umzusatteln.

Mein Tipp: Es ist ein Donnerstag.

Das Jahrhunderttiefdrucksystem, welches ursächlich ist für den Jahrhundertsturm im Hause Nettelbeck, heißt übrigens »Pia«.

Pia findet, »Heinrich« wäre ein guter Name für das Desaster.

Ich komme also zur Tür rein und werde praktisch im gleichen Augenblick überfahren. Am Tisch sitzt Pia mit Max bei den Hausaufgaben. Sie haben schlechte Laune. Und wenn Maxens Lehrer das Ergebnis der Hausaufgaben studieren wird, wird er auch schlechte Laune bekommen.

Der Wahnsinn hat übrigens Methode und einen Namen, er heißt »Textaufgabe«. Textaufgaben sind bestimmte Rechenaufgaben in der Grundschule, die das Rechnen mit dem Alltag verknüpfen sollen. Zum Beispiel: »Milan ist neun Jahre alt und 1 Meter 20 groß. In den nächsten fünf Jahren wächst er um durchschnittlich 0,06 Meter pro Jahr. Wie groß ist Milan an seinem 14. Geburtstag?«

Ja, das geht noch. Noch.

Aber es gibt auch Lehrer, die sich Anspruchsvolleres ausdenken: »In eine Badewanne passen genau 175,7 Liter. Wenn Susi um 14 Uhr 27 das Wasser anstellt und pro Minute ... wobei der Wasserdruck um 14 Uhr 32 abfällt ... um 34 Prozent ... Frage: Wann ist die Wanne voll? Unterfrage (4g): Und wenn sich Susi vorher hineingelegt hat, wie schwer ist Susi? Wie groß ist sie? Unterfrage (4j): Und was steht auf der Wasserrechnung am Ende des Jahres?« So Sachen.

Aha. Voll der Alltag.

Gut, das mag jetzt überzeichnet sein. Aber es ist trotzdem wahr.

Wobei die Schuld nicht immer bei den Lehrern liegt.

Gelegentlich auch bei den, nun ja, hausaufgabenbetreuenden, übermotivierten Helikopter-Übermüttern. Nur gelegentlich natürlich.

Ganz lebensfremd ist das.

Im Grunde.

Nur manchmal …

Also. Nachbar Jörn, ein sehr netter Walddagobah-Bewohner, hat mir dazu mal als Trost einen Clip aus dem Internet geschickt. Der Clip mit dem Titel »Mathe-Hausaufgaben« wird im Netz hunderttausendfach geliked. Ich möchte wetten: vorzugsweise von Männern – heimlich.

Die Szene: ein gemütlicher großer Esstisch, eine schicke Küche, darin hantiert eine hübsche blonde Tiger-Mom. Sie hat gute Laune. Draußen scheint die Sonne. Die auch gute Laune hat. Ihr Sohn, ebenfalls gut gelaunt, kommt herein. Unterm Arm trägt er einen Fußball. Der Sohn heißt Florian.

Florian sagt: »Ich geh dann mal zu Lukas. Fußball.«

Tiger-Mom (weiche Stimme, zärtlich fürsorglich): »Hast du die Mathe-Aufgaben denn schon fertig?«

Florian: »Ja. Bis später.«

Tiger-Mom (etwas bestimmter im Ton): »Nee, Florian, bevor du gehst, will ich da noch mal drübergucken.«

Florian lässt die Schultern sinken. Aber er holt brav sein Heft.

Nächste Szene. Tiger-Mom liest sehr betont, gedehnt und extra langsam aus dem üblichen Kariert-ohne-Rand-Heft vor: »Ein Radfahrer fährt in einer Stunde zwanzig Kilometer. Wie viele Kilometer legt er in zweieinhalb Stunden zurück?«

Florian: »Fünfzig Kilometer. Hab ich doch da hingeschrieben.«

Tiger-Mom denkt nach. Dann (streng, tadelnd, aber pädagogisch gut gemeint): »Nicht einfach so husch-husch hinschreiben. Immer erst ganz genau den Sachverhalt studieren. Hier zählen die relevanten Fakten.«

Nächste Szene. Sie sitzen am Tisch. Die Sonne scheint nicht mehr ganz so hell in die Küche. Florian hat den Kopf auf die Tischplatte gelegt. Tiger-Mom liest die Aufgabe nochmals vor, seufzt, sagt: »Also, das Niveau hat bei euch ganz schön angezogen. Puuuuhhh.« Sie liest die Aufgabe abermals laut vor.

Nächste Szene: Es ist fast dunkel draußen. Tiger-Mom telefoniert, um bei Lukas abzusagen: »Ja, der Florian schafft das heute nicht mehr. Wegen Mathe. Wir sitzen immer noch dran. Ihr seht euch ja morgen.«

Florian mault.

Tiger-Mom (sehr streng jetzt): »Hausaufgaben gehen vor!«

Sie liest erneut die Textaufgabe vor, sagt: »Das ist nicht ohne. Nicht ohne.«

Dann bringt sie Tassen und Teller, um die unlösbare Aufgabe anschaulich zu machen. Eine Tasse: ein Kilometer.

Später: »Unglaublich, was die von euch verlangen.«

Noch später, noch lauter: »Also, das gibt es doch nicht!«

Ab hier die Kurzfassung: Die Mutter ist mittlerweile hysterisch, die Stimme schrill. Die Sonne hat sich verzogen. Florian schläft am Tisch. In diesem Augenblick kommt der Vater offenbar gerade von der Arbeit nach Hause. In sein Heim. Sein sonst so gemütliches Heim.

Naiv will er wissen: »Na, was ist denn hier los?« Er hängt den Mantel weg.

Sie blafft ihn an, brüllt: »Du brauchst dich gar nicht erst auszuziehen! Wir müssen zu Florians Mathe-Lehrerin. Los. Der Arme wollte heute eigentlich spielen gehen, aber wir sitzen schon den ganzen Tag an der Mathe-Hausaufgabe. Die ist dermaßen schwer. Das kann nicht sein, dass die unseren Kindern die ganze Freizeit stiehlt. Das lasse ich mir nicht bieten.«

Sie wendet sich, ganz Furor, Zorn und mütterliche Löwinnen-Natur, zur Tür. »Und wenn wir zurückkommen, dann schaue ich mir die Erdkunde-Hausaufgabe an.«

Das ist keine Drohung. Das ist ein Versprechen.

Wie gesagt: total überzeichnet. Aber: herrlich. Danke, Jörn!

Und so wahr.

So viel zu Maxens Textaufgaben. Von Julia ist zu hören, dass sie in Latein schon wieder ... weshalb sie schon wieder schlechte Laune ... und dann muss ein neuer Termin gefunden werden, an dem Anton ... aber wer soll das denn machen ... also, ich kann nicht ... aber ich auch nicht ... und wer macht heute das Abendessen ... das wolltest du doch ... aber ich habe mich doch schon gestern und vorgestern drum gekümmert ... gibt es halt Pizza ... aber das ist nicht gesund, immer diese Pizza ... aber wieso denn »immer«, das stimmt ja gar nicht, und ich kann ja auch Nudeln machen ... genau, mit Fertigsoße, supertoll, wieder kein richtiges Essen ... und hast du eigentlich an die Milch gedacht ... wie sollte ich denn das auch noch schaffen ... ich musste ja auch aus dem Büro früher weg wegen der blöden Handwerker ... also bitte, wenn das meine einzige Sorge wäre ... ach ja, was sind denn deine Sorgen, denkst du, ich habe keine Sorgen ... müssen wir denn das immer vor den Kindern ... schon wieder dieses »immer«, ich höre immer »immer« ...

Zusammenfassung: Whhhhaaammmmmm!

Der Blitz schlägt ein, es kracht, es scheppert, es stürmt.

Jahrhundertmäßig.

Die Sonne versteckt sich. Wie im Spot. Pia zornbebt. Wie im Spot. Ich bin ratlos. Wie im Spot.

Nur dass das Leben kein Spot ist. Schade eigentlich.

Die schlechte Laune steigt über die Ufer. Die Dämme bersten (es sind die Das-kriegen-wir-schon-hin-Dämme). Der Katastrophenschutz versagt (es ist der Jetzt-mal-locker-bleiben-Katastrophenschutz).

Hätte es danach eine Sondersendung im Fernsehen gegeben, so hätten die Experten genau erklären können, wie sich alles zusammengebraut hat, wobei jemand hätte sagen können: »Generell muss der Esstisch der Nettelbecks als eine Zone betrachtet werden, in der es immer häufiger zu solchen Unwettern kommen kann.«

In diesem Fall ist der Klimawandel wohl das deutsche Schulsystem, der aufgeheizte Atlantik wäre demnach das G8-Gymnasium, das Tief über Island ist Dr. Gröbke, und die Eisluft polaren Ursprungs besteht hauptsächlich aus Pias Terminkalender-Einträgen. Die Folgen: Orkanböen, Hagelkörner in der Größe von Überraschungseiern, Geschrei, Gezeter, Schuldzuweisungen, Tränen – und verstörte Kinder.

Sturm halt. Roland Emmerich könnte unseren Esstisch

verfilmen und hätte genug Stoff für eine neue Weltuntergangssaga.

Familienalltag ist manchmal: Leben mit dem Sturm. Da kann schon mal was zu Bruch gehen.

Ehen zum Beispiel.

An dieser Stelle, die Nettelbecks wurden gerade zur akuten Gefahrenzone erklärt, muss der Moderator der Sondersendung *Schwere Orkanschäden in Waldtrudering: Spielt das Wetter verrückt?* eine besorgte Miene aufsetzen und den Experten fragen: »Hängt die Zunahme solcher Wetterextreme mit dem Klimawandel zusammen?«

Der Experte: »Wissenschaftlich fällt es schwer, sich auf solche Aussagen einzulassen, die Daten vom Esszimmertisch der Nettelbecks müssen erst über einen längeren Zeitraum betrachtet und dann sorgfältig ausgewertet werden.«

Das ist natürlich ein windelweiches Nullstatement. Aber der Moderator ist ein Profi, er lässt nicht locker.

»Kann man ausschließen, dass Julias Lateinunterricht damit zu tun hat? Und Pias Zeitdruck?«

Der Experte guckt ernst in die Kamera und sagt: »Klima ist eine komplexe Angelegenheit, in der viele verschiedene Faktoren zusammenspielen. Auch die Tatsache, dass Nettelbeck es verpasst hat, Anton rechtzeitig zum Klavierunterricht zu bringen, spielt hier mit hoher Wahrscheinlichkeit eine Rolle.«

»Ja«, antwortet der Moderator, »allerdings muss man dann wohl auch berücksichtigen, dass Pia den Haustürschlüssel vergessen hat, weshalb Nettelbeck aus dem Meeting gescheucht wurde, um ihr seinen zu geben, weshalb er ein bisschen barsch war unten am Parkplatz, was dazu führte, dass sich Pia ungerecht behandelt fühlte und …«

»Das ist alles richtig«, sagt der Experte, »aber obendrein hatte Pia schon länger das Gefühl, alles allein stemmen zu müssen, was letztlich zu einer dramatischen Abkühlung in der oberen Stratosphäre führte. Tatsächlich ist seit Beginn der Wetteraufzeichnungen in der Nettelbeck-Ehe …«

Der Moderator sagt später: »Auch wenn hier besondere Umstände auf besonders katastrophale Weise zusammenwirken, so lässt sich doch feststellen: Die Stürme ereignen sich immer häufiger, sie entwickeln immer entsetzlichere Kräfte, und insgesamt gilt: Nettelbecks, zieht euch warm an! Das war's vom *Brennpunkt*. Schönen guten Abend!«

Die Nettelbecks sind wieder allein mit ihren Sturmschäden, für die keine Versicherung der Welt einspringt. Auch das Mitleid der Welt hält sich in Grenzen, weil die Welt, insofern sie aus Schülern, Lehrern und Eltern besteht, überall genau das Gleiche erlebt.

Die Nettelbecks sind gar keine Katastrophe, sondern die Regel. Die Norm. Der Alltag. Und das, es ist perfide, macht alles sogar noch schlimmer.

Dass man nicht mal im Scheitern einzigartig sein kann: Das ist wirklich böse.

Am Ende, der Sturm hat sich gelegt und viel Tristesse zurückgelassen, steht der Satz: »Ich lasse mich scheiden« beziehungsweise »Nein, ICH lasse MICH scheiden« beziehungsweise »Das ist mal wieder typisch Nettelbeck« beziehungsweise »Das ist mal wieder typisch Pia« … Und die Kinder gucken stumm und entsetzt auf ihre Eltern, die sich fetzen. Am Esszimmertisch. Im Auge des Orkans.

Ich sinke seufzend auf die Bank. Pia, die zuletzt auf und ab tigermomte im schmalen Haus der Nettelbecks (es eignet sich für linear-tobendes Auf-und-ab-Marschieren besser als für wütendes Im-Kreis-Herumgehen), setzt sich dazu. Eine Geste der Versöhnung. Ein letzter diplomatischer Versuch, bevor die Ich-lasse-mich-scheiden-Atomraketen tatsächlich gezündet werden.

Sie sagt: »Das habe ich nicht so gemeint.«

Ich sage: »Ich auch nicht.«

Die Kinder sind mittlerweile in Deckung gegangen und nicht mehr zu sehen.

Bald muss sich jemand um das Abendessen kümmern.

Pia sagt, so gehe das nicht weiter.

»Du hast so einen Tunnelblick, Nettelbeck!«

»Und du bist so dermaßen dünnhäutig, Pia!«

»Geht das schon wieder los?«

»Ich meine ja nur, Pia, du wirkst total genervt in letzter Zeit. Reizbar. Und es stimmt ja, du hast deinen Job, und du fährst ständig die Kinder durch die Gegend, und du machst alle Termine, und dann läufst du auch noch in jede einzelne Lehrersprechstunde, und dann kümmerst du dich um gesunde Ernährung und darum, dass wir genug Kultur haben, weshalb wir ins Museum und ins Konzert gehen müssen, und dann muss Anton zum Sport, und Julia und Max müssen zum Sport, und dann ist Kindergeburtstag, und dann organisierst du die Pfingstferien, und dann sind die Hausaufgaben dran, und dann kündigt die Putzhilfe, und dann ist die Waschmaschine kaputt, und dann ...«

»Lasse ich mich scheiden.«

»Genau. Besser nicht.«

»Okay«, sagt Pia, »ich will mich ja gar nicht wirklich scheiden lassen, sondern nur mal ausruhen und nicht zuständig sein. Erinnerst du dich noch an die Bier-Werbung? Mit dem gut aussehenden Typen am Strand. ›Keine Termine.‹ Sagt der – und dann lässt er sich in die von der Sonne aufgewärmte Düne fallen …«

»Ich auch nicht …«

»Was du auch nicht?«

»Ich will mich auch nicht scheiden lassen.«

»Aber ich mich doch, wenn du mich nicht endlich ausreden lässt, damit ich dir erzählen kann, wie sehr diese dauernden Termine …«

»Okay. Düne. Das ist es.«

»Siehst du?«

»Was?«

»Du lässt mich nie ausreden. Und hörst nicht zu. Ich sagte ›Termine‹, nicht ›Düne‹.«

»Doch, Pia! Düne. Keine Termine, stattdessen lieber Düne – das ist es. Ich habe eine Idee. Eine Superidee.«

»Jahrhundertidee?«

»Jahrhundertidee.«

»Wir gehen ins Kino?«

»Nein.«

»Aha. Dann spazieren. Zu den Dünen von München?«

»Nein, Pia, Wellness!«

»Wellness? Du meinst: Honigmandelblütenduftmassagen und Zimtrosenblätterbäder und so einen Quatsch?«

Pia hört sich schon wieder nach vereister Stratosphäre an. Wenn mich nicht alles täuscht, hat der Wind auch wieder zugelegt über dem Esstisch, der jetzt eine Art Abrüstungskonferenzzentrum ist.

»Na ja, Pia, das Problem ist doch deine immerzu schlechte Laune …«

»Meine WAS?«

Schon wieder Atomalarm. Dunkelgrüner Atomalarm. Ganz schmale Pia-Augen.

Jetzt geht es um die Kunst der Diplomatie. Überall Tretminen. Fünfzehnjährige Ehen bringen wunderbare Tage mit sich. Zärtlichkeit. Geborgenheit. Höchste Harmonie. Und vielleicht noch einen Tick mehr Tretminen.

»Also, ich meine: nicht deine schlechte Laune, sondern unsere schlechte Stimmung, das Klima hier, der Stress. Und was wir tun müssen, ist: deine Stressresistenz erhöhen. Du brauchst Entspannung.«

»Nettelbeck, ich bin schon entspannt, wenn du mal die Hausaufgaben checkst bei den Kindern, nicht wegen Radiergummiresten am Esstisch rumnölst, wenn du was Anständiges kochst, an die Milch denkst und dich um die Waschmaschine kümmerst. Das wäre Entspannung pur. Ein mitdenkender, engagierter Mann an meiner Seite, der nicht mein viertes Kind ist: Das ist besser als jede Erdnussölansojasoße-Fußreflexzonenmassage, die es gibt. Glaub mir, ich brauche keine Wellness. Ich will nur keine Blödness. Ich brauche einen Ehemann.«

Die Welt stand kriegerisch am Abgrund, aber jetzt sehe ich Licht am Ende des Tunnels. Wenn Pia boshaft wird, ist das eigentlich ein gutes Zeichen. Obwohl noch immer Donnerstag ist. Aber ich habe jetzt einen Plan. Einen sauguten Plan. Das vierte Kind weiß, wie es geht.

Ich fahre das Notebook hoch, das auf dem Küchentisch liegt. »Pia, das mache ich, ich kümmere mich um die Waschmaschine, bringe Anton übermorgen zum Fußballplatz, fahre Max zur Chorprobe, lerne mit Julia Latein und koche so dermaßen gesund, dass uns Broccoli zu den Ohren rauskommt. Versprochen. Aber du machst jetzt Wellness. Übers Weekend.«

Ich google die Stichworte »Spa« und »Wellness« und »München« und »Hotel« und »Wochenende«.

»Ach Nettelbeck, ich will kein Hotel. Ich will nur mal meine Ruhe.«

»Genau, Pia, aber hier im schmalen Haus geht das eben nicht. Du weißt doch, wenn du da bist, dann ruft dich Max, sobald er die Müslipackung nicht aufkriegt, und Julia braucht dich wegen irgendeinem Fummel, den sie sich bei Zalando bestellen will, und Anton brabbelt dich mit Erzählungen über sein letztes Fußballtraining voll und so.«

»Und so.«

»Ja.«

»Du hast dich vergessen.«

»Äh, ja.«

»Du erzählst mir dann nämlich, wie dein Kollege nervt und wie du es deinem Chef geben wirst, und fragst mich, wo dein blaues Hemd ist und warum das nicht gebügelt ist.«

»Hm.«

»Und dann kommst du spät ins Bett, weckst mich und willst mitten in der Nacht Sex.«

»Pia, die Kinder …«

»Und dann machst du einen auf Ehekrise, hast schlechte Laune und sagst mir, ich hätte schlechte Laune.«

»Also Pia, bitte! Das stimmt doch gar nicht.«

»Tut es wohl.«

»Tut es nicht.«

»Weißt du, wir hören uns schon an wie Max und Anton«, sagt Pia.

»Genau, der reinste Sandkasten hier. Also, Wellness. Du. Ab morgen. Ein Wochenende. Und ich coache das hier alles. Schau mal hier, Schlosshotel Hubertus am Tegernsee. Die haben ein ›Soul-of-the-River-Spa‹ im Angebot. Wie klingt das?«

»Blödsinn. Blödness.«

»Oder hier, das Spa-Paket im Münchner Hof: ›Tanz der Schönheit‹ heißt das. Da kannst du mit der S-Bahn hinfahren. Mit Ägyptos-Vitalwickel, Klangschalen-Meditation, Lomi-Lomi, Nelkenpeeling, Sole-Schwebe-Pool und Gewürzstempelmassage samt Mental-Coaching.«

»Klingt absurd. Was ist denn Lomi-Lomi?«

»Weiß nicht, aber bestimmt vom Feinsten. Und entschlacken kannst du dann auch mal so richtig.«

»Bitte? Schlacke ist was für die Mülldeponie oder ein Zuschlagstoff für Zement. Oder was aus dem Kohlebergbau oder so. Ich bin schlackefrei. Alles Unsinn, entschlacken, von wegen. Wellness entzieht dem Körper keine Schlacke, sondern den Leuten nur das Geld.«

»Na ja, dann machst du eben ein bisschen Detoxing. Du wirst sehen, da kommst du, zack, runderneuert zurück.«

»Und du coachst also wieder mal alles? Während ich derweil im Sole-Pool schwebe und meine Nettelbeckresistenz erhöhe und die Schlacke reduziere, das gefällt mir nicht. Und am Wochenende haben wir so viel vor, das neue Ägyptische Museum wird auch eröffnet, und …«

»Pia, ehrlich, wenn du mal nicht da bist, also, du bist wirklich die Beste und unersetzlich … aber weißt du …«

»Was?«

»Wir haben dann auch weniger Stress. Du machst Lomi-Lomi – und die Kinder und ich genießen auch ein Relax-Wochenende. Ohne Ägyptisches Museum. Das hilft allen.«

»Aha. Das heißt dann wohl, dass ihr nicht rauskommt aus den Pyjamas. Das heißt: Pizza aus der Mikrowelle. Das heißt: keine Hausaufgaben. Und was ist mit Fußball und der Chorprobe? Vokabelnabfragen? Die Waschmaschine reparieren? Einkaufen? Gartenarbeit?«

»Okayokay. Wird alles erledigt, ordnungsgemäß bekleidet.«

»Aber kein Museum?«

»Kein Museum! Das ist nicht verhandelbar. Rote Linie.«

»Hm.«

»Deal, Pia?«

»Deal, Nettelbeck. Aber nicht wegen Lomi-Lomi.«

»Sondern wegen dem Sole-Pool?«

»Nein, nur um zu sehen, wie du klarkommst.«

Das ist Pia, wie ich sie kenne. Ein Pool ist notfalls okay, aber nur, um dann vom Wasser aus zu sehen, wie ich an Land scheitere.

»Also abgemacht, Pia, du fährst am Samstag in den Münchner Hof, verbringst dort das Wochenende – und ich fahre Anton zum Fußballplatz und Max zur Chorprobe. Deal?«

»Deal.«

Wir umarmen uns. Zaghaft. »Und wenn du am Sonntag zurückkommst«, sage ich zu Pia, »dann wirst du tiefenentspannt sein. Ein neuer Mensch. Fit for family sozusagen. Guck mal, die bieten sogar Airbrush-Bräunung an. Du wirst ganz braun sein, wenn du wieder da bist. Wie nach den Ferien.«

»Idiot. Das ist Farbe aus der Tube.«

»Hm. Und weißt du was?«

»Was?«

»Das Nelkenpeeling«, steht hier, »ist auch gut zur Verbesserung des Hautbilds bei Cellulite.«

»Du Fiesling.«

»Ist doch nur ein Scherz.«

»Ja, ein typischer Nettelbeck-Scherz. Aber auch davon erhole ich mich ab morgen: von deinem wirklich großartigen Humor.«

Samstag. Ich stehe früh auf, lasse die Zeitung Zeitung sein, wecke Anton und Max und mache Frühstück. Der Wellness-Marshallplan zur Rettung gewisser Ehegelöbnisse sowie zur Stärkung von Pias Nerven (und meinen erst recht) soll sofort in die Tat umgesetzt werden. Ich rufe Pia ein Taxi. Wellness fängt nicht mit S-Bahn und Bus, sondern mit Taxi an. Pia protestiert nur der Form halber. Die Kinder kommen an die Tür zum Abschied. Sie wissen nicht recht, was sie von alldem halten sollen. Max will wissen, was Wellness ist. Pia erklärt ihm, dass Wellness so etwas ist wie Religion: Man muss dran glauben, dann wirkt es auch. Julia fragt, ob sie mitfahren kann.

»Wir lernen Latein«, sage ich in gespielter Strenge, zwinkere ihr dabei aber zu. Und Anton will wissen, ob sie sein Spiel gegen den FC Arcadia Ost als Livestream mitverfolgen kann.

Pia meint: »Wenn's der Solebademeister erlaubt.« Mir gibt sie einen Kuss, schaut mich grün an und sagt: »Danke. Und viel Glück fürs Wochenende.«

»Kein Problem«, erwidere ich, »das wird ganz easy.«

Ohne dass sie es bemerkt, nehme ich aus ihrem kleinen Köfferchen folgende Bücher wieder raus: *Das ehrliche Elternbuch*, *300 Fragen zur Erziehung*, *Föhn mich nicht zu. Aus den Niederungen deutscher Klassenzimmer* und *Was wir unseren Kindern in der Schule antun*. *Inferno* von Dan Brown lege ich stattdessen hinein.

Das Taxi verschwindet am Ende der Straße Richtung Stadt. Richtung Münchner Hof. Richtung Nelkenpeeling.

Und ich denke: easy!

Die Kinder und ich frühstücken erst einmal, bis Anton sagt, er müsse jetzt zum Fußballplatz. Julia verspricht, sich mit Latein zu befassen. Dabei zwinkert sie mir zu. Was mich irritiert. Ich sage aber nichts.

Ich bin jetzt die Alternative zu Pias paramilitärischer Erziehung. Ich bin relaxt. Easy. Echt easy.

Dann fahren wir los zum Fußballplatz. Max ist auch dabei, den werde ich dann in der Halbzeitpause zur Chorprobe bringen. Unterwegs fragt er mich, ob ich die Noten dabeihätte.

»Wieso ich?«

»Mami hat die immer dabei.«

»Ich bin aber nicht Mami. Nein, ich habe sie nicht dabei.«

»Das ist schlecht«, sagt Anton.

Stimmt. Also fahren wir zurück, was Anton auch wieder schlecht findet, weil er jetzt zu spät zum Aufwärmen kommt. Ich gebe Gas. Zurück am Haus, klingle ich Julia raus. Die mir die Noten von Max runterwirft. Zurück ins Auto. Gas. Anton ist gerade rechtzeitig da zum Spiel. Ich telefoniere derweil mit einem Freund, der mir erklären kann, wie man die defekte Pumpe der Waschmaschine repariert. Anton schießt ein Tor. Hurra. Das gebe ich per SMS weiter an Pia. Ist ja was Schönes. Max macht sich inzwischen dreckig. Egal. Falls ich das hinbekomme mit der Waschmaschine. Ich rufe Julia an, noch mal wegen Latein. Nettelbeck hat die Übersicht.

Julia geht nicht ran. Komisch.

In der Halbzeitpause bringe ich Max zur Chorprobe. Wir sind kaum zu spät. Zurück zum Fußballplatz. Unterwegs Julia anrufen. Nicht da. Seltsam.

Dann vom Fußballplatz nach dem Spiel wieder zur Chorprobe, Max abholen. Max und Anton haben Hunger. Anton müsste mal duschen. Ich telefoniere mit meinem Freund, der ist Miele-Experte, angeblich. Zu Hause klingelt Max an der Tür. Nichts.

»Kannst du aufsperren?«, will Anton wissen. Er muss dringend aufs Klo.

»Ich habe den Schlüssel drin liegen lassen, Julia ist ja da«, antworte ich und klingle jetzt energisch. Nichts.

Ich zögere, aber dann rufe ich doch mal kurz bei Pia im Hotel an, ob sie weiß, wo Julia sein könnte. Ich vermute, bei einer Freundin, aber wo genau?

Pia geht auch nicht ans Handy. Ich versuche es über die

Rezeption. Im Münchner Hof sagt man mir, meine Frau sei gerade im Aromabad. Ich will wissen, ob man mich da durchstellen kann.

»Wenn es dringend ist«, lautet die Antwort.

O ja. Für Anton ist es sehr, sehr dringend. Ich empfehle ihm die Hecke im Garten. Er verschwindet.

»Ach nein«, sage ich, »es ist gar nicht so dringend, meine Frau soll sich ja entspannen. Alles easy.«

Anton, Max und ich stehen etwas unschlüssig vor der verschlossenen Tür. Drinnen sehe ich durch die Glasscheibe meinen Schlüssel. Ich denke mir, dass Julia bestimmt gleich kommt.

»Jungs«, rufe ich fröhlich, »gehen wir erst mal was essen, ja?«

Wir fahren zur örtlichen Schnell-schlecht-essen-Filiale, und ich verpflichte die Jungs zu absolutem Stillschweigen über diese kleine Fastfood-Aktion. Julia geht nicht an ihr Handy. Verdammt.

Anruf im Hotel. »Frau Nettelbeck hat gerade ihre Schoko-Behandlung«, flötet die Dame vom Empfang. Sie will wissen, ob es dringend sei.

»Nö. Gar nicht.«

Wir sitzen, wieder zurück vor unserem Haus, noch ein bisschen vor der Tür und gehen dann in den Garten. Max und Anton rumpeln herum, machen sich dreckig und haben eine halbe Stunde später schon wieder Hunger. Und jetzt muss Max aufs Klo.

Ich rufe den Schlüsseldienst an, zahle ein kleines Vermögen und bin etwas sauer. Auf Julia. Wo ist sie?

Da sehe ich den Zettel. »Bin in der Stadt. Zwinker.«

Zwinker. Sie hat tatsächlich »Zwinker« geschrieben. Na warte, Fräulein, denke ich. Aber erst einmal die Waschmaschine.

Stunden später habe ich die Waschmaschine streng nach Rolfs Telefonanleitung, na ja, etwas zerlegt, weiß aber nicht genau, was der Pumpe fehlt. Rolf meinte, das sei nur ein Handgriff. Aber Rolf ist Schrauber. Ich bin Nicht-Schrauber. Ich rufe Rolf noch mal an. Er sagt, ich solle die Wartungsanleitung von der Maschine ans Telefon bringen. Ich suche die Wartungsanleitung. Ich finde sie nicht, die Wartungsanleitung.

Ich rufe im Hotel an. Warum geht Pia eigentlich nicht an ihr verdammtes Handy? Sie ist doch sonst siamesisch damit verwachsen.

Pia, heißt es, sei beim Mental-Coaching. Ich hinterlasse die Bitte um Rückruf. Es sei dringend. Jetzt doch.

Dann kommt Julia nach Hause. Fröhlich. Ich maule. Sie verzieht sich aufs Zimmer. Leicht übellaunig. Genau wie ich. Und Pia schwebt jetzt, denke ich, im Pool. Okay, morgen ist auch noch ein Tag. Ich mache Abendessen. Es gibt Pizza. Julia und die Jungs dürfen fernsehen – und ich schlafe vor dem Kasten ein.

Ich erwache kurz vor Mitternacht. Die Kinder haben sich selbst ins Bett gebracht. Alles easy, sage ich mir, geht doch, da sehe ich Maxens Zahnspange, die er vergessen hat. Im Keller schaut mich die halb destruierte Waschmaschine an, als wäre sie sauer auf mich. Pia hat nicht zurückgerufen. Ich schicke ihr deshalb eine Mail mit der Betreffzeile »Waschmaschine«. Keine Antwort. Ich schicke ihr eine SMS. Keine Antwort. Ich spreche ihr auf die Mailbox. Nichts.

Hm.

Ich sinke in einen unruhigen Schlaf.

Sonntag. Spät werde ich wach. Unten haben sich die Kinder schon selbst ein Frühstück gemacht. Sehr gut, denke ich. Man muss sie nur in Ruhe lassen, alles eine Frage pädagogischen Selbstbewusstseins. Anleitung zum Selbstständigsein statt Bevormundung. So ist es gut. Und eine schöne Lektion für Pia.

Bei näherer Betrachtung stellt sich das Frühstück allerdings als Nutella-mit-dem-Löffel-Essen heraus. Es gibt ein Donnerwetter, aber weil ich Hunger habe, probiere ich das auch, eigentlich gar nicht so übel, muss ich sagen.

Jetzt aber Latein und die Waschmaschine.

Ich schraube, noch im Pyjama, an der Maschine herum. Ohne Wartungsanleitung. Drei Schrauben bleiben übrig. Sind wahrscheinlich überflüssig. Dann stopfe ich die Schmutzwäsche hinein und schalte an. Es rumort. Na bitte, denke ich, geht doch.

Latein vergesse ich. Julia auch. Die Jungs haben noch die Pyjamas an. Es gibt ein Donnerwetter. Sie müssen noch ihre Hausaufgaben erledigen. Die Kinder sagen, sie hätten Hunger. Herrgott noch mal, muss denn immer was gegessen werden?

Ich schaue im Kühlschrank nach. Leer. Ich habe vergessen einzukaufen.

Wie auch? Bei dem Stress? Ich schaue auf mein Handy. Keine Antwort von Pia. Was treibt sie denn eigentlich? Ist sie mit dem Solebademeister durchgebrannt? Mit dem Masseur? Mit beiden?

Missmutig schlurfe ich in den Keller. Dort erwartet mich a) eine kleine Überschwemmung und b) die Einsicht, dass sich dunkle und weiße Wäsche nicht mögen. In der Waschmaschine herrscht offenbar Apartheid.

Fuck.

Die Kinder sagen, sie hätten Hunger. Sie lungern wie junge Krokodile auf dem Sofa herum und spielen mit ihren iPods und Nintendos. Julia macht uns allen ein paar Knäckebrote. Sehr brav. Wenn es darauf ankommt, ist sie schon sehr erwachsen. Es kommt jetzt drauf an, denn Pia ist nicht da. Ich schicke ihr eine SMS, weil ich dunkel den Verdacht habe, dass Max morgen Wandertag hat. Er weiß es auch nicht so genau. Die einzige Person, die immer alles so ganz genau weiß, ist gerade nicht da, weil sie Lomi-Lomi-Sex mit dem muskulösen jungen Masseur hat. Ich bin müde.

Ich rufe Bea an, die Mutter von Tim. Und Tim ist in Maxens Klasse. Bea bestätigt meinen dunklen Verdacht: Wandertag. »Ach«, sagt Bea, »gib mir doch deine Frau bitte. Ich wollte sie noch was von wegen Referat fragen.«

»Die ist nicht da. Macht Wellness.«

»Wellness? Pia? Echt?«

»Ja, habe ich ihr verordnet. Sie soll sich schonen.«

»Und du machst das alles allein jetzt? Das erzähle ich meinem Mann.«

»Tu das Bea, ich finde, als moderner Mann lässt man seine Frau nicht im Regen stehen.«

Ich schicke Pia eine SMS: »Verflucht! Antworte!!«

Keine Antwort.

Es wird Abend. Es klingelt. In der Tür steht eine strahlend schöne, gut aussehende Frau, die sehr fröhlich ist.

Die Frau behauptet, sie sei Pia.

Ihr gegenüber stehen zwei Jungs mit Nutella-verschmierten Mündern in Pyjamas und ein Mann, auch im Pyjama, der leicht zerzaust aussieht. Mit Waschmaschinenpumpenschlacke an der Backe. Julia räumt die Brotkrumen weg, Max vertieft sich in sein Hausaufgabenheft, ich mache schnell die Tür zum Keller zu und antworte auf die Frage, wie es war, wahrheitsgemäß mit: »Alles easy, Pia, alles unter Kontrolle. Und bei dir?«

»Alles toll, Schatz, das war eine großartige Idee von dir. Ich sage nur: Sole-Schweben! Und dann sage ich noch was.«

»Nämlich?«

»Augenblick«, erwidert sie und greift sich ihr Handy, das sie dagelassen hatte. Es liegt auf der Bank in der Garderobe.

Bitch!, denke ich. Aber nur ganz leise.

»Ha!«, sagt die Grünäugige. »Viermal die Mailbox besprochen, sieben SMS – und an der Rezeption hat man mich wissen lassen, dass es wohl ganz, ganz dringend sei. Was denn eigentlich, Schatz?«

»Ach«, sage ich, »nichts.« Dann falle ich ihr um den Hals. »Gut, dass du da bist.«

»So schlimm?«, will sie wissen.

»Schlimmer.«

Sie streicht mir über die verschmierte Schrauber-Wange und meint: »Entschlacken würde dir auch was bringen, mein Lieber.«

Juli

Dienstag, 02.07. 14:01
Liebe Eltern der D2,
die Ferien stehen vor der Tür, auch bei der D2-Fußballabteilung des TSV Waldtrudering. Bei den E-Jugenden wird bereits fleißig eingesammelt, daher möchte ich auch bei uns einen Anstoß geben. Ich dachte, wir sammeln pro Familie 20 Euro ein (für drei Trainer) und besorgen Einkaufsgutscheine, wobei ich eine Teilung (Leo 50 %, Alex und Seppi je 25 %) vorschlagen wollte … Überreichen würde ich die Gutscheine dann im Namen aller Eltern beim großen Sommerfest am letzten Spieltag. Einverstanden? Dann überweist bitte die Summe unter dem Stichwort »Saisonende D2« auf das u. a. Konto. Danke.
Lg Franziska Hindrichs
(Mutter von Leon)

Donnerstag, 04.07. 23:39
Hallo Franziska,
danke für deine Initiative fürs Geldeinsammeln für die Fußballtrainer unserer Jungs. Alle drei machen einen wirklich tollen Job. Nichtsdestotrotz finde ich 20 Euro pro Kind zu viel. Was meinen die anderen Eltern? Mal so in die Tüte gefragt.
Viele Grüße
Henry (Vater von Samuel)

Freitag, 05.07. 00:14
Hallo alle zusammen,

ich finde, es stimmt. 10 Euro reichen, da es ja eigentlich nur um eine kleine Aufmerksamkeit geht.
LG
Babs (Mutter von Finnley)

Freitag, 05.07. 07:16
Schönen guten Morgen in die Runde,
Rundmails finde ich nicht unproblematisch, aber diese Frage ist mir wichtig. Daher gebe ich hiermit zu bedenken: Einrichtungen wie der TSV Waldtrudering funktionieren nur mit Hilfe des nahezu ehrenamtlichen Engagements Einzelner. Die Trainer (selbst fast noch Jungs), die unsere Jungs trainieren, opfern ihre Zeit – was keineswegs selbstverständlich ist. Daher: Es geht nicht nur um eine kleine Aufmerksamkeit, sondern tatsächlich um die (etwas größere, gesellschaftlich relevante) Frage, was ein Ehrenamt in der Gesellschaft noch wert ist. 20 Euro geteilt durch drei Trainer: 6,66 Euro. Die gebe ich gerne und aus ganzem Herzen. Dank auch an Frau Franziska Hindrichs für ihre selbstlose Initiative.
Mit freundlichem Gruß
Dr. Sebastian Hufschulte (Vater von Benny und Fridolin)

Freitag, 05.07. 09:48
He Doc,
wenn du zwei Kids beim TSV hast, musst du eigentlich 40 Euro zahlen, was? Und von wegen relevante: Die Mücken muss man erst mal haben, oder? Also, Babs, stimme voll zu. 10 und nicht mehr.
Servus!
Max Dobler (Vater vom Toni)

Freitag, 05.07. 09:56
Hallo,
ich stimme dem Vorredner (Dr. Hufschulte) vollinhaltlich zu; es ist ja Irrsinn, dass wir uns hier um solche Marginalien streiten. Franziskas Vorschlag ist doch supi.
Herzlich
Sunny (Mutter, alleinerziehend, von Tom)

Freitag, 05.07. 17:23
Hallo,
für unseren Marius ist das Fußballtraining sehr wichtig! Wir geben gerne die 20 Euro im Jahr, aber jeder sollte geben, was für ihn richtig bzw. machbar ist!
MfG
Stefan Gümbel (Vater von s. o.)

Samstag, 06.07. 06:58
Hallo nochmals,
die Frage der Relevanz finde ich total wichtig. Genau das war mein Plan. Das wollte ich damit ausdrücken. Und die anderen verlangen auch alle 20 Euro. Wer das nicht geben kann, gibt vielleicht 15 Euro. Gut?
Lg Franziska

Samstag, 06.07. 08:37
Wer ist: »die anderen«?
M.

Samstag, 06.07. 08:42
Hallo nochmals,

die anderen, also das ist die E-Jugend, die machen das auch so: 20 Euro.
LG!
Schönes Wochenende!
F.

Samstag, 06.07. 09:12
Tach,
das scheint mir keine belastbare Zahl zu sein. Und obwohl ich Dr. Hufschulte grundsätzlich zustimme (Engagement!), so wäre es doch wünschenswert zu erfahren, ob auch in der A-, B-, C-Jugend ähnliche Beiträge für das Saisonabschiedsgeschenk der Trainer erhoben werden.
Best
Florian T. (Vater von Ole)

Samstag, 06.07. 09:13
Sagt mal, findet ihr das toll, so'n Gutschein? Bisschen unpersönlich, oder? Was meinen die anderen? Ich würde sagen: 17,50 sind o.k.
Tobi (Papa von Alexander)

Samstag, 06.07. 09:14
Jetzt wird's mir zu bunt. Wer will, kann ja die anderen Jahrgangsstufen im Verein abtelefonieren, mir fehlt dazu die Zeit. Und wer will, kann sich was Originelleres einfallen lassen. Ich finde das jetzt Mist.
F.

Sonntag, 07.07. 21:46
Liebe Franziska,
so war das bestimmt nicht gemeint. Im Namen aller plädiere ich dafür, dass du die Aktion fortführst. Vielleicht mit 18 Euro pro Nase? Oder wir eruieren noch gemeinsam, was die anderen Abteilungen machen – und bilden dann das arithmetische Mittel. Wir könnten darüber online abstimmen.
Eine Frage noch: Ist das Ganze als Spende abzugsfähig für die Steuer? Und bekommen wir das quittiert? Per Scan vielleicht?
Wäre schön.
Sehr herzlich
Hilde (Mutter von Lars)

Sonntag, 07.07. 21:49
Guten Abend,
wieso im Namen aller? Wir haben nicht gewählt. Und so nett die Initiative von dir auch ist, Franziska, direktdemokratische Gemeinwesen leben nun mal davon, dass Probleme ausdiskutiert werden. Und 10 Euro für Leo: Das ist toooooo much. Der coacht gar nicht richtig. Der telefoniert immer nur. Bringt sich gar nicht ein.
So long.
Guntram (Vater von Ben)

Sonntag, 07.07. 21:52
Hehe,
wahrscheinlich telefoniert er mit seiner Freundin. Der Typ ist 18! Habt ihr das Spiel gegen Helios Daglfing gesehen? Saumäßig vercoacht, er hätte viel früher das Mittelfeld defensiv um-

bauen müssen. Was wir brauchen: kein Geld für die alten Trainer. Neue Trainer!
Schorsch (Vater von Franz-Josef)

Sonntag, 07.07. 21:58
Was für ein Unsinn, liebe Fußballfreunde, das Problem war doch, dass er ohne richtige Sturmspitze gespielt hat!
Dirk (Vater von Benedikt)

Sonntag, 07.07. 22:14
Noch mal zur Sache: Es geht um das gesamtgesellschaftliche Engagement! Und anbei ein Wort zum Vater vom Franz-Josef und zu Max: Wenn man sich die ständigen Trainerdiskussionen rund um die Bundesliga anschaut, diese Unmenschlichkeit, dann kann man doch nicht ernsthaft eine Trainerdiskussion in der D2 anzetteln. Die Kinder sollen doch Spaß am Sport und keinen Stress haben … Ist das Leistungsdenken denn noch nicht genug verbreitet in unserer Optimierungsgesellschaft?
H.

Sonntag, 07.07. 22:16
Scheiß drauf.
S.

Freitag, 12.07. 16:26
Hallo,
wir wollen doch bitte die Form wahren. Es geht um Fairness und einen freien Gedankenaustausch, ja?
Ruhig Blut!

Wünscht Rainer
(Ex von Sunny)

Freitag, 12.07. 16:27
Was mischst du dich ein? Wir kommen ganz gut ohne dich zurecht. Wann warst du das letzte Mal da, um deinem Sohn beim Spielen zuzusehen??????
Sunny

Sonntag, 21.07. 00:24
Liebe Eltern der D2,
ich backe jetzt den Trainern einen Kuchen und schlage vor, alle schenken das, was sie wollen. Dr. Hufschulte, ich überweise Ihnen die 20 Euro natürlich retour.
Das war's.
F.

Sonntag, 21.07. 00:26
Sehr geehrte Frau Hindrichs,
ich finde das sehr bedauerlich, aber Sie haben natürlich recht: Gesellschaftliches Engagement macht sich nicht bezahlt. Immer nur Geld. Manch einer hier hat das Wesen des Breitensports offensichtlich nicht ganz begriffen.
PS: Ich hatte 40 (nicht nur 20) Euro überwiesen, wegen meiner beiden Söhne, nur der Vollständigkeit halber bitte ich um Retournierung der gesamten Summe.
Verbindlichen Dank
Dr. H.

August

Mittwoch, 24.07. 10:48

Sehr geehrte Frau Nettelbeck,

in der Anlage sende ich Ihnen den Lehrplan für die zehnte Klasse Gymnasium in Bayern (Sie finden das Ganze online auch unter »lehrer-online.de«) – sowie einige Tipps zur Schulvorbereitung für Kinder in der Ferienzeit. Ein Tipp vorab: Ferien sind Ferien. Man soll es nicht übertreiben. Das werten Sie bitte nicht als Kritik an Ihrer Bitte um Informationsmaterial. Es ist natürlich schön, wenn sich die Eltern der Schüler so engagiert einbringen.

Mit freundlichen Grüßen

Dr. Ruth Hollerstein

Donnerstag, 25.07. 23:11

Hey Pia,

da wird sich Nettelbeck aber freuen. Wie besprochen ein Trainingsplan mit dem Schwerpunkt Cardio/Ausdauer, dazu Übungen zur Stärkung der Muskulatur, die man gut am Strand machen kann – sowie ein Ernährungsprogramm. Bring ihn fit und schlank zurück! Mach ihn fertig!

Ciao

Jürgen

Freitag, 26.07. 16:27

Liebe Frau Nettelbeck,

in der Anlage erhalten Sie alles über Kultur/Kulinarik/Sehenswürdigkeiten für Sardinien. Plus Museen-Kurzinfo.

Anregende Tage für Sie!
B. Dollmann
Sarda Kult GmbH

Der Zeugnistag vor den Ferien ist wunderbarerweise ein Freitag. Ein Tag, der frei macht. Frei von Büro und Hausarbeit, frei von Gartenarbeit und vom Auto-in-die-Werkstatt-Bringen, frei von Lateinnachhilfe, Mathenachhilfe und vom Französischvokabeln-Abfragen, frei vom Schlechte-Laune-Haben, Streit-Haben, Lärm-Haben, Stress-Haben und Angst-Haben, frei vom Brotzeitmachen in der Morgendämmerung und vom Brotzeitresteeinsammeln in der Abenddämmerung, frei von Fahrplänen aller Art (Max vom Hort abholen, Julia zum Taekwondo-Turnier bringen und Anton am Fußballplatz anfeuern beziehungsweise Max zum Arzt bringen, Julia vom Kino abholen und Anton beim Sportfest anfeuern beziehungsweise Max zur Chorprobe bringen, Julia von der Bauernhofwoche abholen und Anton einfach so anfeuern, weil man immer zu wenig angefeuert wird im Leben) – und dann: einkaufen, kochen, spülen, einkaufen, kochen, spülen, einkaufen, kochen, spülen, einkaufen … Sisyphos ist nichts gegen die Nettelbecks.

Übrigens geht auch verdammt viel Energie für die tägliche Diskussion drauf, ob ich 20 Prozent Sisyphos bin und Pia 80 (oft) oder ob sie 60 und ich 40 (manchmal) … wobei ich aber im Job … wobei sie dann aber auch im Job … und überhaupt … und dann hast du damals nicht … aber, nein, du warst doch nicht da, als … aber ich hab doch dafür … und so weiter und so fort.

Ich stelle mir das Fegefeuer als eine Art Talkshow in einem rot gepolsterten Fernsehstudio mit direktem Zugang zur Hölle vor, moderiert von Günther Jauch, in der ich mit Hans-Ulrich Jörges, Arnulf Baring, Renate Künast, Gregor Gysi und Alice Schwarzer über meine Versäumnisse bei der Hausarbeit debattieren muss.

Was wir uns übrigens wirklich mal überlegen sollten, Pia und ich (außer dass wir unbedingt eine Initiative gründen müssten, die Führerscheine für Kinder möglichst schon ab dem achten, ach, sagen wir: sechsten Lebensjahr fordert): die Anschaffung einer Kuh. Ab dem dritten Kind sollten Eltern nicht nur die obligatorische Brotzeitdose der Stadt München und ein Sparbuch der Sparkasse erhalten, sondern bitte auch eine Milchkuh des Landes Bayern. Sie kann im Garten stehen.

Ich bin außerdem dafür, dass in Zukunft beim Bau von Häusern mehr Wert auf einen Müslikeller gelegt wird. Früher gab es den Kohlekeller mit Schüttvorrichtung. Genauso dringend brauchen wir einen Müslikeller mit Schüttvorrichtung, der mehrere Tonnen Müsli in unterschiedlichen Geschmacksvarianten bevorraten kann. Und da wir schon dabei sind: Es wäre schön, wenn unsere Wasserleitung direkt an den Getränkemarkt angeschlossen werden könnte. Die Zapfhähne für unterschiedliche Getränke sollten im Küchenbereich montiert werden. Geht das? Wäre prima.

Aber das alles soll jetzt nicht mein Problem sein. In ein paar Stunden sind wir hier weg.

Endlich Pause.

Drei Wochen Urlaub. Yes! Hochstimmung, heute fahren wir nach Sardinien, das heißt, heute fahren wir schön gemütlich über den Brenner bis nach Livorno ans Mittelmeer. Dort nehmen wir die Moby-Fähre, die abends um zehn nach Olbia ablegt. Von da geht's nach einer Fähren-Schaukelnacht (armer Anton! Armer, bleicher Anton, dem ja so schnell schlecht wird) quer über die Insel bis in die Nähe von Cagliari. Dort wartet schon das Ferienhaus auf uns, direkt am Strand.

Am weißen Strand, am grünen Meer, am blauen Himmel. Am Ziel.

Ich lege mich dann an den Strand und stehe nie wieder auf.

Das ist nicht ganz richtig. Richtig ist: Ich lege mich dann an den Strand, kriege wie in jedem Jahr sofort einen Sonnenbrand und lege mich nie wieder hin, weil das Liegen in jeder erdenklichen Position unmöglich ist, weshalb ich wie in jedem Jahr anfange, nahezu vollständig bekleidet und mit Hut am Strand hin und her zu wandern, wobei ich aussehe wie eine Figur aus dem 19. Jahrhundert, was ich drei Tage lang mache, um dann zu denken, dass ich jetzt ja wohl allen Sandkörnern schon mindestens einmal begegnet bin und wir uns doch nicht so viel zu sagen haben, weshalb ich nach drei Tagen anfange, mich wie in jedem Jahr nach dem Teil des Jahres zu sehnen, der dazu führt, dass ich mich nach dem Strand sehne, weshalb … ach, es ist halt kompliziert. Und wenn Pia das hier liest, zieht sie eine Braue hoch und denkt sich: Nettelbeck ist ein Geschöpf, das Gott geschaffen hat, um Pia zu prüfen. Das ist aber Unsinn.

In Wahrheit dient mein Dasein allein dem Zweck, Pia glücklich zu machen. Sie checkt das irgendwie nie.

Jedenfalls: Auf Sardinien, mit Blick aufs Meer und einem Glas Cannonau aus Jerzu in der Hand, sozusagen aus sicherer Distanz zum Alltag, der aus Schule und Erziehung besteht, werde ich sagen können: Alles ist gut. Das Leben, die Schule, die Familie. Alles. Alla salute, Dottore Gröbke!

Nur eines muss klappen: Wir dürfen die Fähre nicht verpassen. Auf keinen Fall.

Wir müssen bis spätestens abends halb zehn am Hafen in Livorno sein. Allerspätestens.

»Und deshalb, Nettelbeck, kann ich wirklich nicht begreifen, warum du deine Sachen nicht schon gestern Abend gepackt hast. Warum musst du jetzt hier rumlungern, mir im Weg stehen und deine Schnorchelausrüstung suchen? Warum jetzt?«

Pia ist leicht genervt. Ein ganz kleiner Schatten legt sich auf diesen Tag.

»Pia, du stresst uns sogar am letzten Schultag mit deinen Terminen. Komm, was soll denn passieren, wir sind so früh dran. Wenn jetzt gleich die Kinder aus der Schule kommen, dann geht's auch schon los. Ich muss doch nur noch mein Schnorchelzeug finden ... und dann, ach, come on, Liebling, ich kann schon fast das Brennero-Schild vor mir sehen. Die Fähre heute kriegen wir locker, sogar einen kleinen Stau habe ich einkalkuliert.«

»Einen kleinen nur?«

»Mittelgroß. Statistischer Mittelwert für Ferienbeginn, ADAC-Daten. Superseriös.«

»Aber du hast ja noch nicht mal deine Sachen gepackt.«

Pia hat natürlich recht. Gestern Abend hat sie bis in die Nacht hinein für sich und die Kinder gepackt – während ich gelesen habe. Alles über sardischen Wein. Der aus Jerzu soll ja sehr gut sein.

»Weißt du noch, Nettelbeck, Faro?«

Ich reagiere wie Majestix. (»ALESIA!!! Ich kenne kein Alesia! Ich weiß nicht, wo Alesia liegt! Niemand weiß, wo Alesia liegt!«)

»Weiß ich nicht. Faro ist kein Thema, Pia. Das ist ein Jahr her. Kannst du denn nie verzeihen? Das ist verjährt. Und wegen dir fahren wir jetzt mit dem Auto und der Fähre. Nie mehr Billigflieger. Du kriegst doch eh, was du willst. Also.«

»Also hättest du auch gestern Abend packen können. Jetzt beeil dich, die Kinder kommen gleich. Wo ist denn der verdammte Schnorchel? Was, wenn wir in einen Stau geraten oder einen Platten haben oder in einen Unfall verwickelt werden oder …«

»Oder der Brenner im Meer versinkt?«

»Mach dich nur lustig. Weißt du noch, Faro?«

Ich weiß.

Ich atme ein, ich atme aus.

Und gehe ihn suchen, den verdammten Schnorchel.

Draußen steht das Auto. Vollgepackt bis Oberkante Dachreling. Auch die Skibox ist voll. Nicht mit den Skiern natürlich, die am Strand auf Sardinien relativ sinnlos wären, sondern voll mit einem kleinen Zoo aufblasbarer Gummitiere. Max ist da sehr eigen.

Was mich wirklich verblüfft: Pia kriegt jedes Auto voll. Ich könnte ihr einen Monstertruck hinstellen: Sie würde ihn vollpacken. Ich könnte die *USS George Washington* buchen, einen amerikanischen Flugzeugträger der Nimitz-Klasse, der eine Verdrängung von 97 000 Tonnen hat: Sie würde ihn vollkriegen. Sie ist ein Wunder. Ein Leben an ihrer Seite ist ein Füllhorn voller Medikamente, Ersatzbatterien und Tupperware-Schächtelchen, abgesehen von Kinderspielzeug und Haushaltsutensilien, abgesehen von Lebensmitteln, die man auf Sardinien wahrscheinlich nur ganz, ganz schwer bekommt (wie zum Beispiel: Nudeln), abgesehen von geschätzt 25 Prozent der globalen Jahresproduktion der Textilindustrie.

Sie ist ein Wunder.

Ich habe längst resigniert – und der Sharan sieht mal wieder so aus, als würde er dicke Backen machen und gleich in die Luft gehen.

Da steht er. Na bitte. Generalstabsmäßig vorbereitet von mir. Aufgetankt. In Fahrtrichtung und im Schatten geparkt. Das Navi ist programmiert, Karten liegen bereit, knapp tausend Hörspiele liegen ebenfalls bereit. Wobei ich mich frage, ob ich in den vergangenen Jahren, seit Julias Geburt also, je den Brenner überquert habe, ohne dass der kleine Ritter Trenk, Seeräuber Moses, die Drei ??? oder Bea, Till und Meck aus der anderen Welt an meiner Seite gewesen wären.

Es gab Zeiten, da hätte ich in einem psychologischen Assoziationstest auf das Wort »Auto« spontan mit »Cabriolet« oder »Ford Mustang« (oder, in einer erotischen Sinnesverirrung, vielleicht sogar mit »Rückbank«) reagiert. Jetzt, in meinen späten Papa-Sharan-Jahren, würde ich spontan auf »Auto« eher mit »Der kleine Ritter Trenk« oder »Kotztüte« antworten.

Ich setze mich ins Auto, checke noch mal die Hörspiele. Roger. Globuli gegen Reisekrankheit. Roger. Kotztüten. Roger. Führerschein. Roger. Fahrzeugschein. Roger. Brotzeitdosen. Roger. Gepäck von Pia und den Kindern. Roger. Sonnenbrille. Roger. Was fehlt: das Gepäck des Piloten – einschließlich eines Schuh-Ersatzpaares. Seit Faro bin ich nie mehr unterwegs ohne Schuhersatz, ich weiß, wovon ich spreche.

Ich suche noch mal nach dem Schnorchel, sehe im Gartenschuppen nach und warte ansonsten auf die Kinder. Pia macht noch mal den Gang durchs Haus. Was sie sich ruhig sparen könnte. Es ist Tradition bei uns, dass sie auf Höhe des Brenners sagt: »O Gott, die Waschmaschine! Ist die aus?«

Da kann sie noch so oft durchs Haus touren mit ihrer Checkliste. Am Brenner begegnen mir zuverlässig: eine Waschmaschine, die nicht aus, und ein Bügeleisen, das noch an ist. Manchmal ist die Waschmaschine, die nicht aus ist, auch ein Fenster, das noch offen steht. Selten, aber denkbar: Das Bügeleisen, das noch an ist, ist eventuell eine Haustür, die nicht geschlossen ist. Hatten wir schon alles.

Nachdem wir zweimal tatsächlich vom Brenner zurück nach München gefahren sind (alles war in bester Ordnung beziehungsweise an, aus, zu und nicht offen): Darauf falle ich nicht mehr rein. Existenziell wichtig ist ohnehin nur das Ersatzschuhpaar für mich.

Wo die Kinder nur bleiben?

Da taucht Julia endlich auf. In Hochlaune. Am letzten Schultag hat sie immer ein fröhliches Gesicht, das wegen der vielen Vierer im Zeugnis nur so tut, als wäre es zerknirscht. Ich kenne sie doch. Solange sie nicht durchfällt, ist alles okay. Und selbst dann ...

Und ich finde: Sie hat recht.

Pia fragt nach dem Zeugnis. Julia zieht es irgendwo hervor, leicht zerknüllt, wie mir scheint.

Pia studiert das Zeugnis und sagt liebevoll streng: »Na, okay.«

Ich studiere das Zeugnis und sage: »Perfekt.«

Und Julia strahlt: »Die Vier in Latein ist sogar eine Vier plus.«

Erstaunlich. Tja, einen guten Coach muss man haben. Der ist Gold wert.

Pias Grünaugenbraue: Wölbung erster Grad. Aber vor dem dritten Grad und einem eindeutigen Dunkelgrün nehme ich das gar nicht zur Kenntnis. Allerdings ist es schon etwas später als geplant. Pia schaut auf die Uhr und fragt Julia, wo denn Max und Anton blieben.

»Ach, die spielen noch.«

»Wie? Wo?« Wölbung zweiter Grad.

Ich atme ein, ich atme aus.

»Fußball. Auf dem Graf-Spee-Platz.«

»Sind die verrückt? Wir hatten doch klar gesagt, dass wir uns heute beeilen müssen.« Pia schaut auf die Uhr. »Das kann doch gar nicht wahr sein. Nettelbeck, du musst sie holen. Sofort.« Dritter Grad.

Ich sause mit dem Fahrrad los. Sofort.

Zurück komme ich nach zwanzig Minuten, Pia schaut gerade auf die Uhr, und zwar komme ich mit zwei völlig verdreckten Jungs, die sehr kleinlaut sind, zurück.

Das Zeugnis von Anton: 1a. Das von Max: 2b – aber alles okay. Findet Pia. Ich finde: »Perfekt.«

Wir starten endlich (ja, auch mit meinem Gepäck), und das Navi sagt, dass wir, einen mittelgroßen Stau miteingerechnet, bis spätestens zwanzig Uhr dreißig in Livorno sind. Allerspätestens.

Pia entspannt sich etwas, sagt unterwegs nur mal »O Gott, die Herdplatte!«, was aber niemanden interessiert. Da sind wir viel zu abgebrüht.

Seeräuber Moses und der kleine Ritter Trenk sind auch gut drauf, der erste Espresso hinterm Brennero schmeckt sensationell ... da fällt mir ein: »O Gott, der Schnorchel!«

Macht nichts. Wir kaufen einen an der Tanke. In Italien sind Tanken glücklicherweise immer Shoppingmalls mit angeschlossener Benzinzufuhr. Dumm natürlich, dass wir, weil man mit Max in Shoppingmalls immer längere Grundsatzdebatten über sein Konsumverhalten führen muss, ein bisschen Zeit unterwegs verlieren. Pia schaut auf die Uhr.

Ich gebe Gas. Da hinten ist schon der Apennin.

»Nicht mehr weit bis Livorno«, sage ich zu Pia, die angestrengt auf die Uhr schaut.

Sie sagt: »Hoffentlich wird Anton nicht schlecht.«

Da hören wir ein Würgen.

Eine Notbucht und zwanzig Minuten später versuche ich durch die Technik »Bleifuß« die verlorene Zeit wieder reinzuholen. Die Grenzen dieser Technik sind bekannt: Zum Beispiel gehört auch der Stau dazu, der sich, porca miseria!, kurz vor Florenz gebildet hat.

Da stecken wir jetzt drin. Und wie wir aus dem Radio

erfahren, ist es kein kleiner, kein mittelgroßer und kein großer Stau oder sonst etwas, was sich an den deutschen ADAC halten würde, sondern einer aus der Nimitz-Klasse.

Pia schaut auf die Uhr.

Machen wir es kurz?

Also gut: Wir verbringen die Nacht in Livorno im Auto. Kein Zimmer, nirgends. Ich gehe viel spazieren am Kai. Meine Schuhe werden nicht gestohlen, denn ich lasse sie an.

Und ja, zugegeben, wir hätten, vielleicht gerade noch, in allerletzter Sekunde, auf den allerallerletzten Drücker die Fähre gekriegt.

Wenn ich mich nicht kurz vor dem Hafen verfahren hätte. Trotz Navi.

Ich weiß auch nicht, wie das passieren konnte.

Sagen wir, ich weiß es nicht ganz genau. Wenn sehr schlimme Dinge geschehen, Dinge, die man einfach nicht aushalten kann, weil sie so apokalyptisch, grausam oder – in meinem Fall – einfach grauenhaft peinlich sind, dann schaltet sich der Geist ab, um nicht heiß zu laufen und eine Art Psycho-Kolbenfresser zu bekommen. Dann kann man sich an nichts mehr erinnern. An fast nichts.

Aber immerhin, sehr vage könnte es so passiert sein:

Pia, die unglaublich nervös ist wegen der Fähre, macht mich auch zunehmend nervös. Ich gucke auch dauernd auf die Uhr. Die Kinder, denen wir verboten haben, sich ständig wechselseitig ihre Noten vorzuwerfen und als »Streber«, »Knalltüte« und »Honk« zu bezeichnen, gucken auf Pias Notebook einen Film an. Seeräuber Moses hätte mich in dieser Situation um den Verstand gebracht. Meine

Nerven sind angespannt wie die Taue, die eine Fähre halten, die endlich losfahren will. Denn es wird wirklich Zeit, dass wir den Hafen erreichen. Der Stau hat irre viel Zeit gekostet. Konnte doch keiner ahnen. Die Fußballkids haben auch Zeit gekostet. Die Schnorchelsuche auch.

Aber wer rechnet schon aus, wer wann welche Sekunden und Minuten verschleudert hat?

Wer?

Pia.

Könnte die Fähre tuten, so würde sie jetzt tuten. Wir sind schon in Livorno, in der Nähe des Hafens. Meine Finger umfassen das Lenkrad fest – die Knöchel treten weiß hervor.

Pia schaut auf die Uhr. Es ist kurz vor zehn.

Das Auto schleudert um die Kurve. Im Kofferraum bricht die Hölle los. Julias Tasche reißt: Ihre Schulbücher sind zu schwer und verteilen sich jetzt im Kofferraum.

Warum hat sie Schulbücher dabei? Ich will das von Pia wissen. »Was soll das? Es sind Ferien!«

Pia zieht ihren sehr schmalen Mund und sagt nur: »Sieh lieber zu, dass wir die Fähre noch kriegen!«

Das Navi sagt: »Nächste Ausfahrt rechts.«

Ich sehe ein Schild an der nächsten Ausfahrt rechts. Darauf steht »Porto«.

Ich fahre konsequent geradeaus weiter.

»...«

Pia schreit auf. »Nettelbeck! Was machst du da? Die Ausfahrt! Wir müssen rechts raus.«

Zu spät.

Und jetzt kommt lange Zeit keine Abbiegemöglichkeit

mehr. Der Porto verschwindet im Rückspiegel. Aus den Augenwinkeln kann ich schließlich erkennen, wie die Fähre der Moby-Line in aller Ruhe nach Olbia ablegt. Ohne uns.

»Nettelbeck!«

Pia ist entsetzt. Die Kinder sind entsetzt. Ich wette: Könnte das Navi entsetzt sein, es wäre entsetzt.

Pia: »Was soll das?«

»Äh ... ich ... also.«

»Warum bist du nicht rechts abgefahren zum Hafen? Das Navi sagte doch: ›Rechts‹!« Die Kinder gucken jetzt kein Movie mehr, sondern, hellwach, einen Film, den man *Das Leben* nennt. Ist auch viel spannender.

»Also?«

»Na ja, Pia, da stand doch Porto ...«

»Ja, und? Porto. Hafen. Wo wir auch hinwollen. Hinwollten.« Pia hat tatsächlich etwas ganz dezent Glitzerndes in den Augen. Ganz kleine Tränen. Ich kann gar nicht hinschauen. Kein Wunder: Ob wir morgen eine Fähre kriegen, in der Hauptreisezeit, das ist eher ungewiss. Die Kinder sind müde, Pia ist müde, ich bin müde. Wir haben nichts für die Nacht. Die Übergabe des Ferienhauses ist fest eingeplant, die Globuli sind aus, alle haben Hunger, Anton ist schlecht, Max muss aufs Klo ... und Nettelbeck ist ein erbärmlicher Versager.

»Ich dachte: Porto eben.«

»Porto?«

»Ja. Porto in Portugal. Die portugiesische Stadt Porto. Ich dachte, wir fahren doch nicht nach Porto. Wir wollen doch bloß schnell zum Hafen, zum italienischen Porto, aber doch nicht bis nach Porto, äh, also, ich dachte: Was wollen wir denn in Porto? Lissabon, Faro, Porto. Ich hatte irgendwie Portugal im Kopf, wegen zu spät und so und weil du dauernd auf die Uhr guckst und immer gefragt hast, ob ich mich noch an Faro erinnere, also habe ich beim Blick auf das Porto-Schild automatisch ... fuck ... und du weißt ja, dem Navi kann man eh nicht trauen – und ich meinte, der Hafen in Livorno, der liegt doch ... und dann, ich, äh ...«

»Nettelbeck. Du willst – in Italien! – zum Hafen fahren, der auf Italienisch ›Porto‹ heißt; du siehst ein Schild, das den Weg zum Porto weist, und beschließt, es zu ignorieren, weil ›Porto‹ draufsteht, was du für eine Stadt in Portugal hältst, und da du weißt, dass wir nicht nach Porto, sondern nur zum Porto wollen, fährst du nicht rechts raus. Habe ich das richtig verstanden?«

»Ja.«

So still war es in meinem ganzen Leben noch nie.

Pia schaut mich an. Ich schaue sie an. Die Kinder schauen uns an. Anton sagt: »Mir ist schlecht.«

Ich stoppe am Wegesrand.

Pia dreht sich zu mir um, und ich denke schon, dass ich gleich ein geschiedener Mann bin, ein an Porto gescheiterter, in Italien geschiedener Mann, dem wegen Unzurechnungsfähigkeit die Kinder weggenommen wurden.

Pia schaut. Und schaut.

Dann sagt sie: »Du bist ein Vollpfosten.« Die Kinder nicken. Man ist sich da allgemein recht einig.

Später.

Wir haben es uns im Auto so gemütlich gemacht, wie es geht. Ich habe etwas zum Essen organisiert. Die Kinder schlafen schon. Durch das Panoramadach sind die Sterne zu sehen. Es ist eine laue Nacht, und im Autoradio kommen lauter italienische Schnulzen. Pia gähnt. Aus Jacken habe ich ihr eine Art Kissen geformt. Außerdem habe ich ihr einen sardischen Rotwein besorgt. Nicht aus Jerzu, aber immerhin.

Pia schaut mich an. Mich, nicht die Uhr.

Wir haben ja jetzt jede Menge Zeit. Vielleicht hat uns einfach nur eine Menge, eine große Menge herrlich nutzloser Zeit gefehlt. Luxuriöse Sinnlosigkeit. Einmal nicht getaktet sein. Ein Mal nur.

Fühlt sich gar nicht so übel an.

Celentano singt »Azzurro« – und Pia übersetzt mir dank ihres Volkshochschul-Italienischkurses die erste Strophe: »Das ganze Jahr über suche ich den Sommer, und dann ist er plötzlich da …«

Dann sagt Pia: »Nettelbeck, ich weiß, es hört sich völlig unglaubwürdig an, ja abwegig. Psychopathisch. Niemand würde mir das je abkaufen, es ist unvorstellbar, es sollte auch unter uns bleiben und dieses Auto möglichst nicht verlassen, aber weißt du was?«

»Was?«

»Ich liebe dich. Ob am Porto oder in Porto.«

»Stimmt, das kauft dir keiner ab. Aber von mir kriegst du zehn Cent dafür.«

»Du wirst dich nie ändern, oder?«

»Sagen wir so …«

»Vergiss es.«

Max knurrt leise im Schlaf. Was man wegen der Sommersprossen aber nicht richtig ernst nehmen kann. Julia lächelt. Ich glaube, sie stellt sich nur schlafend. Würde ich ihr den weißen Ohrstöpsel rausziehen – dann wäre ein »Uh ha!« im Lady-Gaga-Sound eines sehr niedrig fliegenden Kampfjets zu hören. Anton ist etwas blass, die Harry-Potter-Brille sitzt schief auf seinem jungen Gesicht.

Pia schaut mich aus grünen Augen an, und mir kommt es in diesem Augenblick so vor, als könnte es keinen schöneren Ort auf Erden geben als das Innere eines wie üblich zugemüllten Sharans, der in der spärlich beleuchteten Schmuddelecke einer italienischen Hafenstadt unter den Sternen parkt.

Familie. Das ist vielleicht was.

Unter anderem führt das direkt in den Wahnsinn, manchmal auch ins Glück.

Müde schaue ich auf die Uhr. Nach Mitternacht.

Es ist der erste August, der erste Ferientag. Die Schule ist definitiv vorbei.

Geschafft.

Bis zum ersten Schultag in sechs Wochen.

Ich atme ein, ich atme aus.

Epilog

Vor meinem Dies-und-das-Studium bin ich von 1969 bis 1984 in die Schule in meiner niederbayerischen Heimat gegangen. Richtig: Das entspricht zwei Ehrenrunden. Ich könnte jetzt sagen: na und!?

Winston Churchill, Thomas Edison, Thomas Mann, Mehmet Scholl, alles Sitzenbleiber, trotzdem sind das titanische Genies (und Scholl zähle ich ausdrücklich dazu); allerdings könnte man mir entgegenhalten, dass auch Verona Pooth, Jürgen Fliege, Sido …

Na gut, lassen wir das.

Ich bin ja auch gar nicht sitzen geblieben, sondern habe einfach nur einen sehr langen Anlauf genommen, weshalb ich vor dem Gymnasium noch kurz, hm, zwei Jahre, in der Hauptschule vorbeigeschaut habe. Natürlich im Interesse eines holistischen Bildungsbegriffs und zugunsten eines bewusst antielitären Erfahrungshorizonts.

Ausschließen möchte ich jedoch nicht, dass die Fünfer und Sechser in der vierten Grundschulklasse etwas hinderlich waren.

Seltsamerweise ging es mir auf dem Gymnasium nach dem Höllentrip zuvor richtig gut. Im Großen und Ganzen (selbst wenn ich die altersbedingt glorifizierende Erinnerung abziehe) erscheint mir meine Kinder- und Schulzeit als eine rundum glückliche Zeit. An die guten und besonderen Lehrer denke ich mit Dankbarkeit, die anderen habe ich vergessen.

Was ich damals hatte: keine XXL-Schultüte, sondern eine große, eine sehr große Tüte Zeit. (Nicht dass ich danach großartig Tempo aufgenommen hätte, ich sage nur: achtzehn Semester.)

Meine Eltern waren vor allem geduldig. Und sie gaben mir, abgesehen von der Sache mit dem Teppich, den ich besser nicht angezündet hätte, das schöne Gefühl, alles in allem richtig zu sein. So ganz grundsätzlich.

Ich glaube, dass ich ihnen dafür nicht oft genug »Danke!« sagen kann.

Ich frage mich heute, wie man seinerzeit überhaupt leben konnte ohne Nachhilfeindustrie, Notenanwälte und GPS-Kinderuhren zur Sicherung des Schulwegs.

Der unbeaufsichtigte Schulweg war manchmal das Beste an der Schule. Aber damals hatten besorgte Mütter auch noch keine Excel-Tabellen zur Verfügung, um gemeinsam eine effektive Schüler-hol-und-bring-Logistik aufzuziehen.

Nichts gegen besorgte Mütter.

Ich wurde weder überfordert noch überfördert. Man hat mich einfach meinen Weg gehen lassen. In jeder Hinsicht. Mir kommt das heute fast wie ein Wunder vor. Könnte das nicht selbstverständlich sein?

Es ist natürlich nicht so, dass ich daraus gelernt hätte, weshalb ich – wie viele andere Eltern auch – gelegentlich zur Hysterie neige. Waaas? Eine Viiieeer? Es ist doch bald der Üüüüü, der gottverdammte Übertritt! Hilfe!

Ruhig Blut.

Es wäre auch zu einfach, den hysterischen Eltern die Schuld am Wahnsinn Schule zu geben – obwohl die Hysterie, glaube ich, zugenommen hat.

Dann ist es vielleicht das »System«?

Kann sein, erst G9, dann G8, jetzt bald G10? Geht's noch?

Aber auch das System allein, so dumm es auch sein mag, kann nicht erklären, warum wir unsere Kinder bisweilen um ihre Schulzeit betrügen und uns gleichzeitig nicht gerade glücklicher machen.

Die Lehrer sind schuld? Da ist es, finde ich, wie früher: Es gibt gute und schlechte. Die guten sollten wir gut behandeln – dann gäbe es vielleicht mehr davon.

Ich weiß, kurz gesagt, nicht, woran es liegt.

Es gibt viele Ratgeber zum Thema Schule. Noch mehr zum Thema Erziehung. Ich schwöre: Ich habe sie alle gelesen.

Meistens haben sie mich in große Ratlosigkeit gestürzt und mir noch mehr jenes Gefühl vermittelt, das ich in meiner Kindheit zum Glück nicht haben musste – das Gefühl, alles irgendwie falsch zu machen.

Egal wen ich frage: Alle wollen für alle das Beste. Und alle denken, dass sie an allem scheitern.

Warum nur?

Etwas verdanke ich dem Ratgeberberg in unserem Haus aber doch, einen Satz, den ich mir gemerkt habe. Der polnische Pädagoge Janusz Korczak hat ihn schon im Jahr 1918 niedergeschrieben (war früher am Ende doch nicht alles besser?). Er lautet: »Aus Furcht, der Tod könnte uns das Kind entreißen, entziehen wir es dem Leben.«

Vielleicht haben wir ganz einfach zu viel Angst vor dem Leben. Heute vielleicht mehr als früher, weil wir mehr zu verlieren haben als früher. Vielleicht.

Kinder, macht es später bitte besser als wir. Keine Ahnung, wie. Außer: Habt nicht so viel Angst wie wir.

Noch Fragen?

Also dann … ach … hier wäre noch was …

Liebe Marie, lieber Mauritz und lieber Leonard,
ich hoffe, ihr verzeiht mir die Figuren in diesem Buch. Total überzeichnet. Klar. Also, Mau, ich weiß, dass du nicht die Kellertreppe runtergefallen bist beim Versuch, den Wäscheständer zusammenzuklappen. Und natürlich wartest du in Wahrheit auch nicht darauf, dass sich der FC Barcelona bei dir meldet. Es ist eher der FC Bayern München, richtig?

Marie, du bist kein Latein-Streber, das stimmt. Du bist aber trotzdem in jeder Hinsicht ein Prachtmädchen, doch dafür kriegt man leider keine Noten in der Schule.

Lelo, am liebsten würde ich dem Buch eine CD beilegen, darauf wäre zu hören, wie du im Tölzer Knabenchor das Krippenlied »Es wird scho glei dum-pa« singst. Jeder würde dich danach für einen Engel halten – was seltsamerweise verdammt gut zum Hool passt, der du gottlob auch bist.

Liebe Katharina,
du bist keine Tiger-Mom, sondern die Beste, aber da du alles weißt, weißt du auch das.

Danke euch allen.